鲁班出海

狄青◎著

天津出版传媒集团
百花文艺出版社

图书在版编目（CIP）数据

鲁班出海：鲁班工坊建设纪实 / 狄青著. -- 天津：百花文艺出版社, 2025. 6. -- ISBN 978-7-5306-9161-8

Ⅰ. I25

中国国家版本馆 CIP 数据核字第 2025RB0902 号

鲁班出海——鲁班工坊建设纪实

LUBAN CHUHAI——LUBAN GONGFANG JIANSHE JISHI

狄青 著

出 版 人：薛印胜　　**编辑统筹**：刘　洁

责任编辑：李　莹　朱茹霞　　**装帧设计**：丁莘苡

封面设计：末末美书

出版发行：百花文艺出版社

地址：天津市和平区西康路 35 号　**邮编**：300051

电话传真：+86-22-23332651（发行部）

+86-22-23332656（总编室）

+86-22-23332478（邮购部）

网址：http://www.baihuawenyi.com

印刷：天津新华印务有限公司

开本：880 毫米×1230 毫米　1/32

字数：194 千字

印张：8.75

版次：2025 年 6 月第 1 版

印次：2025 年 6 月第 1 次印刷

定价：58.00元

如有印装质量问题，请与天津新华印务有限公司联系调换

地址：天津市东丽经济技术开发区五经路 23 号

电话：(022)58160306

邮编：300300

目录
Contents

引　子

奋楫扬帆再起航

百节年为首，四季春为先。历史的如椽巨笔，总会在一个特别的时刻，记录下美好的诗篇。当时间的步伐跨入2025年的新春，从乌干达到葡萄牙，从巴基斯坦到塞尔维亚，从科特迪瓦到印度尼西亚，从哈萨克斯坦到马达加斯加……分布在全球各地的几十个鲁班工坊，都在各自的工坊内甚至是学员的工位上贴出了春联和福字，共庆春节，同祝蛇年。2025年的春节，是春节入选联合国教科文组织人类非物质文化遗产代表作名录后的全球首个“非遗版”春节，因而对世界各国人民而言都有了新的意味。乙巳岁启，灵蛇献瑞；四海踏歌，山河共舞。2025年1月12日，埃塞俄比亚首都亚的斯亚贝巴友谊广场，当地市民在“庆祝中埃塞建交55周年暨欢乐春节活动”现场，忙着试穿中国传统服装并拍照留念，这些服装都是埃塞俄比亚鲁班工坊的师生们带去的。除了中国传统服饰，他们还带去了茶艺表演、剪纸，还有通红的吊钱儿跟灯笼。鲁班工坊的师生们与当地市民一起写汉字、剪窗花，教埃塞俄比亚小朋友唱中文歌曲，在欢乐祥和的气氛中，将中华传统文化的魅力与世界分享。

近年来，以鲁班的“大国工匠”形象为依托的鲁班工坊，在世界三大洲生根发芽、开枝散叶、开花结果，搭建起了中国职教文化和大国工匠精神与世界沟通的重要桥梁。仅用了不到 10 年时光，中国职教人就让“有限空间”创造出“无限价值”，在鲁班工坊几百、几千平方米的“小空间”里，作出了让合作方竞相点赞、令全世界刮目相看的一篇又一篇“大文章”！

摩洛哥鲁班工坊的学生丁文龙在这个乙巳年春节格外忙碌。不久前被选送来到天津学习的他，短时间内便掌握了在网上“冲浪”的技能，并立志要做一名跨境电商——当节日的礼花映红海河两岸，他已将天津出产的食品销往了他的家乡摩洛哥。他说：“我喜欢在中国的生活，尤其是天津，天津是我的第二故乡。”而在天津渤海职业技术学院，来自泰国的美女教师黄可莹和她的天津丈夫孙健鹏，正忙着将新春的祝福发给他们远在泰国的爹娘。鲁班工坊，一座连接起中国与世界的桥梁，共建“一带一路”倡议中一张熠熠闪光的中国职教名片，早已遍布了几大洲，越过了几大洋。它不仅传授给亚非欧广大青年学子们职业技能，还传递了信任和友谊，更以其看得见、摸得着的卓越成效圆了无数人的梦想。

就在这个乙巳年春节前夕，鲁班工坊中国团队在保加利亚鲁班工坊还进行了一场与时间赛跑的“极限安装”。面对堆积成山的实验室设备，中国职教人需要“拆盲盒”般地进行零件查找，然后再精确无误地拼接组装。他们克服重重困难，只用了短短 3 天，就完成了原本需要一个月时间的实验室设备安装任务，并且保质保量。保加利亚鲁班工坊的合作方——保加利亚农业大学的副校长毫不吝啬对鲁班工坊的赞美，他说，中国工程师让我们见证了什么是“中国速度”，什么叫“大国担当”。

时间也会定格一些温暖的瞬间。当千家万户沉浸在乙巳年春节团圆与欢乐的氛围中时，位于泰国大城府的中泰铁路项目 4-3 标段施工现场却一派繁忙。与旧铁轨并行的地方，一座座高架桥墩不断向前延伸，架桥机正在忙碌地作业。在忙碌工作的人群里，就有不少年轻的面孔来自泰国鲁班工坊。他们不仅仅在大城府，也在泰国呵叻府、北标府等中泰铁路沿线的重要节点上，与中国工程人员一起，为两国高质量共建"一带一路"的重点工程彻夜奔忙。

岁月流转，春暖八方。随着中国文化软实力的不断提升，鲁班工坊已经成为促进中国文化产业"走出去"的一支重要力量。它秉承鲁班精神，采取"学历教育+职业培训"的方式，通过共同建设国际化专业、共同开展师资培训、共同开发教学资源，将中国优质职业教育和产品技术与世界分享，将中国传统文化打磨出新的光亮；融汇创意产业，聚焦科技领航，与时俱进地将职业教育和文化产业完美结合，为各国创业者提供新的机遇、构筑新的梦想。

鲁班工坊是天津率先主导推动实施的职业教育国际知名品牌，也是天津作为国家现代职业教育改革创新示范区，探索和创设的创新型职业教育合作办学项目。鲁班工坊的成功不仅在于其教学模式和创造的就业机会，还在于它通过"授人以鱼"，更"授人以渔"的方式，将中国丰富的职业教育经验和硬件条件与合作国的人力资源相结合，真正提升了学生的职业能力和专业素养。它改变了以往中国对外援助单纯强调资金和物资的模式，通过对合作国本土教师及青年的培养，带动了中国职业教育课程体系的建设、改革，让中国的职业教育实践成果迈出国门，走向了国际职业教育舞台的中央。

凡树有根，方可成长；凡水有源，方能绵长。传承中国工匠精神和古老智慧的鲁班工坊,是新时代中国对外交流合作“走出去”的成功实践与崭新模式，它带着中华文明创新性和包容性的基因,在全球多国多地成为共建“一带一路”重要的“技术驿站”,也成为共建人类命运共同体的“加油站”与“练功房”。

当今世界,技术迭代升级之快超乎想象,职业教育同样面临如何做大做强的难题。别人能做的,我们可以做得更好;别人做得好的,我们更要迎头赶上。实践证明,鲁班工坊是天津乃至中国职教界的一次成功创新与实践，而创新从来不是一蹴而就的事,在波澜壮阔的时代画卷中,唯有奋斗者才能留下深深的印记。在奋斗的征程上,每一个人都是主角,每一次努力都会留下光芒。

走出国门的鲁班工坊以工坊为媒，在输出技术技能的同时,还用文化讲述中国故事。事实上,中国优秀职业教育办学模式与理念之所以能够输出,离不开中华民族一脉相承的文化力量。“百工之祖”鲁班的传说源远流长,鲁班千百年来也被人们尊为勤劳与智慧的化身。鲁班工坊以伟大工匠鲁班为精神源头,在将中国优质职业教育和产品技术与世界分享的同时,淋漓尽致地展现了中国人胸怀博大、智慧、勤劳的形象。

天地无言,森罗万象。未来的大幕已徐徐开启,昨天的收获皆为序章。大河行船,劈波斩浪,我们还将奋楫扬帆再起航。明天,将有越来越多的鲁班工坊跨越山海、深耕他乡,中国职教人迈向世界的脚步将会愈加稳健,愈加铿锵。

第一部分　敞开胸怀，中国职教走向世界

北京的秋天拥抱“非洲年”

2024 年中非合作论坛北京峰会召开之际，正值北京步入初秋。千年古都天朗气清，远处的蓝天映衬着市中心郁郁葱葱的景山，近处红砖黛瓦的古老宫殿与蓝天白云交相辉映；公园里即将迎来红叶观赏季，红、绿、黄、紫等缤纷色彩正蓄势待发，犹如打翻了的调色盘，将北京城的初秋装点得格外多姿多彩。秋天，的确是北京最美的季节啊！在秋天，北京显示出它特有的大气、澄澈、质朴、壮美，且不缺世俗的烟火气息。描写北京秋天的文字有很多，这不奇怪，郁达夫就曾在他的文章中写道：“北京的四季中，秋天是最迷人的。”老舍也曾把北京的秋天比作天堂。是啊，天气不冷不热，枫叶红、银杏黄，星星点点散落于高楼大厦之间的传统四合院透露出的是古都的历史信息，别有一番滋味，对于来自遥远非洲大陆的朋友们而言，这绝对是独有的体验、不一样的感觉。

而 2024 年北京的秋天最美的风景，当数鲜花簇拥的天安门广场，当数洋溢着欢声笑语的人民大会堂。2024 年 9 月 5 日上午，国家主席习近平在中非合作论坛北京峰会开幕式上发表主旨讲话，他指出，“中方愿同非方深入推进‘未来非洲职业教育’计划，共建工程技术学院，建设 10 个鲁班工坊”。

而此刻，在距离北京 8400 公里之遥的埃塞俄比亚首都亚的斯亚贝巴，埃塞俄比亚鲁班工坊中方负责人、来自天津职业技术师范大学的江绛老师，正通过网络直播实时关注着峰会盛况。他说，作为一名建设者、亲历者，当得知中非将共建更多鲁班工坊的时候，自己感到无比自豪，“这说明鲁班工坊得到了非洲共建国家的认可，为当地社会经济发展和青年就业发挥了积极作用”。

埃塞俄比亚鲁班工坊实训室的门外，有一整面的照片墙，上面挂满了鲁班工坊毕业生的工作照。“这些照片都是各家雇主企业寄回给我们鲁班工坊的，他们对鲁班工坊的毕业生非常满意。”江绛骄傲地说。从他执教的埃塞俄比亚鲁班工坊走出去的学生，不仅在埃塞俄比亚，而且在周边如坦桑尼亚、乌干达、苏丹、南苏丹等许多国家都成了被“争抢”的对象；当地非洲企业也纷纷将员工送到鲁班工坊里进行短期培训，以提升员工素质和企业市场竞争力。

“习近平主席在讲话中提到在非洲建设鲁班工坊，这让我们感到很振奋。”埃塞俄比亚鲁班工坊共建方埃塞俄比亚联邦职业技术培训学院时任副校长哈夫托姆·加布雷格齐亚贝尔说：“随着鲁班工坊惠及更多国家，它将帮助更多非洲年轻人实现高质量就业。”因为地处非盟总部所在地，同时也因为所取得的突出成绩，埃塞俄比亚鲁班工坊已被非盟确立为面向整个非洲的高素质技能人才培养中心，目前已成为埃塞俄比亚、坦桑尼亚、乌干达、肯尼亚等国十余所高等院校培养高水平师资力量的共同基地。

“非洲将迎来更多鲁班工坊，这非常鼓舞人心！”肯尼亚鲁班工坊共建方之一的马查科斯大学工程与技术学院时任院长查尔斯·姆瓦尼基说：“以鲁班工坊为代表，丰富的中非人文交流合作将在非洲大陆掀起创新热潮。”肯尼亚鲁班工坊肯尼亚方教师富兰克林·穆蒂斯亚说，鲁班工坊通过与企业直接合作，彻底改变了固有的培训模式，提高了学生的就业竞争力。“我们的学生现在能与行业标准同步互动，我们也拥有了更多的实践培训工具，这特别有助于缩小学术界和产业界之间的距离。”

曾经在天津城市职业学院参加过培训的肯尼亚鲁班工坊教师维罗妮卡说：“我在中国天津学到了‘产教融合 校企合作 工学结合’专业建设模式和EPIP（工程实践创新项目）教学模式，这对提高肯尼亚ICT（信息与通信技术）专业人才培养质量有非常好的效果。今后，我将深入研究学习先进的中国职业教育理念和教学方法，应用在天津学到的中国高水平的职业教育教学标准，在鲁班工坊里教出肯尼亚的好学生。”

在肯尼亚鲁班工坊即将毕业的首批本科生中，目前有19人已经在当地的华为等中资企业中实习，马克·奥迈克欧就是其中一员。得益于鲁班工坊的创新教学模式，教师讲授知识和技能都是以实际工程项目为引导，可以有效激发学生的创造力，马克·奥迈克欧很快便适应了自己在中资企业的工作，并且能够发现需求、学以致用，通过学习和实践形成解决方案。“在鲁班工坊接受信息技术的实训，能够快速与行业、企业的需求无缝衔接，鲁班工坊不仅让我打开了视野，也收获了成长与友谊，为我们的人生带来了许多美好的改变。”马克·奥迈克欧说。

“职业教育的典范”“最好的培训方式”……是什么秘诀让鲁班工坊受到非洲各国学员交口称赞？又是什么令非洲人民因非洲将迎来更多鲁班工坊的消息而欢欣鼓舞？当然是看得见、摸得着的实效。从非洲第一家鲁班工坊落户东非国家吉布提开始，鲁班工坊为从本科生、研究生到面向企业定制及社会短期培训等不同层面的人员进行培训，培养了大批非洲本土职业技术人才，其毕业生受到了非洲各国的广泛欢迎，非洲当地企业、中资企业、国际跨国企业都找到鲁班工坊,来寻找并“定制”他们所急需的人才。

在埃塞俄比亚担任援外教师已 10 多年的江绛经常回想起自己第一次踏上非洲土地的时候，世界对中国的职业教育还不了解,非洲当地的教学条件更是十分简陋,江绛手头除了讲课的教材,连一台像样的实训设备都没有。为了实现教学效果,江绛常常要自己动手制作教具甚至实训设备，虽然做出来的只是些简易“设备”,但已然令非洲当地学生新奇无比。而在江绛援外的这十几年间,正是中国大国崛起与综合国力快速提升的十几年,走进新时代的中国成为每一位援外教师的强大后盾。鲁班工坊得以短时间内在全球几十个国家尤其是非洲“遍地开花”,既是中国职业教育跨入世界领先水平的生动呈现,也是中国国力提升与大国外交成就的必然结果。江绛说,当年在国内,常听人讲“金杯银杯不如大家的口碑”,鲁班工坊有金杯也不缺银杯,但更多的还是当地非洲师生们对于鲁班工坊的口碑！江绛的学生里就有许多是自己学有所成后又把自己的弟弟妹妹以及朋友同事介绍到鲁班工坊来学习的。

江绛的得意弟子、年仅 25 岁的埃塞俄比亚小伙子汉诺克,在埃塞俄比亚国内经层层选拔，最终进入了 2024 年在中国重庆举行的“一带一路”国际技能大赛决赛阶段的比赛。这一大赛有来自全球 61 个国家和地区的代表队参赛，其中,50 支参赛队伍来自“一带一路”共建国家。为了取得好成绩,赛前,汉诺克专门接受了江绛的强化培训,并随江绛一同来到中国天津职业技术师范大学进行最后的热身。在持续 11 个多小时的比赛中,汉诺克一会儿比照图纸剪裁管线,一会儿又在人字梯上爬上爬下,最终取得了优异成绩,他在比赛中所表现出的从容镇定也给评委们留下了深刻印象,而这些都源于鲁班工坊对他的“淬炼”。令汉诺克没有想到的是，自己第一次参加“一带一路”国际技能大赛，就取得了非洲地区所有选手中的最好成绩。当记者采访他时，他说他要感谢江绛老师，要感谢鲁班工坊，更要感谢中国。

得知非洲要再建设10个鲁班工坊的消息，时任天津市第一商业学校副校长范蓉发自内心地感到高兴，她回想起2018年为了非洲第一家鲁班工坊——吉布提鲁班工坊如期揭牌，她和她的同事们冒着40多摄氏度的高温燠热，每天往返于鲁班工坊建设工地与吉布提当地的各个职能部门之间。而天津铁道职业技术学院的老师张磊曾在吉布提连续工作了4个月，他说：“当时吉布提鲁班工坊揭牌在即，已经到了最后的冲刺阶段，我们每天都在加班加点地安装调试设备，恨不得一天有30个小时才好！”吉布提鲁班工坊如期建成并投入使用，为吉布提培养了急需的铁路人才。亚吉（埃塞俄比亚首都亚的斯亚贝巴—吉布提首都吉布提）铁路自2018年开通以来，至2024年年底已开行旅客列车2500余列、货物列车7700余列，运输收入年均增幅高达39%。亚吉铁路就如同流动起来的新鲜血液，令吉布提、埃塞俄比亚及相关邻国的物流与客运交通焕发出了勃勃生机与活力。

时任天津交通职业学院宣传部部长姜磊还记得，2020年11月30日埃及鲁班工坊举行“云揭牌”启运仪式那天，中埃两国嘉宾分布在5个分会场，以线上方式共同见证了两个鲁班工坊同时在埃及启用运营，在全球首开“一国两坊”之先河。埃及既是非盟重要成员国，也是阿拉伯国家联盟总部所在地。作为四大文明古国之一的埃及，建设鲁班工坊的意义十分重大。两个埃及鲁班工坊，由天津轻工职业技术学院、天津交通职业学院与素有埃及“清华大学”之称的艾因·夏姆斯大学、埃及教育与技术教育部直属的开罗高级维修技术学校合作建设。为了让埃及鲁班工坊如期揭牌，姜磊和他的小伙伴从踏上埃及土地的那一刻起，便日夜工作在工坊建设现场，别说金字塔与尼罗河，就连周边街道是啥模样都不清楚，这令埃方合作院校的师生十分感动。如今，中国要在非洲再建 10 个鲁班工坊的消息，也令姜磊和他周围的同事感到身上的担子更重了，姜磊说："非洲许多国家都缺少汽车尤其是新能源汽车的维修人才，而我们在这方面有自己的专长。"

就是在 2024 年的这个秋天，在天津交通职业学院的实训中心内，来自埃及鲁班工坊的师生正在进行汽车使用与维护课程的培训。埃方教师欧姆兰是埃及鲁班工坊的元老，此前多次带队前来天津交通职业学院进行实训，与天津交通职业学院的许多教师不仅是好友，还是手机上的"微友"，大家亲切地称其为"老欧"。中国要在非洲再建 10 个鲁班工坊的消息，老欧第一时间就从手机推送的消息中知道了，他说："中国要在非洲建设更多鲁班工坊的消息令我和我的埃及同事感到振奋，目前埃及非常需要汽车维修方面的人才，这次来中国交流就是为了将学到的相关技术带回埃及，传授给埃及的学生。"

当 2024 年中非合作论坛北京峰会召开的消息传到西非国家几内亚时，几内亚马西铁路项目正处于建设的攻坚阶段。这一项目作为中几友好合作以及共建"一带一路"的重要纽带，建成后将成为拉动几内亚经济增长的新引擎。本次峰会以"携手推进现代化 共筑高水平中非命运共同体"为主题，而非洲的现代化与发展转型都离不开专业技术人才的培养，以鲁班工坊为代表的不断升级中的中非职业教育合作，正在成为非洲工业化与现代化进程中的重要推动力量。

截至 2025 年 4 月 20 日，中国已在吉布提、马里、尼日利亚、南非、埃及、埃塞俄比亚、卢旺达、肯尼亚等15个非洲国家设立了17个鲁班工坊，共开设52个专业，主要集中在铁路、机械、电气化、商贸物流、人工智能等领域。2000多年前，中国的能工巧匠鲁班发明创造了一系列实用工具造福后世，成为中国古代劳动人民智慧的象征。2000多年后，机电一体化、工业机器人、人工智能、云计算和网络安全、3D打印、轨道交通……这些新技术也借由鲁班工坊职业教育项目，从中国出海，跨越重洋，落地非洲大陆，为当地的人才培养和工业发展起到了积极推动作用。

2024年中非合作论坛北京峰会最突出的特点是层次高、规模大，是中非友好大家庭的一次大团聚，非洲所有53个建交国领导人、非盟委员会主席、联合国秘书长等近6000名中外嘉宾齐聚北京。此次中非合作论坛北京峰会见证了中非友好关系的大提升，中国同所有非洲建交国的双边关系提升到战略关系层面，中非关系整体提升至新时代全天候中非命运共同体；此次峰会见证了中非友好合作的大发展，宣布中非将携手推进现代化六大主张和十大伙伴行动，一大批标志性工程和“小而美”项目在非洲落地生根，而鲁班工坊就是其中的重要组成部分。从2018年中非合作论坛北京峰会提出的“八大行动”，到2021年中非合作论坛第八届部长级会议提出的“九项工程”，再到2024年中非合作论坛北京峰会提出在非洲再建10个鲁班工坊，都是其中能力建设方面的重要举措。

此次峰会期间，国家主席习近平在会见吉布提总统盖莱时强调要“共同运营好非洲首个鲁班工坊”。天津铁道职业技术学院积极响应，第一时间邀请时任吉布提教育部铁道督学伊布哈伊姆及鲁班工坊教师一行，来天津铁道职业技术学院参加为期22天的鲁班工坊EPIP师资能力提升培训。与此同时，还有40名来自几内亚的学员在天津铁道职业技术学院接受培训。正是看到亚吉铁路的成功,几内亚共和国铁道管理部门希望这些学员通过在天津3个月的集中学习,掌握铁路施工的关键技术,未来成为马西铁路建设的中坚力量。几内亚马西铁路正线起自马瑞巴亚港,终至西芒杜矿区,全长551.92公里,沿线新建车站12座,是几内亚融入共建“一带一路”倡议、优化几内亚经济结构的重要基础设施。2024年8月30日上午,马西铁路MXTJ-01标站区调度运营中心结构主体顺利封顶,成为献给2024年中非合作论坛北京峰会的一份重要礼物。

从北非的开罗到南非的德班,从印度洋之滨到大西洋之畔,从乞力马扎罗山到马达加斯加岛……鲁班工坊已然成为未来非洲能力建设的坚实基石与重要动力源。鲁班工坊之所以广受欢迎,还在于其契合了经贸合作需求,增强了各国内生发展动力。以非洲国家为例,由于经济发展和产业升级,非洲就业市场对传统制造业、互联网、人工智能等相关领域的人才有着巨大需求,而中国在这方面拥有比较成熟的教育经验,能够有效培养专业技术人才,提高劳动者职业素养和能力,实现与非洲国家资源互补,为当地制造业和科技产业提供有力支撑。时任埃塞俄比亚联邦职业技术培训学院院长布鲁克·科德表示,鲁班工坊让“一带一路”共建国家获益匪浅;时任吉布提总统盖莱称赞鲁班工坊是“中国送给吉布提最好的礼物”。

没错,鲁班工坊不仅是中国送给吉布提最好的礼物,也是送给非洲最好的礼物。2024,北京的秋天拥抱“非洲年”,而非洲也因更多鲁班工坊的“落地开花”而拥抱中国,成为中国最可信赖的合作伙伴。

鲁班工坊是什么?

哈希姆·比萨拉知道“鲁班工坊”这个名字最早是通过互联网。这不奇怪,哈希姆·比萨拉是尼日利亚阿布贾大学计算机科学专业的年轻教师。“计算机科学专业”“年轻教师”两种标签集于哈希姆·比萨拉一身,似乎便兼容了某种先进理念与超前认知。哈希姆·比萨拉还记得那是2019年的一天,窗外水流湍急的古拉拉河泛起的浪花,如同晶莹耀眼的碎玻璃,将西非大陆的阳光折射进宽敞明亮的办公室,而他的目光却聚焦在电脑屏幕上一动不动,打开的页面显示的正是中国在非洲建设鲁班工坊的图文介绍。哈希姆·比萨拉在心中反复默念着“鲁班”这一陌生的中文名字,想象着那位2000多年前的中国伟大工匠的音容笑貌。

哈希姆·比萨拉应该是阿布贾大学乃至尼日利亚,最早通过互联网了解到中国正在非洲多国多地建设鲁班工坊这一重要信息的人之一。从教16年的时间,哈希姆·比萨拉对于有关非洲大陆发展的网络资讯都非常感兴趣,他知道2019年3月28日,非洲的第一个鲁班工坊落户于非洲大陆东岸、印度洋之滨的吉布提,为吉布提带去了该国急需的先进职教方式与最新技术技能,让众多吉布提青年因此改变了命运,而鲁班工坊的先进教育理念与实践动手技能,也包括很多世界一流的实训设备,恰恰是尼日利亚职教领域所急需的。

阿布贾大学位于西非最长的河流尼日尔河的支流古拉拉河河畔，学校教学楼的窗外就是日夜奔腾不息的古拉拉河。坐在办公室里，听着古拉拉河的涛声，哈希姆·比萨拉仿佛听到非洲古老历史的沉重叹息。但精通互联网技术的他更清醒地认识到，大数据、人工智能等最新科技正在给全球带来一场革命。遗憾的是，位于西非的人口与资源大国尼日利亚却似乎在这场智能革命中掉队了，连他手头可供使用的教学实训设备也还停留在上一个时代。而中国在吉布提、肯尼亚、坦桑尼亚、埃塞俄比亚、马达加斯加、南非、摩洛哥等其他非洲国家已建成或正在兴建中的鲁班工坊，让哈希姆·比萨拉陡然看到了一种希望，同时也令他内心陡生出一股力量。哈希姆·比萨拉从网上找到中国历史上著名工匠鲁班的许多资料并打印出来，在课堂上告诉自己的学生们，在2000多年前的中国，有一个叫作鲁班的人很了不起，他不仅懂得发明创造，是一位令人敬仰的能工巧匠，而且还特别有智慧有创意。更了不起的是，如今，中国有一个用这位能工巧匠的名字命名的职业教育项目正在非洲各地设立，它不仅为非洲带来了世界职业教育领域最先进的技术和最科学的教学模式，也带来了中国职业教育成功的理念和方法，这是广大非洲青年的福音。

更令哈希姆·比萨拉意想不到的是，没过多久，他竟有幸被选中与阿布贾大学的其他几位不同专业的教师一同来到中国天津，也就是鲁班工坊的发源地，来到天津中德应用技术大学进修。哈希姆·比萨拉一直对大数据、人工智能等前沿技术抱有浓厚兴趣，在尼日利亚，他做了很多基础性理论研究，但苦于一直没有先进的实训设备来验证自己建模所推导出的结论。在天津中德应用技术大学的实验室里，哈希姆·比萨拉见到了许多此前只在网络上和书本中见过的最新设备,通过自己动手获得了想要的研究数据和成果。除了中国在职教领域的先进经验与理念,令哈希姆·比萨拉着迷的还有中国的传统文化与特色美食。作为中国历史文化名城的天津,可以说满足了这位非洲年轻教师全方位了解中国的渴望。哈希姆·比萨拉喜欢在休息的时候去逛天津古文化街,去欣赏中国传统戏曲艺术,去看天津的各种文化展出,这些体验令哈希姆·比萨拉对鲁班工坊中所蕴含的中国元素与东方理念有了更深刻的认知。

让哈希姆·比萨拉一下子就喜欢上的还有鲁班工坊的标识。鲁班工坊的标识借鉴的是“天圆地方”的中国传统理念,以圆形和方形为基本图形,用“金镶玉”的方式进行总体设计。背景则采用了多图形的组合,把祥云、书本、阶梯、滴水檐叠融在一起。根据所建鲁班工坊的相关信息,标识将中国院校与合作国院校的名称分别用中文、英文及该鲁班工坊所在国的通用文字,环绕在外沿环形里。环形上方是中方院校的中文名称,下方是合作国院校的中文名称,左右两侧分别是鲁班工坊合作国的通用文字和英文名称。中央位置的方框内是“鲁班工坊”4 个汉字,字体为汉隶,其上方为英文“LUBAN WORKSHOP”,下方则是该项目的揭牌启运时间。外沿环形和中央方形之间用祥云和书籍等图案组合连接,寓意吉祥与学府气质。当然,这一标准化的标识设计也会根据鲁班工坊合作国的具体情况和要求进行微调。在中国天津进修培训的那些日子里,哈希姆·比萨拉只要闲下来便常常会想,自己所在的阿布贾大学什么时候也能够拥有这样一块鲁班工坊的标识呀!

2020 年 11 月 27 日,是一个令哈希姆·比萨拉以及阿布贾大学所有师生都无比振奋的日子,天津中德应用技术大学和天津铁道职业技术学院与阿布贾大学联手成立了代表世界职业教育先进水平的工程实践创新中心——尼日利亚鲁班工坊。大批世界一流的职业教育实训装备远渡重洋，从中国的渤海之滨运抵大西洋沿岸的尼日利亚首都阿布贾，而哈希姆·比萨拉也成为尼日利亚鲁班工坊的第一批尼方任课教师。2020 年 11 月 27 日，尼日利亚鲁班工坊“云揭牌”暨启运仪式在中国天津中德应用技术大学和尼日利亚阿布贾大学同步举行。在尼方揭牌现场，坐在前排的哈希姆·比萨拉脸上充满了喜悦和骄傲，他说他是那天在揭牌现场鼓掌最用力的人。

与哈希姆·比萨拉一样，喜欢鲁班工坊标识的还有年轻的柬埔寨教师歌塞芒达，他曾带领自己的学生们在柬埔寨国立理工学院内的鲁班工坊标识前合影留念，并且使用在鲁班工坊里学到的技术，打印出许多张照片送给自己的亲朋好友。在天津中德应用技术大学，歌塞芒达曾长时间跟随多次往返于天津和柬埔寨鲁班工坊之间的天津中德应用技术大学电气专业教师张链进行实训学习，并且参与了电气控制系统的专项实训。歌塞芒达与其他几位来自柬埔寨的年轻教师，在天津中德应用技术大学学习了车工、铣工、钳工、刨工以及数控加工模块等各项实训操作。由于柬埔寨没有同类机械加工操作统一标准，所以他们的首要任务就是尽快与中国接轨，将柬埔寨的职业教育实训操作规范化。天津中德应用技术大学的战略规划书中明确写到，在共研、共建、共享、共用、共赢的意愿目标下，用 5 年左右的时间，将柬埔寨鲁班工坊打造成为东南亚地区“集职业教育、职业培训、科学研究、文化传承、创新创业五位一体，按照市场化运作的国际化职业教育中心”，目的就是要为“一带一路”共建国家带去越来越多看得见、摸得着的成果与实惠。而如今，这一目标已然在柬埔寨变成了现实，以鲁班工坊为代表的中国职教模式成为柬埔寨许多有为青年实现未来职业规划的首选。2023年12月20日,中国职业教育第一所海外应用技术大学——柬华应用科技大学,落地柬埔寨首都金边。有人说,柬华应用科技大学就是一个“放大版”的鲁班工坊,在该校就读的柬埔寨及其他东南亚国家学生可同时获得中国和柬埔寨两国本科学历与学位证书。柬华应用科技大学首批开设新能源发电工程技术、汽车服务工程技术、网络工程技术、电子商务、现代物流管理和旅游管理6个本科专业,7家中国在柬企业及1家柬本土企业获得了该校校企合作实训基地的授牌。柬华应用科技大学的当地学生索卡·美琳说:“我们在这里用中文学习专业课程,毕业后不仅可以去中资企业,还可以获得去中国继续深造的机会,真的太好了!”

同样被鲁班工坊“圈粉”的还有印度。2020年1月3日,印度孟买科技节智能鼠国内赛开赛,印度鲁班工坊与天津轻工职业技术学院组成的联合代表队,使用中方提供的TQD-MicroMouse-JD电脑鼠,获得了印度国内赛的冠军,顺利晋级国际大赛,一时间成为印度国内媒体关注的焦点。

自2016年全球首个鲁班工坊在泰国落成以来,截至2024年11月,中国已与30个国家合作共建了34个鲁班工坊,为合作国培养了大量的技术技能人才。这不仅是共建“一带一路”倡议深入推进的重要助推器,还为共建“一带一路”的中国企业提供了有力的人才支撑,更成为中国职业教育合作办学“走出去”的重要品牌。从泰国到哈萨克斯坦,从葡萄牙到塞尔维亚,从吉布提、埃塞俄比亚到埃及……数十个鲁班工坊在亚欧非三大洲落地生根、开花结果,成为中国职业教育国际合作的一张闪亮名片。

严格来讲,鲁班工坊起步于2015年开始的国家现代职业教育改革创新示范区建设。2015 年 7 月,教育部与天津市人民政府签署了共建“国家现代职业教育改革创新示范区”协议,进一步明确围绕国家发展战略要求,实施职业教育国际合作交流促进工程,提出职业教育国际交流平台构建计划、职业教育“走出去”战略实施计划和提升全国职业院校技能大赛国际影响计划等。2015 年 8 月,教育部又会同天津市教委交流创新职业教育国际合作思路,谋划搭建中国职业教育国际合作新平台、新品牌,以国际职业教育合作服务于共建“一带一路”倡议,拟在境外创设中外合作的职业教育机构。在此期间,以中国职教领域专家、现天津职业技术师范大学教授吕景泉为首的多位专家提出,最能够体现中国技术技能特质、彰显工匠精神与创新智慧的代表人物,就是鲁班;而最能够体现“教学做一体”,突出“做中学、做中教”,寓意精致环境、学徒情境、劳动场所、精湛技艺的,就数“工坊”二字。这一提议得到了中央有关部门、天津市有关方面以及国内职教领域学者专家们的一致赞同。于是,“鲁班工坊”这一名字应运而生。

鲁班工坊在创立之初即得到国务院、教育部和天津市委、市政府的大力支持和肯定。2015 年,天津启动鲁班工坊项目研究,次年,中国首个境外鲁班工坊在泰国建成。将中国优秀的职业教育成果输出国外与世界分享,促进当地技能型人才培养,带动当地经济发展,加深鲁班工坊所在国与中国的民心相通,鲁班工坊由此成为中国职业教育响应和服务共建“一带一路”倡议的重要交流平台。

2016 年 12 月 2 日,推进职业教育现代化座谈会在北京召开,国务院有关领导对天津在境外建设首个鲁班工坊给予了高度肯定。2017 年 5 月 8 日,时任国务院副总理刘延东在天津参加全国职业院校技能大赛开幕式时,专门会见了泰国鲁班工坊建设项目的中泰两国院校校长，认为鲁班工坊是中国对外人文交流机制的重要组成部分。

2016 年 12 月 12 日，教育部在福建省福州市召开现代职业教育发展推进会，会上提出当代的中国不仅需要爱因斯坦，还需要爱迪生；我们有孔子，我们还需要鲁班。与会者对天津在海外建设鲁班工坊的做法给予高度赞扬。

从鲁班工坊项目启动伊始，设计者便确立了五项基本原则，即平等合作原则、优质优先原则、强能重技原则、产教融合原则、因地制宜原则。目前来看，这些原则切实可行，在鲁班工坊的海外建设与教学标准的确立等方面起到了很好的作用。平等合作原则是基于合作方对中国职业教育促进社会经济发展的有力有效作用的认同，对中国特色国际视野的教学模式、国际化专业教学框架标准、中国优质技术装备和教学资源的认同，开展平等合作，共同遴选合作院校，商讨项目合作方式、工坊实施路径、专业整合设计、课程综合嵌入、资源有效利用、教学研究开展等，为鲁班工坊的运行提供基础保障。优质优先原则是适应合作方需求，提供优质的国际化教育资源和实用的领先性技术装备，这是确立鲁班工坊这一品牌的重要因素。强能重技原则是专注于技术技能，其中技术应用、技能训练、工程实践是其核心内容，也是鲁班工坊具有强大吸引力的重要方面。产教融合原则是深化产教融合，促进教育链、人才链与产业链、创新链有机衔接，加强产教融合，是推进人力资源供给侧结构性改革的迫切要求，对扩大青年就业创业、推进经济转型升级、培育经济发展新动能具有重要意义。因地制宜原则是指在不同国家政治、经济、社会的发展程度不同、技术技能人才重视程度不同，特别是职业教育发展水平不同的情况下，必须在统一的规范、标准的框架下，结合当地实际，考虑合作方诉求，来建设国别特点鲜明、符合当地需要的鲁班工坊。

而在鲁班工坊的创建模式上，天津也先于国内其他参与海外鲁班工坊建设的省市，做出了先行先试的积极探索，为之后中国在海外的鲁班工坊建设确立了标准与参照系。第一是学校合作创建模式。即中国职业院校根据自身的专业优势，选择国外合适且优质的院校来合作创建鲁班工坊。第二是校企合作创建模式。即中国职业院校与在海外办厂的中资企业或承揽海外工程项目的中资企业携手合作，遴选境外优质职业院校合作创设鲁班工坊。该模式通过校企合作和产教融合，致力于培育当地企业发展急需的高素质技术技能人才，但培养的目的，是提高他们的技能水平，不止是熟悉中国产品，同时也要熟悉全球各地的同类产品。第三是依托政府间战略合作创建模式。即基于中国与“一带一路”共建国家和国际组织签署的合作文件，借助政府的战略合作政策来建立鲁班工坊。该模式谋求长远合作与共同发展，能发挥鲁班工坊作为中国与海外经济和人文交流平台的最大效用。第四是依托院校与教育管理部门合作创建模式。即中国职业院校与国外政府教育主管部门合作创设鲁班工坊。第五是“政校企”协同共建模式。即在政府间的战略合作政策、院校间的国际合作以及围绕企业需求的校企合作基础上，由政府、企业和院校三方来协同创办。

值得一提的是，从 2016 年首个鲁班工坊落户泰国大城府伊始，鲁班工坊不仅为“走出去”的中国企业提供了有力的人才支撑，还为众多国内企业搭建起了走向国际舞台的桥梁，不断助推中国企业走向世界。对于这一点，为吉布提鲁班工坊提供铁道实训设备的天津骥腾科技有限公司总经理崔鹏深有感触。2018 年，以轨道、航空类实训设备生产为主的天津骥腾科技有限公司，成为泰国鲁班工坊的合作企业。随着鲁班工坊在泰国以及周边国家的知名度越来越高，天津骥腾科技有限公司的产品也成功吸引了泰国当地不少院校和企业的关注。“公司具有世界先进的核心技术，缺少的只是一个走向世界的机会，鲁班工坊给了我们一个展示自我的舞台。”天津骥腾科技有限公司目前是泰国多家企业的指定供货商，同时，泰国多家预开设轨道交通类专业的高校，也在积极与天津骥腾科技有限公司进行铁道类教学实训设备采购的洽谈。

“是鲁班工坊为中国企业搭建起了与世界对话的桥梁，让更多国家的人民了解了中国技术，了解了中国企业。我们也将尽最大努力，为非洲以及其他地区的青年提供更多发展机遇，在共建‘一带一路’中，实现咱们中国企业的新作为。”崔鹏说。

几年的时间，借助鲁班工坊走向国际舞台的企业绝不止天津骥腾科技有限公司一家，仅以天津为例，就有启诚伟业、圣纳科技、天津开发区畅洋、渤海化工、亚龙科技、天煌教仪等一大批企业走出了国门。以位于印巴次大陆孟加拉湾沿岸金奈市的印度鲁班工坊为例，它不仅与印度的多家大型中资企业签订了订单合同，还聘请了两位中资企业的负责人作为印度鲁班工坊的客座教授。

中天科技印度有限公司就是与印度鲁班工坊密切合作的中国企业之一。这家公司主要从事铝包钢、光纤复合架空地线的生产与销售。时任公司总经理陈兆芬说：“我们在印度发展期间，用人方面一直处于被动的局面，我们希望可以找到既懂当地语言、熟悉当地风土人情，又有较高技术水平的高素质本地技能人才加盟我们公司。鲁班工坊的建立，特别是又与我们企业签订了订单培养协议，为我们解除了人才招聘方面的后顾之忧。‘走出去’的中国企业太需要像鲁班工坊这样的职业教育培训机构了。”

鲁班工坊无疑是积极探索“教随产出、校企同行”的中国职教出海模式的成功实践和模式典范，是服务共建“一带一路”高质量发展的职业教育示范项目；鲁班工坊以“合作共赢”为原则，在促进合作国经济发展、产业升级、培养技能人才等方面发挥着越来越显著的作用，是中国践行构建人类命运共同体的具体举措。鲁班工坊的人才培养标准和专业建设质量被合作国广泛认同，正在为世界职业教育发展持续贡献着中国智慧和中国力量。

…………

2024 年 11 月 20 日，为进一步推动尼日利亚鲁班工坊建设，加快通过鲁班工坊这一平台而架设的校企交流合作步伐，来自尼日利亚多所大学的校长在阿布贾大学听取了时任阿布贾大学管理委员会主席伊斯梅拉·凯塔、时任阿布贾大学校长萨尼·迈库迪等人对鲁班工坊的介绍，了解到已经有众多尼日利亚学生通过鲁班工坊的培训，成为尼日利亚工业发展特别是铁路工程复兴发展中的重要人才。与会的尼日利亚各大学校长均表示，希望能够通过鲁班工坊这一平台与在尼日利亚的中资企业共同发展，共同为尼日利亚经济腾飞贡献力量。会议奠定了尼日利亚中资企业与鲁班工坊建设院校共同建立尼日利亚鲁班工坊理事会的基础，实现了尼日利亚各相关院校借助鲁班工坊这一平台持续服务中资和本土企业人力需求、共同打造西非技术技能人才培养基地的目标。

如今，在哈希姆·比萨拉所在的阿布贾大学尼日利亚鲁班工坊，来自尼日利亚邻国赤道几内亚、贝宁、喀麦隆等国家的参观考察者络绎不绝，而负责讲解的哈希姆·比萨拉总是骄傲地对前来的朋友们说：“鲁班工坊是中国职业教育奉献给世界职业教育的礼物，体现了中国的大国担当，而‘鲁班’这个词是一个中国古人的名字，他是 2000 多年前咱们这个世界上最伟大的工匠！”

是啊！2000 多年前，中国春秋时期的工匠鲁班因发明各种工具而闻名于世。2000 多年后，中国职业教育品牌鲁班工坊承载着新时代的中国工匠精神，为世界发展贡献着东方智慧。中国的工匠精神与东方智慧正在通过鲁班工坊向当代世界源源不断地传递着中国力量！

非洲鲁班工坊，一个都不能少

中国土木工程集团有限公司是亚吉铁路的建设方和运营方之一，时任中国土木工程集团吉布提有限公司副总经理牛增祥是亚吉铁路中国建设方和运营方的主要负责人。对于多年在非洲这块土地上摸爬滚打的牛增祥来说，在非洲设立鲁班工坊的意义，他有着比别人更为深刻的理解。他说：“鲁班工坊建设太及时了，真的要感谢国家，感谢天津。”“中国企业‘走出去’，必须解决的就是人才本土化的问题。几年以后，我们将把这条铁路完全移交给埃塞俄比亚跟吉布提的相关方进行运营和维护，所以亚吉铁路太需要当地大批专业的铁路技能人才了。”

在亚吉铁路建设之初，按照过往中国企业在海外建设工程的经验，所在国的技术人员往往都会被送到中国去进行专业培训。“现在吉布提鲁班工坊建成了，我们不用再把新招收的当地员工送到国内去培训，而且今后我们还可以从鲁班工坊源源不断地招收当地铁道类专业毕业生。人才是企业的软实力，有了人力的支撑，中国企业在‘走出去’的过程中，腰杆子才能越来越硬。”牛增祥高兴地说。

2019 年 3 月 28 日，由天津铁道职业技术学院和天津市第一商业学校共同建设的吉布提鲁班工坊揭牌启运。这是天津也是中国在非洲建成的首个鲁班工坊。

比牛增祥还要高兴的是吉布提当地的年轻人。他们从鲁班工坊打下地基的那天起，就不断来了解建设进度，询问鲁班工坊教授的课程、招生的条件。吉布提各级政府部门也十分关注鲁班工坊的建设，在视察了吉布提鲁班工坊建设成果后，吉布提总统盖莱兴奋地说道："鲁班工坊是中国送给吉布提最好的礼物。"

而在距离吉布提1000公里之外的肯尼亚首都内罗毕，2019年12月14日上午10时，由天津城市建设管理职业技术学院联合中国华为技术有限公司，与肯尼亚马查科斯大学共建的肯尼亚鲁班工坊揭牌运营。这是中国于吉布提鲁班工坊之后在非洲建成的第二个鲁班工坊。揭牌当天正是中国与肯尼亚建交56周年纪念日。

在肯尼亚鲁班工坊揭牌的两天后，也就是2019年12月16日，南非鲁班工坊揭牌仪式在南非东部沿海最大城市德班的德班理工大学内隆重举行。在揭牌仪式现场，天津职业大学与德班理工大学的校长共同种下了象征中国与南非友好的友谊树。来宾们兴致勃勃地参观了南非鲁班工坊的实训教室，并与南非鲁班工坊的师生们进行面对面交流，同时借助"空中课堂"的智慧屏幕，与设在天津职业大学内的南非鲁班工坊揭牌分会场进行了远程实时互动。这是中国在非洲建成的第三个鲁班工坊，也是天津坚决贯彻习近平在2018年中非合作论坛北京峰会开幕式上的讲话中提出的"在非洲设立10个鲁班工坊，向非洲青年提供职业技能培训"的具体行动成果。

非洲，土地广袤、资源丰富、人口众多，非洲各国普遍与中国有着传统友谊，而非洲各国的职业教育基本上都处于起步甚至是空白阶段，这些都是鲁班工坊落地非洲的优势。但非洲也存在民族结构复杂、基础条件薄弱、软硬件设施匮乏等问题，对此，中国职教人做好了充分的心理准备，他们迎难而上，跨越重重险阻，克服了意想不到的困难，充分利用信息技术等手段，如开发线上资源、开展线上培训、探索“云揭牌”等形式，采用多种渠道与合作国院校保持沟通对接；坚决按照教学装备、建设场地、专业标准、教材资源、师资培训等鲁班工坊建设“五到位”的要求，全力推进项目建设。他们以当年中国人民无私援建非洲坦赞铁路的勇敢气魄，将非洲鲁班工坊的建设进行得有声有色，同时随着非洲鲁班工坊建设的深入，建设标准不断提升，技术水平不断提高，教学领域不断拓宽。

2019 年 9 月，时任天津医学高等专科学校校长张彦文和时任天津市红星职业中等专业学校校长庄建军联合带队，从渤海之滨来到非洲内陆国家马里的首都巴马科。他们要做的是一次前所未有的尝试——把古老的中医药技术引入鲁班工坊的教学培训。

在马里这个遥远而又神秘的西非国度，两所中国学校和马里高校共同建立了全球首个中医技术鲁班工坊，将中国传统中医药智慧传播给了更多有需要的非洲人民。值得一提的是，马里也有自己的传统医学，与马里高校合作建立中医药专业有国情基础，所以鲁班工坊项目建设，本质上也是专业知识的沟通交流，中外文明的互学互鉴。从前，中国援非医疗队中也配备了中医药医务工作者，他们用小小的银针为众多非洲人民治愈了顽疾、缓解了病痛；而鲁班工坊则是把中国传统中医药及中医技术引入非洲，再结合非洲传统医学，为马里和周边非洲国家培养属于非洲自己的中医药人才。换言之，鲁班工坊是要让比鲁班还要古老的中医药及中医技术在非洲大地上生根发芽、开花结果，并传承下去。

2019 年 12 月 20 日，占地 400 平方米的马里鲁班工坊在马里共和国首都巴马科市的卡巴拉大学城揭牌启运。马里鲁班工坊不仅促进了两国卫生医疗领域技能人才的教学培养合作，提升了当地医疗和医药研发技术水平，还通过中医诊疗康复、养生保健等知识的传播，促进了中华优秀传统文化在非洲大陆的传播。正所谓“一株小草改变世界，一枚银针联通中外”，鲁班工坊也成为推动中华传统医学“走出去”的重要纽带。

…………

2020年12月22日，位于印度洋上的非洲岛国马达加斯加的马达加斯加鲁班工坊“云揭牌”仪式，在天津机电职业技术学院和位于马达加斯加首都塔那那利佛的塔那那利佛大学同步举行。马达加斯加鲁班工坊是天津市落实2018年中非合作论坛北京峰会上习近平提出的“将在非洲建设10个鲁班工坊”中的第十个鲁班工坊。至此，天津代表全体中国职教人圆满完成了这一光荣使命，为鲁班工坊这一配合中国共建“一带一路”倡议的国家战略写下了浓墨重彩的一笔。

鲁班工坊是天津原创并率先主导推动实施的中国职业教育国际品牌。2018年中非合作论坛北京峰会，中非领导人齐聚北京，围绕“合作共赢，携手构建更加紧密的中非命运共同体”这一峰会主题，共叙友情、共商合作、共话未来。这是中非合作论坛继2006年北京峰会和2015年约翰内斯堡峰会之后，中非友好大家庭的又一次大团圆。作为2018年中国主办的外国领导人出席人数最多的主场外交，会议发表了《关于构建更加紧密的中非命运共同体的北京宣言》，通过了《中非合作论坛-北京行动计划(2019—2021年)》，向世界传递了中非携手并进的强烈信号。中非领导人一致同意，携手打造责任共担、合作共赢、幸福共享、文化共兴、安全共筑、和谐共生的中非命运共同体。中非要加强战略对接和政策协调，推进共建“一带一路”合作，重点实施好产业促进、设施联通、贸易便利、绿色发展、能力建设、健康卫生、人文交流、和平安全“八大行动”。其中在能力建设行动上，会议明确提出要在非洲设立 10 个鲁班工坊，向非洲青年提供技能培训。由天津原创的鲁班工坊项目脱颖而出，一跃成为配合中国共建“一带一路”倡议的国家战略。

作为非洲第一个建成的鲁班工坊，吉布提鲁班工坊为非洲鲁班工坊的建设提供了优秀范本。吉布提鲁班工坊采取政府、学校、企业多方合作模式，由天津市人民政府、吉布提教育部、天津铁道职业技术学院、天津市第一商业学校、吉布提工商学校、中国土木工程集团有限公司共同建设，一期设立铁道类专业、商科类专业共 4 个专业。其中的两个铁道类专业弥补了该类专业在吉布提的空白，商科类的国际贸易、物流管理专业也大幅提升了吉布提当地院校现有专业的水平。

2021 年 11 月 29 日至 30 日，中非合作论坛第八届部长级会议在西非国家塞内加尔首都达喀尔举行。会议于 30 日通过了《中非合作论坛第八届部长级会议达喀尔宣言》，国家主席习近平发表了题为《同舟共济，继往开来，携手构建新时代中非命运共同体》的主旨演讲。习近平在演讲中指出，2021 年是中非开启外交关系 65 周年。65 年来，中非双方在反帝反殖的斗争中结下了牢不可破的兄弟情谊，在发展振兴的征程上走出了特色鲜明的合作之路，在纷繁复杂的变局中谱写了守望相助的精彩篇章，为构建新型国际关系树立了光辉典范。

中非关系为什么好？中非友谊为什么深？关键在于中非双方缔造了历久弥坚的中非友好合作精神，那就是“真诚友好、平等相待，互利共赢、共同发展，主持公道、捍卫正义，顺应时势、开放包容”。这是中非双方数十年来休戚与共、并肩奋斗的真实写照，是中非友好关系继往开来的力量源泉。

没错，回顾历史，我们能够清楚地看到，中非关系绝不是一天就发展起来的，更不是什么人所能恩赐的，而是中非风雨同舟、患难与共，一步一个脚印走出来的。在关乎彼此前途命运的关键时刻和重大问题上，双方始终坚定地站在一起，相互支持与包容。

联合国大会第 2758 号决议，是 1971 年 10 月 25 日联合国大会第 26 届会议上，就“恢复中华人民共和国在联合国组织中的合法权利问题”进行表决的决议，主要内容为恢复中华人民共和国的一切权利，承认其政府的代表为中国在联合国组织的唯一合法代表。投票结果以 76 票赞成、35 票反对、17 票弃权的压倒性多数通过，这是世界进步的需要，更是历史发展的必然。

但决议产生的经过，却经历了一波三折，原因就来自欧美一些国家的竭力反对。决议提案最初于 1971 年 7 月 15 日由以阿尔巴尼亚、阿尔及利亚为首的 18 个共同提案国(后增至 23 国，其中 11 个是非洲国家)发起，故又被称为“两阿提案”或者“阿尔巴尼亚提案”。欧美国家针对“两阿提案”设置了重重障碍，1971 年 7 月的联合国，说是以非洲国家为主的一方与以少数欧美国家为主的一方的斗智斗勇并不为过，而在此过程中，非洲国家的坚定支持成为中华人民共和国最终恢复联合国合法地位的关键因素。记得当时毛泽东主席就曾诙谐地说：“是非洲朋友把我们抬进联合国的。”

中国也一直坚定不移地站在广大发展中国家一边。1967 年在本国经济还比较困难的情况下，中国毅然接下了援建坦赞铁路的艰巨工程。

赞比亚是一个面积广大的非洲内陆国家，作为当时世界上的第三大铜金属出产国,却苦于没有出海口而使得铜矿贸易大为受限。赞比亚迫切需要一条通往坦桑尼亚出海口的交通命脉。建成后的坦赞铁路将是一条贯通东非和中南非的交通大干线,是东非交通的主动脉,坦赞两国政府想要修建坦赞铁路的愿望十分迫切。

为了修筑这条铁路,坦赞两国政府曾一起向世界银行申请援建坦赞铁路贷款,却被拒绝;时任坦桑尼亚副总统卡瓦瓦访问苏联时,请求苏联政府帮助修建坦赞铁路,还是遭到了拒绝。就是在这样一个背景下,中国政府和中国人民向非洲兄弟坚定地伸出了援手。

中国援建的坦赞铁路东起坦桑尼亚的达累斯萨拉姆,西迄赞比亚中部的卡皮里姆波希,全长 1860.5 公里。工程于 1970 年 10 月 26 日开始动工,于 1975 年 6 月 7 日全线贯通,10 月 23 日全面建成并试运营,1976 年 7 月正式通车,7 月 14 日正式移交给坦桑尼亚、赞比亚两国政府。为了修建坦赞铁路,中国先后派遣工程技术人员近 5 万人次,沿途修建了 320 座桥梁、22 条隧道、93 个车站,有 64 名中国筑路工人长眠在坦赞大地上,这些数字共同组成了中华人民共和国发展史上对非交流的一串独特“密语”。坦赞铁路至今仍然是中非友谊“铁”的见证。

如今,由中国企业建设的全长 752.7 公里长的亚吉铁路,已成为非洲大陆行驶距离最长的跨国电气化铁路,它是中国企业在非洲建设的第一条集投融资、设计、施工、监理、装备材料和运营为一体的全产业链“走出去”的跨国电气化铁路。而给这条高规格、高技术含量的铁路配套的鲁班工坊,无疑成为中非在 21 世纪共建“一带一路”背景下见证友谊的新标志。

截至 2024 年年底,由中国企业承建的蒙内(蒙巴萨-内罗毕)

铁路已经成功运行了7年。中国成熟的铁路运营体系,在肯尼亚大放异彩。7年来,作为肯尼亚推进"2030愿景"之重大项目的蒙内铁路,为肯尼亚创造了近5万个就业岗位,推动了沿线地区的城镇化进程,极大地促进了肯尼亚经济社会发展。时任肯尼亚总统肯雅塔说:"蒙内铁路为所有肯尼亚人创造了就业机会和希望,带来了机遇和繁荣。"据负责蒙内铁路运营的非洲之星铁路运营公司介绍,随着建设的完善,蒙内铁路管理工作将由肯方独立完成,中国专家将陆续返回国内,接替中国专家的将是肯尼亚自己的铁路技术人员,而这些技术人员很多是从非洲各个鲁班工坊走出来的毕业生。

像亚吉铁路、蒙内铁路这样,由中国帮助非洲国家建设,而最终交由非洲国家管理运营并使其自身得以长足发展的情况还有很多。如喀麦隆克里比-罗拉贝高速公路、埃及"斋月十日城"市郊铁路、尼日利亚莱基深水港项目、几内亚马西铁路等。中国将自身发展建设过程中积累的"基建狂魔"能力,投入帮助非洲进行基础设施建设上。数据显示,仅2000年至2020年,中国帮助非洲国家建成的公路铁路里程就超过13000公里,建设了80多个大型电力设施。而在这些非洲国家重要基础设施的工作现场,非洲鲁班工坊的毕业生已成为技术人员中的主力军。

鲁班工坊采取学历教育与职业培训相结合的方式,不仅"授人以鱼",更"授人以渔"。在建设实训中心、提供先进教学设备的同时,中方还组织教师和技术人员为当地教师开展技术技能培训,并邀请其来华实地交流。此外,鲁班工坊积极发挥机械自动化与人工智能数字化等优势,因地制宜通过产教融合、校企合作的方式,培养符合非洲社会发展需求的劳动力。时任尼日利亚教育部部长阿达穆说:"鲁班工坊为尼日利亚青年提供技术和职业培训机会，将有力地促进尼日利亚国家发展。”时任乌干达科技与创新部部长埃利奥达·图姆韦西杰说：“鲁班工坊的建成将进一步推动乌干达职业教育发展以及工业化进程，推动乌干达实现经济转型。”中外专家普遍认为，鲁班工坊的合作模式是拥有良好前景的可持续发展方案，不仅可以在非洲多国多地铺展开来，还可以成为其他领域合作的样板，为中非全面合作发展提供成功的实践经验，如农业、制造业等中非合作传统优势产业以及生物医药、电子通信等新兴行业。以中国经验和中国技术为依托建设的鲁班工坊，用现代化的职业知识和技能培养非洲青年，必将为非洲经济和社会发展助力，为非洲工业化提质增速作出中国的重要贡献。

2021 年 12 月 3 日，位于非洲大陆西北角的摩洛哥鲁班工坊揭牌暨启运仪式在天津商务职业学院和摩洛哥著名城市卡萨布兰卡的阿伊阿萨尼应用技术学院同步举行。摩洛哥鲁班工坊不仅是中国在非洲建成并成功运行的第十二个鲁班工坊，也是中国在全世界建成并成功运行的第二十个鲁班工坊。

基于非洲鲁班工坊所取得的出色成就，2021 年 9 月，天津轻工职业技术学院牵头成立了“非洲职业教育研究中心”，专门服务于中非职业教育合作，开展了未来非洲课题研究工作，深入研究了中国职业教育支撑服务非洲产业和社会发展的政策、机制与做法，形成了《中非职业教育合作研究》《职业教育服务中非产能合作研究》等专著，在世界职业技术教育发展大会平行论坛上发布。这为下一步非洲鲁班工坊的建设提供了有力的理论支撑，为全面提升非洲鲁班工坊建设质量贡献了源源不竭的中国力量和中国智慧。

正是秉承了“现代化道路上一个都不能少，一国都不能掉队”这一原则，截至 2024 年年底，中国已在非洲 15 个国家建成了 17

个鲁班工坊,这些鲁班工坊共开设有 52 个各具特色的专业,紧密围绕非洲工业化发展进程中急需的铁路建设、机械制造、电气自动化等核心工业领域,为非洲培养了一大批优秀的技术技能人才。随着 2024 中非合作论坛“再建 10 个鲁班工坊”目标的提出,未来,鲁班工坊必将成为非洲现代化发展进程中的一个重要符号,成为中外人文交流史上最具生命力的重要品牌之一。

鲁班 VS 墨子:相辅相成,殊途同归

鲁班和墨子,都是 2000 多年前的中国历史人物,同为优秀工匠,为中国“班墨文化”之代表人物。如今,古老的班墨文化又被赋予了新的内涵。以鲁班命名的鲁班工坊,肩负着搭建职业教育国际交流平台的使命, 跨越山海将中国职业教育的经验分享给世界,成为共建“一带一路”上的“技术驿站”,为世界职业教育发展贡献着中国智慧。鲁班工坊将中国古代班墨文化的传承与现代职业教育发展相结合,以海外合作品牌项目方式走出国门,通过学历教育与技术培训, 同全世界分享中国职业教育的教学模式、专业标准、教学装备、师资培养、教学资源,向世界提供中国优秀职业教育整体解决方案。

按照比较一致的说法, 鲁班与墨子的生卒年虽相差二十几岁,却属于同时代人。二人都有着非常高的技艺,且各有所长,春秋时即为一时之“瑜亮”,一个善“攻”计,一个善“守”法,在历史上,二人也曾不止一次交过手。

提起鲁班、墨子,相信大家都会想起学生时代曾经学到的一篇课文《墨子·公输》。文章记录的就是他们二人之间的一次“斗法”。

一次, 楚国要攻打宋国, 鲁班为楚国特地设计制造了一种云梯,准备作为攻城之用。彼时墨子正在齐国,得到这个消息后,急

忙赶到楚国去劝阻楚王。墨子在路上走了十天十夜，到楚国的郢都后立刻找到鲁班一同去见楚王。墨子竭力说服楚王和鲁班不要去攻打宋国。这便是“墨子救宋”的故事。这个故事又衍生出一个成语——墨守成规。墨子劝阻楚王伐宋，楚王同意了，但楚王和鲁班却都舍不得放弃新造起来的攻城器械，很想在实战中一试身手。墨子于是解下衣带，围作城墙，用木片当作武器，让鲁班同他分别代表攻守两方进行演示。鲁班多次使用不同方法攻城，却都被墨子挡住了。鲁班攻城的器械已经用尽，而墨子守城的计策还绰绰有余。鲁班不肯认输，说自己还有办法对付墨子，但他不想说。墨子说自己知道鲁班要怎样对付自己，但是他也不说。楚王听不懂，问是什么意思。墨子说鲁班是想杀了他，以为杀了他之后，就没有人再去帮宋国守城了。可鲁班哪里知道墨子的门徒约有三百人早已守在宋国等着楚国去进攻呢！楚王眼看没有把握取胜，便决定不攻打宋国了。

鲁班是中国春秋末期著名工匠，也是著名的发明家，姓公输，名般，因“般”与“班”同音，鲁班又是鲁国人，所以后人便称其为鲁班，沿袭至今。他大约出生于周敬王十三年(公元前507年)，死于周贞定王二十三年(公元前446年)以后。当时“诸子百家”灿若群星，经济、政治、科技、文化各领域人才辈出。鲁班从小就在外学艺，从事土木工程制作。传说他的发明创造很多，在木工和民用方面有曲尺、墨斗、刨子、铲子、水准、钻、锯、凿等；在建筑及雕刻工艺方面则有桥梁、楼阁亭台的设计，刻制的立体石制九州地图和栩栩如生的木雕凤凰等；在机械制造方面有只能用钥匙打开的锁、加工粮食所用的磨和碾、起吊重物的机械等；在军事科技方面有攻城用的云梯和水战用的钩钜等；在杂项方面据说能够制造出来借助风力高飞三日不落地的木鸟。

在鲁班之前，木匠们普遍使用斧子、刀剑来切制木品，极不便利，鲁班经过反复实验，不断追求切割表面的平整，最终发明了刨子；鲁班在工程实践中善于创新，又发明了鲁班尺（也叫曲尺或矩）……他的故事也被越传越神。历代工匠为了提高自己征服自然、改进工艺的能力，把鲁班描绘成具有神奇技艺和无穷智慧的匠师，说他造的木头鸟能飞、木头人能够劳动，他造的灯台点燃后可以分开海水，他使用的墨斗拉出线来就可以弹开木头，他可以用唾液将碎木黏合成精美的梁柱，他可以在一夜之间建起三座桥等。不仅是木匠，鲁班还被视为石匠、泥瓦匠、机械工匠、漆匠等十多个行业的“行业神”，被人们尊称为“鲁班先师”“工圣鲁班”“百工圣祖”等。唐代文人段成式在《酉阳杂俎续集》一书中说：“今人每睹栋宇巧丽，必强谓鲁般奇工也。”如孔府中的奎文阁、故宫里的角楼、北京的白塔寺、湖南的岳阳楼等，均被传系鲁班所作，这自然都是不靠谱的说法。但从中我们也不难看出，在发明创造、呈现工匠精神方面，鲁班对后人的影响之巨大，也可从中发现鲁班精神的历久弥新和后人对鲁班精神的发扬光大。

虽说有许多夸张、神化的成分，但鲁班的多数发明创造成果还是被世人所公认的，这些成果在当时把人们从原始、繁重的体力劳动中解放出来，促进了生产力的提高，加快了科技的发展。旧时代工匠对鲁班的敬仰还表现在许多民俗活动中，比如为他建庙奉祀。明代初年汇编的关于土木工匠营造法式的书就被命名为《鲁班经》，书中还专门讲了“鲁班仙师源流”，将鲁班进一步神化。不过，有关鲁班的各种传说，千百年来在团结教育工匠方面、在弘扬和宣传工匠精神方面确实起到了很大作用。

墨子约出生于春秋末年周敬王四十年（公元前 480 年），也有一说系周敬王四十四年（公元前 476 年）。虽然其先祖是封建贵族，但到墨子这代家道早已中落，墨子于是亦成为中国历史上唯一一个平民出身的哲学家。作为一介平民，墨子在少年时代做过牧童，学过木工，据说他制作守城器械的本领比鲁班还要高明。墨子自称“鄙人”，外人称其为“布衣之士”。相比鲁班而言，墨子受到的文化教育更正规和系统一些。《史记》中就记载墨子曾做过宋国的大夫。墨子是一个有相当文化知识，又比较接近工农小生产者的士人，他自称“上无君上之事，下无耕农之难”，是一个同情“农与工肆之人”的士人。墨子精通手工技艺，可与当时的鲁班相比。与同时期脱离劳动的士人不同，墨子由匠人上升为士后，仍然坚持手工劳动，并以此为荣。墨子提出庶人、士、三公诸侯、天子，人人都必须“竭力从事”，“从事”就是工作。墨子还谙熟当时各种兵器、机械和工程建筑的制造技术，并有不少发明创造。《墨子》一书中的《备城门》《备水》《备穴》《备蛾傅》《迎敌祠》《杂守》等篇，详细介绍和阐述了城门的悬门结构，城门和城内外各种防御设施的构造，弩、桔槔和各种攻守器械的制造工艺，以及水道和地道的构筑技术。书中所论及的这些器械和设施，对后世历代的军事活动有着很大影响。

墨子及其弟子“学者加工匠”的特殊身份，成就了他们在先秦时期科技领域的最高地位和足以与西方古代自然科学相媲美的科学建树。一部《墨经》涵盖了光学、力学、形学、数学、几何学、逻辑学等多门学科，国学大师杨向奎称“其科学成就至少应该等于整个古希腊”。在《墨经》中，墨子提出了三种知识：一是亲知，二是闻知，三是说知。亲知是亲身得来的，就是从“行”中得来的；闻知是从旁人那里得来的，或由师友传来，或由书本传达；说知是推想出来的。“行为本”说明，亲知为一切知识之根本；闻知和说知必须植根于亲知，方能发生效力。正如日本宗教家池田大作所说：“墨子的爱更为现代人所需要。”实践出真知。“赖其力者生,不赖其力者不生”,墨子认为,在劳动上,人是平等的,这也是中国劳动教育的重要基石。工匠精神并不神秘,说穿了,就是“精益求精”。

墨子主张兼爱非攻,尚贤尚同,既述且作,创造发明。“士虽有学,而行为本焉。”墨子非常重视实践在教育中的作用,在诸子百家中独树一帜。先秦诸子,唯墨子集思想家、教育家、科学家、军事家和社会活动家于一身。

墨子及其弟子直面自然,通过对所感知、经验的自然现象考察、分析、研究,把科学活动建立在客观理性的基础之上,通过对具体事物的观察分析,科学地说明事物的构成方式、存在方式和运动方式。他们认为,科学的任务就是“摹略万物之然,论求群言之比。以名举实,以辞抒意,以说出故。以类取,以类予”(《墨子·小取》)。

鲁班所有的发明创造,都是基于他对自己职业的热爱,对自己工作岗位的坚守,以及对工作精益求精的态度;而墨子同样出生于木工世家,他在大量的手工实际操作中把自己造就成一名高超的技师,成为那个时代与鲁班齐名的能工巧匠。虽然墨子与鲁班二人的思想与理念极其接近,墨子的思想理论体系比鲁班更健全,但他对后世的影响力却比鲁班要小。原因不只是鲁班的发明创造比墨子多,更主要的还是因为鲁班与普罗大众离得更近,其形象在老百姓的心目中显得更生动、亲切。现实生活中的能工巧匠往往会被人们用“鲁班”来形容,创立于1987年的中国建筑行业工程质量最高荣誉奖——鲁班奖,就用于授予创建出一流工程的企业,被誉为中国建筑行业的“奥斯卡奖”。

有关鲁班的各类文艺作品也层出不穷。1958年,魏鹤龄主演的电影《鲁班的传说》上映,影片由造桥、建庙、建角楼三个故事贯串而成,着重表现了春秋战国时代的巧匠鲁班是劳动人民勤劳智慧的化身，证明了不平凡的奇迹都是从平凡的劳动中创造出来的。电影《青年鲁班》是一部拍摄于1964年的黑白电影，影片以朴实无华的手法表现了一个文化水平不高但热爱自己工作的青年工人李三辈在技术革新中的成长过程，强调了他刻苦提高文化水平、顶压力攻难关的顽强精神。后来，不只是建筑行业，几乎所有在工作中表现突出、喜欢搞技术改革的标兵，都会被冠以“当代鲁班”的称谓。

班墨文化的有趣之处在于其是通过鲁班和墨子之间的数次较量得到全面彰显的。通过传世文献《墨子》《韩非子》等，后人几可辨识墨子和鲁班对“匠道”的不同理解。《墨子·公输》中记载了墨子“止楚攻宋”的事迹，是为班墨二家第一次斗法。《墨子·鲁问》记载了班墨二家的另一次斗法：“公输子削竹木以为鹊，成而飞之，三日不下。公输子自以为至巧。子墨子谓公输子曰：子之为鹊也，不如匠之为车辖，须臾斫三寸之木，而任五十石之重。故所为巧，利于人谓之巧，不利于人谓之拙。”鲁班用竹木制成能飞三日掉不下来的木鸟并以为至巧，墨子却认为木鸟的功用不如能承受五十石重的车轴销子。

鲁班以手工操作为职业，钻研技巧，精益求精，把工匠技巧发挥到了极致；墨子崇尚科学，以人为本，兼通工匠技巧，是著名的思想家、哲学家，同时也是实干家。《墨子》《四库全书》《四部丛刊》等古文献资料，都把鲁班和墨子的事迹融合起来介绍，因为鲁班和墨子不仅属于同时代人，基本上也属于同业，两人相辅相成、不可离分。鲁班工坊的建设，应该充分挖掘和讲述班墨文化历史发展进程中的生动故事，充分利用各种传播手段助力提升鲁班文化和墨子思想的影响力，赋能班墨文化卓越匠心对鲁班工坊的品牌打造。

“心心在一艺，其艺必工；心心在一职，其职必举。”想要大力弘扬班墨文化与工匠精神，就需要褒扬工匠情怀、厚植工匠文化，引领劳动者在本行业和本领域担大任、干大事、成大器、立大功，培养“择一事终一生”的执着专注、“干一行钻一行”的精益求精、“偏毫厘不敢安”的一丝不苟和“千万锤成一器”的卓越追求。

当代职业教育需要紧跟市场需求变化——可以说职业教育是中国教育类型中反应最敏感、变革最快的一种类型——但职业教育的变革中应该有永恒不变的主题，那就是班墨文化和工匠精神。鲁班和墨子集工匠、技术大师、发明家于一身，班墨文化是他们劳动实践、技术创新与发明创造等集大成之后的文化结晶。无论是打造“现代鲁班”，还是培养大国工匠，这些都是现代职业教育人才培养的重要内涵，班墨文化应成为职业教育发展的根脉与灵魂。

兼爱、非攻是墨子思想的重要组成部分，它也是中国古代人民的政治智慧，是中华文明的内在基因，是中华文明为世界作出的独特贡献，有别于西方排他性的“非此即彼”思维。共建“一带一路”倡议和鲁班工坊的设立正是中华民族崇尚“以和为贵”“天下大同”理念的生动体现。

鲁班和墨子是中华民族勤劳智慧、科学创新的典范，他们具有强烈的实用主义思想，而且特别讲究实践价值和动手能力。他们胸怀天下、心系百姓、崇尚科学、造福人类的博大情怀和善行义举，千古传扬不息，世世代代植根于人们心中。不局限于中国，世界的职业教育同样需要班墨文化的润泽。鲁班工坊从立项建设到揭牌启运，始终都在从班墨文化中汲取营养，通过将中国职业教育与世界分享的方式，促进和平发展、合作共赢，与合作国、合作方共同开创更加美好的未来。

黄炎培 VS 陶行知：“教学做合一”的理念

2020 年至 2024 年，是中国职业教育迅猛发展并走向国际舞台的 5 年，同时也是鲁班工坊在全球范围内“开花结果”的 5 年，所以分别于 2022 年（第七届）、2024 年（第八届）颁出的黄炎培职业教育奖便格外引人瞩目。其中，天津职业大学、天津职业技术师范大学、天津铁道职业技术学院先后获得优秀学校奖；天津渤海职业技术学院于兰平、天津铁道职业技术学院于忠武、天津职业技术师范大学张金刚、天津轻工职业技术学院戴裕葳先后获得杰出校长奖；天津职业大学王海英、天津机电职业技术学院刘勇、天津市第一商业学校齐莉、天津中德应用技术大学孙学娟、天津轻工职业技术学院李云梅、天津市经济贸易学校肖磊、天津渤海职业技术学院崔迎、天津铁道职业技术学院阳东、天津电子信息职业技术学院杨阳、天津市南洋工业学校杨玉杰、天津医学高等专科学校张秀丽、天津职业大学冯艳文先后获得杰出教师奖；天津中德应用技术大学则获得杰出贡献奖。值得一提的是，这两届天津市获得黄炎培职业教育奖的，多是近几年在鲁班工坊建设中作出突出贡献的单位与个人；外省市的获奖单位和个人中，与鲁班工坊建设有关的也占很大比例。由此可以看出，这是国家对近年来职业教育界在鲁班工坊建设中所取得成就的表彰与肯定。

黄炎培职业教育奖，是由中华职业教育社创立，经中共中央、国务院专项审核通过的中国职业教育领域唯一保留的国家级奖项。自 2007 年创办以来，黄炎培职业教育奖在弘扬黄炎培职业教育思想、树立职业教育先进典型、引导和推动职业教育创新发展、构建中国现代职业教育体系等方面作出了突出贡献。该奖项每两年评选一次，被公认为中国职业教育的最高荣誉。

如今的天津职业技术师范大学校园内，有分别以黄炎培、陶行知命名的“炎培园”与“行知园”，这是天津职教人继承中国传统班墨文化，汲取陶行知、黄炎培教育智慧的生动体现。早在 100 多年前，黄炎培即主张学校与企业联合育人的“建教合作”办学思路，而陶行知关于“生活即教育、社会即学校”的思想，对后世创立中国职业教育的本土化模式、打造中国职业教育的国际化品牌，实现中国优秀传统职业文化创造性转化、创新性发展起到了重要作用，并在当下鲁班工坊建设中得到了充分验证与完美体现。

1917 年，已经人到中年的黄炎培赴英国考察，同年 5 月 6 日，他联络国内教育界、实业界知名人士在上海发起成立了中华职业教育社；次年，创建了中华职业学校。学校设木工、铁工、珐琅、纽扣 4 科，并设附属工厂，后又增设了土木、染织、师范、商业等科，实行半工半读的教学方式，这是中国最早的现代职业教育模式。黄炎培在此后数十年时间的教育和社会活动，主要是通过中华职业教育社来展开的。

1921 年，黄炎培委任为北洋政府教育总长，但他推辞不就，专心进行乡村建设实验，并相继筹办南京高等师范学校、河海工程专门学校（现河海大学）、国立东南大学（现东南大学）、上海商科大学（现上海财经大学）、厦门大学等高校，为中国现代高等教育作出了卓越贡献。

2021 年是陶行知诞辰 130 周年，2022 是南京晓庄学院建院 95 周年。南京晓庄学院的前身是现代教育家陶行知于 1927 年创办的“晓庄试验乡村师范”，它是中国乡村师范教育的发祥地。南京晓庄学院晓庄校区（行知园）位于今天的南京市栖霞区晓庄中心村 132 号，这里便是当年陶行知创办晓庄试验乡村师范的原址。陶行知当年提出的“教学做合一”的校训现仍旧被作为南京晓庄学院的校训。

1917 年，留美归国的陶行知任职于南京高等师范学校，他仔细观察学校的教学过程，发现教师们只管教，却不管学生怎么学，他认为必须改革。陶行知主张将学校的“教授法”，改为“教学法”。他执着于此，始终倡导，始终坚持，身体力行了两年，得到了黄炎培等人的支持，终于在 1919 年以专修科主任的名义将南京高等师范学校全部课程的“教授法”改成了“教学法”。看起来只不过是一字之差，可这便是“教学做合一”理念的起源。从陶行知始终坚持的主张看，学习方法的重要性可见一斑。接下来就是如何学，而他主张在“做”中学。“教学做”的中心，是“事”，即“现实生活”，就是“战胜现实中实际的困难，解决现实中实际的问题，生实际之利，格实际之物，爱实际之人，求实际的衣食住行，回溯实际的既往，改造实际的现在，探索实际的未来”。

作为中国现代著名教育家，黄炎培认为中国的教育“乃纯乎为纸面上之教育。所学非所用，所用非所学”，改良之道“不独须从方法上研究，更须在思想上研究”。他推崇的职业教育，要“谋个性之发展，为个人谋生之准备，为个人服务社会之准备，为国家及世界增进生产力之准备”；强调职业教育要手脑并用、做学合一，理论与实际并行、知识与技能并重。

1923 年，黄炎培发表了《中华职业学校五年来之经过》一文，提出:“凡平民教育性质之职业学校,最合现今社会所需要。但其一切设施,须使勿远于是种社会之生活状况,否则其结果将与其宗旨日趋而日远。”

1931年,黄炎培在《教育与职业》杂志第127期发表文章《怎样办职业教育》,提出办职业教育,万不可专靠想、专靠说、专靠写,必须切切实实去“做”。黄炎培的这一主张与陶行知的理念可谓不谋而合。

1927年3月15日,是中国职业教育界一个值得纪念的日子。这一天,晓庄试验乡村师范举行了开学典礼,陶行知邀请蔡元培担任晓庄试验乡村师范的董事长。陶行知发表了热情洋溢的演说。当时的晓庄试验乡村师范,盖的是青天,踏的是大地;农夫、村妇、渔民、樵夫都做指导员。在随后的日子里,陶行知与晓庄师生一起盖房子、建厨房、挖厕所,一起挑粪、挑水、种田、种菜、养猪、养鱼,什么都自己干,慢慢地盖起了一座座茅屋,图书馆、办公室、会议室、音乐室、陈列室……一切都有了,他的生活教育理论也有了,晓庄精神也有了。陶行知将其归结为一个字,那就是“做”。

陶行知说,“做”弄通了,其余疑问就迎刃而解了。我们做一件事,便要想如何可以把这件事做好,如何运用书本,运用别人的经验,改造用得着的工具,使这件事做到最好。我们还要想到这件事和那件事的相互影响。我们要从具体想到抽象、从殊相想到共相、从片段想到系统。在实践中学习,学应用、学创造。

且看晓庄试验乡村师范建校时发布的招生广告:

培养目标:(一)农夫的身手;(二)科学的头脑;(三)改造社会的精神。考试科目:(一) 农务或木工操作一日;(二) 智慧测验;(三)常识测验;(四)作文一篇;(五)五分钟演说。本校准备:(一)田园二百亩供学生耕种;(二)荒山十里供学生造林;(三)最少数经费供学生自造茅屋住;(四)中心学校数处供学生实地教学做;(五)指导员数人指导学生教学做。另外还有农事教学做,师范生每人种一二分地;木工教学做,师范生每人都要制作重心、杠杆、齿轮等木制教具一套;设立生物研究室,从事生物学教学做。除听生物学专题报告外,晓庄试验乡村师范还采集、制作动物植物标本,开辟专室陈列;饲养蛇、兔等动物,供学生和农民参观;设立有农艺研究室,师范生自愿参加。

1928 年夏,南京和平门外乡村发生蝗灾,当时晓庄试验乡村师范全校师生都参加了灭蝗活动。晓庄试验乡村师范的课程中,还有“会朋友去”的活动,即师范生需要每星期访问农民一次。

“教学做合一”是陶行知生活教育理论中的一个重要命题,它与“生活即教育”“社会即学校”共同构成了陶行知的生活教育理论体系。

“教学做合一”所蕴含的通过学会做事,达到学会生活、学会做人等的教育目的,后来成为国际教育界普遍认同的现代教育价值观。“教学做合一” 所倡导的行动中的真知识和知行统一的品格, 既为职业院校实施专业教育提供了知识观基础和方法论途径,也为职业院校推行素质教育提供了人文价值导向。在职业院校办学中坚持“教学做合一”理念,就是使专业教育和人文教育并举,使人才的专业技能和综合素质同时得到发展。

陶行知首倡并绵延在晓庄文脉中的“教学做合一”理念和精神,不仅彰显着学校办学历史的文化传统,而且昭示着学校办学实践的独特风格。

践行“教学做合一”的教育理念,就是要求师生都要学会做事。“做”是“教学做合一”的中心,“事”是“做”的中心,提倡学生发挥自己的主观能动性,培养自己的创新精神和实践能力,在实践中求真知，在实际生活中探索真理。学习是学生要做的最重要的事，因此学生要学会学习，培养自己的学习能力，学会掌握知识的手段，学会将知识付诸实践，以适应不断变化的社会。

践行“教学做合一”的理念，就要求人们学会做人。人无疑是陶行知教育思想的终极关怀，学问和人品并重、能力与素质全面发展，这不仅是“教学做合一”这一理念对人们的要求，也是时代的要求。人们的目标是要追求真理做真人，要做知行合一的人。

陶行知认为生活决定着教育，有什么样的生活便有与之相应的教育模式。教育是供人生需要、供生活向前向上需要的，只有在生活中求得的教育才是真正的教育。实际生活是教育的中心，文字、书本只是生活的工具，不是生活的本身，教育要通过生活才能产生力量而成为真正的教育。正所谓“千教万教教人求真，千学万学学做真人”。

教育与生活是同一过程，教育蕴含于生活之中，教育必须和生活结合才能发生作用。教育要以生活为前提，不与实际生活相结合的教育不是真正的教育。陶行知说，要把笼中的小鸟放到天空中，使它任意翱翔，要把学校的一切伸展到大自然里去。到处是生活，即到处是教育。

陶行知反对以“教”为中心，主张“教学做合一”，这就从教学方法上改变了教、学、做的分离状态，克服了书本知识与生活的疏离感。

而黄炎培提出“大职业教育主义”，认为“只从职业学校做功夫，不能发达职业教育；只从教育界做功夫，不能发达职业教育；只从农、工、商职业界做功夫，不能发达职业教育”。办职业教育必须联络和沟通整个教育界和职业界，参与全社会的活动和发展，要更多地探寻职业教育外部环境的适应问题。以普通教育学校为正统的教育，以职业学校为偏系的教育，这种陈旧观念应被彻底铲除。整个的职业教育应贯穿全部教育过程和全部职业生涯。办职业学校的，须有最高的热忱，参与一切；须有最大的度量，容纳一切。职业教育应能包容一切。“盖今世商战、工战，无非学战”，这是黄炎培为我们得出的极富警世意味的结论。

黄炎培还认为，办职业教育，必须把试验业已有效的授给人家；在“先知觉后知”之外，还需“先能授后能”。办职业教育，不但要着重职业技能，还要让学习者养成适应这种生活的习惯。

中国的职业教育初创于鸦片战争后的洋务运动，历经民族存亡的艰辛，伴随着近现代工业的发展，在黄炎培、陶行知等教育家身体力行地推动和创新理论的支撑下，为民族独立和社会发展作出了积极贡献。抗战期间，为了配合战时需要，不少职业学校更名为“技工学校”，这也是中国第一批以“技工学校”命名的学校，培养出了一大批机械制造和维修方面的熟练技工。中华人民共和国成立后，百业俱兴，劳动部门开展有针对性的学徒培训，举办工人训练班。这些学徒培训和工人训练班逐步发展成为职业中专和技工学校。伴随着社会主义建设的高潮，职业教育也蓬勃发展起来，一直到改革开放，职业教育培养出来的学生一直是中国产业工人队伍的主体，并始终践行着“教学做合一”的理念。

中国特色社会主义进入新时代以来，中国职业教育坚持“高端引领、校企合作、多元办学、内涵发展”的理念，秉持特色发展，办学实力进一步增强，教育质量进一步提升，为中国经济高质量转型升级和全面建成小康社会作出了积极贡献。

岁月奔流，长风浩荡。中国职业教育在民族危难之时发轫，在中华人民共和国建设和改革开放之中发展，在民族复兴之路上兴盛，走出了一条从无到有、从弱到强的清晰历史轨迹。

弦歌不辍，今更峥嵘。在波澜壮阔的历史发展进程中，中国职业教育已逐渐成为培养技能人才的主阵地，而由黄炎培、陶行知等近代著名教育家所创立的“教学做合一”的理念至今仍是中国职业教育的宝贵财富（鲁班工坊的教学理念与之一脉相承），同时也是中国职教人在教育模式、教育话语、教育体系等领域进行实践，并成功将鲁班工坊推向世界的重要理论基础。

班墨文化 VS 鲁班工坊：展示大国工匠精神

所有对鲁班工坊有所了解的人几乎都认为，鲁班工坊的命名不仅是对鲁班个人成就的纪念，更是对中国古老工匠精神的传承，是中国大国工匠精神在新时代的弘扬和呈现。许多国外学生通过在鲁班工坊的学习、实践，也逐渐领会到，“鲁班”不是个简单的名字，而是代表着对精湛技能的追求，体现着精益求精的工匠精神。

2017 年，在阿联酋首都阿布扎比举行的第 44 届世界技能大赛上，中国代表团高居奖牌榜和金牌榜双首位，其中，出自中国职业院校的奖牌占比为 64.2%，金牌占比为 60%。有人说，这次技能大赛是中国职业教育登上世界舞台的一次成就展现，更是中国工匠精神的一次集中呈现。

2019 年 2 月 28 日，一场别开生面的技能大赛——鲁班锁拆装大赛在泰国大城技术学院鲁班工坊内举行。来自中国天津渤海职业技术学院和泰国大城技术学院的 100 多名学生展开角逐，将中国工匠精神通过寓教于乐的方式融入海外职业教育。

此次举办的鲁班锁拆装大赛，由泰国海上丝绸之路孔子学院牵头主办，中方承办校为天津渤海职业技术学院，目的是在海外传播以鲁班为代表的中国班墨文化和大国工匠精神，增强泰国职业院校尤其是鲁班工坊的外籍学生对中国文化和中国古代科技的了解,增进中泰两国青少年之间的友谊,积极助力共建“一带一路”倡议在海外的传播。

鲁班被誉为中国工匠的鼻祖,鲁班锁相传由鲁班发明,采用的是中国传统建筑中的榫卯结构,它不仅是中国古代技艺中智慧与技术的代表作,更是精益求精的“工匠精神”的体现。这次鲁班锁拆装大赛分为单人赛、双人赛和团体赛,其中双人赛需要中泰两国各出一位选手、各用一只手来合作完成鲁班锁的拆装过程,这是最能体现合作精神的一个环节。

时任天津渤海职业技术学院教师杨慧说:“鲁班锁弘扬了传统工匠精神,体现了中国职业教育的特色。别看只有小小的6块木头,却可以有不同的拆装方式,这种从动手能力的培养做起,精益求精、精雕细琢的工匠精神,对培养技术技能人才非常重要。”

获得单人赛第一名的泰国鲁班工坊学生普塔内说:“第一次接触鲁班锁的时候就感觉它特别神奇,设计得太精妙了,安装成功的时候又感到特别兴奋。这次活动让我对中国传统文化更着迷了,我一定要好好学习中文,有机会一定要到中国去学习,中国有传统文化,更有现代文明,还有各行各业的产业工人和技能高超的大国工匠。”

事实上,就像一位研究职业教育的专家所说的那样,凡是由职业院校所举办的技能大赛实际上都离不开一个词——工匠精神,换句话说,都与弘扬工匠精神有关。

实践证明,工匠精神在中国有着深厚且广泛的传承谱系。《考工记》出自《周礼》,据说是世界上所见年代最早的关于手工业分类技术的文献,在中国科技史、工艺美术史和文化史上都占有重要地位。全书记述了2300多年前的木工、金工、皮革、染色、刮磨、陶瓷等6大类30个工种的内容，反映出当时中国所达到的科技及工艺水平。此外，《考工记》还有数学、地理学、力学、声学、建筑学等多方面的知识和经验总结。由此可知，在2000多年前，班墨文化的形成与传播就拥有了丰厚的土壤和基础，从中华民族的伟大传统中挖掘和提炼属于我们自己的大国工匠精神，并将之传承和发展下去，让班墨文化在21世纪重新焕发出勃勃生机，绽放出耀眼的时代光芒，这不仅是走出国门的中国职教人的使命，也是每一个中国人的责任与义务。

所谓班墨文化，就是指2000多年前的鲁班、墨子留给我们后人的精神财富，说白了，班墨文化的内核实际上体现的就是一种工匠精神。工匠精神是追求卓越的创造精神，也是精益求精的品质精神，更是用户至上的服务精神。追寻其本源，回到春秋战国时期，便是工匠鼻祖鲁班的技艺加上“学者加匠人”墨子的人文情怀。传承班墨文化，在鲁班工坊建设中展示新时代大国工匠风范，是推动中国制造“走出去”的需要，更是开启中华民族创新发展的力量源泉之一。

时任天津轻工职业技术学院国际交流处处长王娟全程参与了埃及两个鲁班工坊的建设。她说，埃及鲁班工坊在筹备建设阶段遇到过比较大的困难，最后，是天津职业院校参与鲁班工坊建设的教职员工发扬大国工匠精神，不仅圆满完成了任务，还受到了埃及方面的称赞。

最初，埃及鲁班工坊的实训室是按照中国标准设计建造的，天津轻工职业技术学院多次通过电话、邮件进行指导，但进度很慢。于是中方技术人员克服了重重困难赶到埃及进行实地组装，经过40多天的日夜工作最终圆满完成了任务。王娟说：“在鲁班工坊揭牌启运前，埃及教师提前来中国天津接受培训，他们对现代职业教育的认识还不够，不明白为什么除了理论学习之外还要学习修理各种机器设备。我们天津轻工职业技术学院的教师就耐心为他们讲解中国职业教育的发展、职业教育培养什么样的人，一点点帮他们转变观念。在后来的培训中，埃及教师都非常主动地去实训室学习各种操作和修理技能。”

在柬埔寨鲁班工坊的建设中，天津中德应用技术大学鲁班工坊师资团队在完成日常培训教学任务的基础上，发扬大国工匠精神，积极帮助解决柬埔寨鲁班工坊合作院校的技术难题。

柬埔寨鲁班工坊合作院校柬埔寨国立理工学院传统的宏基站，难以满足日益复杂的城市无线环境深度覆盖和大带宽业务的需求，许多地方存在着边缘网络盲点覆盖问题；柬埔寨国立理工学院的校园内也存在着这样的盲点区域。在这些盲点区域内手机信号很差，很难接打电话，所以柬埔寨国立理工学院的院长希望柬埔寨鲁班工坊内的中国大唐4G基站设备可以帮助他们解决校园内的通信问题。

项目工作团队首先开通了大唐基站，与柬埔寨教师一起在校园内进行了4G网络测试，发现有些区域的信号衰减很大，无法正常接打电话。通过反复分析测试数据，他们找到了盲点区域的范围，然后通过调整天线的角度加强了该区域的信号覆盖，再次对校园进行网络测试。覆盖盲点区域问题得到了解决，但是他们又发现了信号干扰问题——在某一范围区域内信噪比偏低，信号强度却正常——在分析测试数据以后，他们查明是柬埔寨当地基站与大唐基站存在一定的频率干扰，在修改了大唐基站的工作频段后，再次对该区域进行测试，信噪比终于回到了正常水平，干扰问题被解决了。

通过解决类似技术问题，从网络模拟、规划设计、基站搭建、网络测试、网络优化等环节入手，项目工作团队制定了适应当地实际需求的移动网络部署和参数配置优化方案，并通过实际应用案例形成的优化经验在当地的推广传播，切实解决了柬埔寨当地通信网络覆盖不足的顽疾。目前，柬埔寨鲁班工坊通信实训场地除了满足常规培训教学需要，还实现了柬埔寨国立理工学院校园内 4G 手机视频通话和下载教学视频等功能。这种精益求精的工作态度正是大国工匠精神的生动体现。

多年来，中国海外工程人员辛勤劳动，赢得了“中国速度”的良好口碑，同样，鲁班工坊在世界各地“落地生根”，获得当地政府和人民的信任，传播了中国的大国工匠精神，是增益“质量中国”海外声誉的重要基石。这种大国工匠精神是科学严谨、精益求精、追求卓越，是辛勤付出和实事求是。在海外鲁班工坊建设过程中，实地考察、设备运输、报关清关、安装调试以及师资培训等，每个中国职教人凝心聚力，精准分工，密切协作，克服路途遥远、时差颠倒、语言不通、气候不适等困难，以“人人都是国家代言人”的高度责任感，高质量、高标准、严要求，不放过每一个细节。中国职教人的行为示范与榜样力量，很好地诠释了大国工匠精神，塑造和传播了良好的中国形象。

大国工匠精神同时也是忘我精神。这种精神需要心无旁骛、锲而不舍的状态，需要淡泊宁静、甘于寂寞的心境。只有将全部精力投入一个领域，择一事终一生，在工作中耐心、静心，专注地坚持把一件事做到更好，不急于求成，踏踏实实地日积月累，才能最大限度地发挥个人潜能。当手艺或技术达到了心手合一、心物相融的境界后，工匠就能运用高超的技艺呈现完美的作品。

班墨文化中蕴含着丰富的工匠精神，体现出中国工匠执着专注、精益求精、严谨求真、敬业守信、不畏困难、勇于挑战、敢于担当、超越自我、推陈出新等人文精神，是中华优秀传统文化的重要组成部分和优秀精神财富。以鲁班、墨子为代表的大国工匠，是中华民族勤劳智慧、科学创新的典范，凝聚着中国智慧、弘扬着中国精神、传播着中国价值。班墨文化是中华优秀传统文化中的瑰宝，在鲁班工坊建设中有机地融入班墨文化的思想内涵，有助于鲁班工坊在海外传承与弘扬的这一中华优秀传统文化。鲁班工坊作为一个载体，起着传播和弘扬工匠精神的作用，通过开展班墨文化进工坊、班墨故事进课堂、班墨技艺进实训等系列活动，可以将中国的工匠精神向海外传递，为当地培养具有工匠精神的国际型技术技能人才。

2016 年的春天，"工匠精神"被第一次正式写入国务院政府工作报告："鼓励企业开展个性化定制、柔性化生产，培育精益求精的工匠精神，增品种、提品质、创品牌。"在新时代背景下，工匠精神便是创新精神。而所谓创新精神，就是使产品能够更符合市场需求，特别是潜在的需求，所以工匠精神和创新精神二者也是相互统一的。

另外，我们所要展示的大国工匠精神，并不仅仅是一种技能的提升，或者是一个产品质量的保障，也不是仅有制造业才需要大国工匠精神。一个世界性大国，需要全方位的科学严谨的态度和一丝不苟的作风。没有工匠精神，必然生产不出质量过硬的产品。企业管理没有工匠精神，则难以造就百年老店，无法产生持久的竞争力来巩固市场地位；文化建设缺乏工匠精神，就不会创造出滋养民族精神、满足人民需要的文艺精品，文化就会缺钙，精神就会缺钙，文化自信就会失去基础；教育没有工匠精神，就会使人高分低能，难以适应社会发展的需要，自然也就难以培养出大师级人物或群体。

数千年来,包括班墨文化在内的中华优秀传统文化积淀了丰富的工匠精神资源。一部中华文明史凝聚着历朝历代工匠们的智慧和创造,工匠精神一直流淌于中华民族的血脉之中。《增广贤文》有言:“良田百顷,不如薄艺在身。”《考工记》记述:“知者创物,巧者述之,守之世,谓之工。百工之事,皆圣人之作也。”蜿蜒万里的长城、栩栩如生的秦陵兵马俑、被称为“臻于极致的青铜典范”的四羊方尊、绚丽神秘的敦煌壁画和彩塑、巧妙绝伦的赵州桥……这些珍贵的历史遗存无一不是工匠精神的化身。

作为中国职业教育国际合作交流的平台,鲁班工坊的建设目的是使全世界更多的人了解中国职教,认可中国技术,应用中国产品,学习中国技能。鲁班工坊始终秉持平等合作、开放包容、互学互鉴、互利共赢的精神,坚持共研、共建、共享、共用、共赢的“五共”机制,服务共建“一带一路”,服务国际产能合作和中国企业“走出去”,培养高素质的国际化技术技能人才,分享中国职业教育成果和中国特色职教办学经验。中国职教人也要像鲁班和墨子那样,不断总结经验,敢于发明创造,扬弃固有,突破已有,超越实有,创造未有,并在扬弃、突破、超越、创造中不断追求更加卓越的未来。

鲁班工坊建设的成功,鲁班工坊品牌的形成,不仅在于中国高新技术和顶尖设备、中国职业教育的核心理念(即 EPIP)的实用有效,更在于中国职教人所具有的认真负责的工作态度、专业精深的技术水平。“天下大事,必作于细。”执着专注、精益求精、一丝不苟、追求卓越的工匠精神,既是中华民族工匠技艺世代传承的价值理念,也是我们开启新征程,从制造业大国迈向制造业强国的时代需要。大力提倡大国工匠精神,是践行共建“一带一路”倡议,建设好鲁班工坊的需要。只有充分发扬大国工匠精神,培养出大批高素质的大国工匠，职业教育才能配得上国民教育体系和人力资源开发的职责，才能肩负起培养多样化人才、传承技术技能、促进就业创业的重要使命。在全面建设社会主义现代化国家新征程上，弘扬班墨文化，培养大国工匠，是中国经济和产业高质量发展的必然要求，是中国实现共同富裕的必然要求。而鲁班工坊不仅展现了中国标准和中国质量，扩大了中国企业全方位、深层次的国际影响力，而且在共同提升技术技能人才培养质量、传播中国职业教育和工匠精神以及构建中国特色职业教育话语体系等方面承担着重要使命，已经成为中国职业教育与培训国际合作领域中具有重大国际影响力的人文交流知名品牌。

作为人文交流中心的鲁班工坊

2024年4月，一场名为“奇妙中国味道——西湖宴”的人文交流活动，在塞尔维亚首都贝尔格莱德中国文化中心举行，活动中的菜品均由浙江旅游职业学院的中方师生与塞尔维亚鲁班工坊的塞方学员合作完成，印象西湖、凤尾虾巢、松鼠鳜鱼、东坡笋肉……这些中国菜品的图片被当地社交媒体大量转发。品中国美食、体验中国文化已成为塞尔维亚鲁班工坊的一个主打品牌。“中式烹饪为我打开了新的世界，能学习中餐的刀工和作料调配的技巧，感觉非常棒。中文课上，老师不仅教授了汉语，还介绍了中国家庭和中国节日等内容，让我对中国文化也产生了浓厚的兴趣。”塞尔维亚鲁班工坊学员尼古拉说。

2024年11月，世界职业技术教育发展大会刚刚落幕，鲁班工坊建设便再传佳音。肯尼亚当地时间12月5日，天津城市职业学院建设的鲁班工坊质量评估与EPIP教学模式应用分享交流会议在肯尼亚马查科斯大学召开。肯尼亚鲁班工坊作为全球首个开设本科专业的鲁班工坊，其云计算与信息安全专业课程方案被纳入肯尼亚国民教育体系，填补了肯尼亚本科教育在这个领域的空白。

来自非洲联盟总部所在地埃塞俄比亚首都亚的斯亚贝巴的

韩士兰来华前，曾担任埃塞俄比亚埃中职教学院（现埃塞俄比亚技术大学）研究生院副院长。他是带着寻求继续提升埃塞俄比亚职业教育教学水平的诉求来到中国天津的。来到天津后，他热心关注并积极参与中国与埃塞俄比亚职业教育领域的交流合作，希望为增进中国和埃塞俄比亚的友谊贡献自己的一份力量。同时他也喜欢上了天津这座城市，喜欢上了天津文化。他煎饼馃子吃不腻，还学会了手机订餐、扫码乘车。骑着共享单车逛天津的大街小巷，成为他业余时间的最爱，他还用手机拍摄了许多天津城市的美丽街景发给他在埃塞俄比亚的亲朋和学生。他希望有朝一日，埃塞俄比亚的城市也能变得像天津一样漂亮。

喜欢上天津的绝不只有韩士兰。天津中德应用技术大学机电一体化本科专业的留学生、来自印度尼西亚鲁班工坊的王公允，操着一口流利的汉语对每一位他认识的中国朋友都表达了同样一个愿望，那就是毕业后想继续留在中国学习深造。“进入天津中德应用技术大学以来，无论是学校的硬件设施，还是学科专业课程的丰富性，都明显高于我们国家的同类院校，中国的历史文化也特别吸引我，我想留在天津，边工作边继续深造。”王公允说。

还有从天津中德应用技术大学毕业的黄彩美，她是个腼腆的泰国姑娘，和王公允一样，她也想继续留在中国，留在天津就业。黄彩美说：“在泰国，出来工作的女孩子不多，而有专业技能与特长的更少，我想在中国一边工作赚钱，一边学习中文和英文。在这里，大学毕业生的工资要比泰国高很多。而且，我学好了本事和中文、英文，今后回到泰国，会更有竞争力。”

在天津渤海职业技术学院举办的“电脑鼠走迷宫”国际邀请赛上，来自泰国的尹杰正有条不紊地操作着，丝毫没有紧张感。他说：“因为这里的设备、环境和我们泰国鲁班工坊一模一样。”

尹杰还说:“我们的中文名字都是天津渤海职业技术学院的中国老师尹晓东给我们起的,私下里,我们都叫他‘尹爸爸’,我们的关系可好了。我希望自己毕业后也能成为一名职业学校的教师,把在中国学到的技能教给泰国的学生。”

当时 20 岁出头的帕蒂玛是电气自动化专业的一名学生,出生于工程师世家的他,最大的梦想就是有朝一日也能成为一名工程师。两年前,品学兼优的他成为泰国鲁班工坊的一名学员,在鲁班工坊学习“机电一体化”。“中国的技术和机器设备,比我之前学过和使用过的都要先进,而且这里的实训条件非常好,我特别珍惜在这里学习的机会。”经过两年的学习,帕塔耶已完成所有学业,正在为毕业做着最后的准备。“我马上要去一家发电厂实习了,在鲁班工坊学习的经历让我的就业之路变得很顺畅,我希望我的所学都能用到今后的工作中,我也希望自己能够早日梦想成真,成为一名真正的工程师。”帕蒂玛说。

如果说留学生生源的引入只是打开了天津中德应用技术大学以及其他天津职业院校人才培养的国际化大门,那么,跟柬埔寨共建的鲁班工坊则在深度和广度上,进一步加快了天津中德应用技术大学职业教育的国际化步伐。作为天津市原创并率先主导推动实施的职业教育国际品牌,鲁班工坊承载着更多责任与使命——全方位服务共建“一带一路”。鲁班工坊不仅要为“一带一路”共建国家培养实用型职业技能人才,还要为中国人民与鲁班工坊所在国人民的民心相通作出其独有贡献。

鲁班工坊为所在国青年人提供的先进的职业技能培训,增加了这些青年学子的就业机会,受到鲁班工坊所在国政府和民间的高度肯定和普遍欢迎。围绕着鲁班工坊的建设与发展所进行的教育、文化、艺术交流与合作活动,更是推进了中国与“一带一路”共建国家的人文交流，增进了民间的友谊和互动。

应该说鲁班工坊所架起的人文交流之桥是实打实的。如泰国大城技术学院在东盟第11届技能大赛上崭露头角后，周边国家的学生纷纷慕名到泰国鲁班工坊求学，泰国鲁班工坊已然成为东南亚重要的职业教育中心之一。在葡萄牙，鲁班工坊进一步提升了其合作院校塞图巴尔理工学院毕业生的就业率，使塞图巴尔理工学院毕业生的就业率在葡萄牙国内名列前茅。在吉布提，鲁班工坊的建成启运吸引了当地青年人纷纷前来报名学习，企业全景式感知实训区和企业模拟经营认知实训区成为吉布提人气最旺的实训区……调查显示，在海外各国的鲁班工坊教学实践中，所在国学生更愿意在学习相关技能的同时兼学中文，他们普遍认为学好中文不仅可以去当地的中资企业就业，而且可以得到更多进入国际跨国公司的优质就业机会，晋升空间也会更大。为此，一些鲁班工坊专门设置了汉语言教学区，或者增加了汉语言课程的授课时间，以满足所在国学生不断增长的中文学习需求。

人文交流也体现在中国企业不断“走出去”上。

在东非大国坦桑尼亚，时年28岁的青年奇特马正在中资企业投资建设的农场里工作，将来，他有望接手这座农场的管理工作，为此他购买了许多有关中国的书籍，就是想更进一步了解中国的历史和文化；乌干达“草根”导演伊萨克·纳布瓦纳借助中国援助非洲的“万村通”项目，实现了自己拍摄功夫电影的梦想；而通过学习培训，埃塞俄比亚姑娘西姆雷特在亚吉铁路运行的客运列车上当上了助理列车长，每天为往来于这条铁路沿线的乘客服务……因为中非越来越全面的合作关系，有越来越多的非洲青年在中资企业或者经由鲁班工坊培训后，找到了他们实现梦想的支点。

2013年，国家主席习近平首提共建“一带一路”倡议，首次提出民心相通并将其作为中国与“一带一路”共建国家互联互通的“五通”之一。民心相通概念的提出,不仅符合经济全球化时代的利益交融、文明交会、人民交流的大潮流,也是共建“一带一路”和推动构建人类命运共同体的题中应有之意。鲁班工坊作为中外人文交流中心,在促进民心相通上具有更多的天然优势。

鲁班工坊的人文交流主要体现在传播中国职业教育文化、模式和研究成果上面。中外职业教育制度、教育模式的交流与融合,具体表现在鲁班工坊职业教育专业、人才培养方案、课程及教学标准等被纳入合作方国家的教育体系。这些内容有的是由中国职业院校设计、制订、编写的,有的是融合了中外双方需求的。如英国鲁班工坊中餐烹饪技术专业被纳入英国国家普通和职业学历框架;葡萄牙鲁班工坊由中葡双方共同开发的教学标准,被纳入塞图巴尔理工学院本专科三个专业的课程体系;巴基斯坦鲁班工坊由中巴双方共同开发的专科层次学历教育联合培养模式,被纳入该国旁遮普省职业培训体系;柬埔寨鲁班工坊和吉布提鲁班工坊的人才培养方案都吸收、融合甚至全部采用了中方所提供的人才培养方案,并都被纳入该国的职业教育培训体系。目前,英国、印度尼西亚的鲁班工坊在中职学历层次,巴基斯坦、泰国、柬埔寨、英国、葡萄牙、吉布提的鲁班工坊在专科学历层次,葡萄牙、印度的鲁班工坊在本科学历层次上,与中国相关职业院校都有着密切的交流合作。

体验双方的科技文化艺术是鲁班工坊人文交流的基础内容。鲁班工坊人文交流的“技能+文化艺术”内容模式,促进了文化艺术的国际传播和推广,通过多维度、全方位地感受中国文化艺术,鲁班工坊学员得以更加全面地认识中国历史文化的辉煌以及当代中国社会的快速发展。鲁班工坊来华培训师生和留学生在中国进行科技文化体验活动，也提高了他们对中国科技发展的了解，包括智能机器人、物联网、3D 打印技术、新能源技术、自动化生产线等。鲁班工坊学员亲自参与其中，对中国的文化科技发展水平有了切身体验，回国后成为介绍和推广中国崛起的最好宣传员。

体验中国独特的烹饪餐饮文化，也是增加中外人文交流的重要方式。在英国鲁班工坊，来自英国及欧美其他国家的学员学习中餐烹饪技术，可以直观了解到中国餐饮文化和礼仪文化。同时因为烹饪中餐的需要，不少中国优质产品得以进入欧洲市场，为欧洲人了解中国产品增添了新的渠道。而通过烹饪技能的交流，中国职教人也见识了英国教师在挑选食材、刀具使用以及烹制食物上的精益求精，增加了对英国文化的认知和理解。

还有就是以鲁班工坊为载体进行的多彩的文艺交流，展现了各国各民族独特的文化艺术魅力，增进了不同文化的交流和理解。谁能想到，在相隔万里的非洲大陆，《西游记》《平凡的世界》《老米家的婚事》《北京爱情故事》《媳妇的美好时代》《青年医生》《欢乐颂》这些中国影视作品受到热播和追捧，其中《媳妇的美好时代》在坦桑尼亚创下超过 70%的收视率，《金太郎的幸福生活》在埃及一播再播，依然拥有极高的收视率。汉语热、书法热、太极热、中文歌曲热……在非洲网络上甚至还出现了中国评弹热，这些无不体现着非洲人民了解当代中国的迫切愿望和了解当代中国人日常生活的极大热情。

此外，鲁班工坊在加强人文交流上还具有独特的优势。

首先是鲁班工坊师生短期学访与技能培训。中国职业院校接收鲁班工坊所在国的留学生进行专业学历教育或者短期学习交流，是借助鲁班工坊平台进行人文交流的一种重要形式。中国职业院校会针对鲁班工坊建设需要，适当扩大鲁班工坊项目所在国家的来华留学生规模，为国内参与鲁班工坊建设院校提供一定数量的政府全额奖学金留学生名额等。中国职业院校则开展多样的留学生活动，如生活教育、文化体验，开展主题讲座、赠送具有中国传统文化特色的纪念品等，通过丰富多元的文化活动，促进中外青年学子间的文化交流和理解。而且在鲁班工坊开展师生学访的过程中，中外双方都会举办丰富多彩的人文交流活动，比如参观、考察、体验学校，参观企业，组织文化、体育和艺术展演等，这些交流增进了中国与鲁班工坊所在国人民之间的友谊。

其次是中国海外企业聘用鲁班工坊毕业生，使鲁班工坊人文交流更为深入。中国企业要“走出去”，在“一带一路”共建国家开展经济贸易活动，必须拥有国际通用型人才，由于语言、技能等因素，培训当地员工需要耗费大量的人力物力，而且成效缺少保障。而鲁班工坊的教学模式有效解决了中国海外企业的员工招聘与职业素质提升等难题，为企业降低成本、融入当地提供了有力的教育培训支撑。

再次是中外师生同台竞技促进相互交流。海外鲁班工坊外方师生已有近千人次参与了中国多个全国性的比赛项目，这些赛事活动给予中外师生在技术技能层面广泛且深度的交流，有力地促进了外国师生对中国技术、中国产品、中国企业以及中国文化的认知与了解。

国际职教论坛的举办也推动了中外人文交流。鲁班工坊作为国际合作与交流的大平台，伴随其规模的不断扩大，需要不断加强与国内外政府、学校、企业、社会组织等多方的沟通与合作，举办形式多样、层次各异的国际论坛成为鲁班工坊十分重要的建设内容，其中既有推动中外职业教育思想交流的学术论坛，也有为中外合作各方提供信息的研讨会等。借助举办论坛和研讨会，发现寻找中外职业教育合作内容，梳理职业教育学术成果和合作办学经验，推动深层次的民心相通，这些均有力提升了中国职业教育的国际影响力。

如今在非洲，不少恋爱中或者准备结婚的非洲小伙子都会送给意中人一部传音手机。出品这一“恋爱神器”的传音公司，目前在38个非洲国家设有分支，当地员工人数超过1万，员工本地化率在90%以上。“一起走，才能赢”，是张贴于一家中国企业在埃塞俄比亚工厂内的一句标语，这何尝不是中非互利共赢的生动写照？在人文交流方面，中非之间也在不断走向深入。近年来，在“中非文化和旅游研修合作计划”等框架下，中国举办了有关武术、手工艺、博物馆运营、剧院管理、非物质文化遗产等主题的对非文化人力资源培训活动。另外，中非在文化产业方面的合作正成为近年来中非文化合作的新兴领域。

中国和埃及的人文交流更堪称典范。两国的文化交流历程中有着诸多“第一”：埃及是中东和非洲第一个在大学里设立中文系的国家，是第一个在电视台播放中国电视连续剧的阿拉伯国家，也是非洲第一个中国大陆公民组团出境的目的地。近年来，“欢乐春节”“荷鲁斯杯”中埃武术散打对抗赛、“我的中国故事”阿拉伯语征文大赛、“唱响埃及”华语歌曲大奖赛、全埃中国当代小说青年翻译大赛等活动，成为中埃文化交流的品牌，深受两国人民特别是青年人的喜爱。“埃及人眼中的中国”“中国文化之旅”等系列研讨会和讲座，长期受到埃及各界的关注。埃及的两个鲁班工坊与四所孔子学院、两个孔子课堂共同见证了中埃人文交流的飞速发展。

“朋友你定要去，去乘那火车翱翔。滚滚向前的车轮，便是我们的翅膀。我的家乡，有了腾飞的力量……”这是一首讴歌中国援建肯尼亚铁路建设的动听歌曲，名为《蒙内之歌》，在肯尼亚广为传唱。这首歌不仅是对中国援建蒙内铁路的歌咏，也唱出了非洲人民对美好生活的热爱和对美好未来的憧憬。

鲁班工坊目前已发展为各所在国职业技术教育中心与人文交流中心，且人文交流形式多元化、立体化，不仅为当地及周边国家青年人提供了职业技能与就业机会，更彰显了中国对鲁班工坊所在国经济发展、人民文化生活水平提高的贡献度，有力地提升了中国在该国、该地区的影响力。

第二部分 『国家名片』上的『天津底色』

为什么是天津?

2024年12月23日，天津迎来了它的第620个生日。620年来,天津经历了多次变迁和发展,从军事卫所逐渐发展成为中国北方最大的工商业港口城市。天津,这座历史悠久又充满魅力的城市,其诞生和发展与水密不可分,与一条河流息息相关。源自燕山、太行的九水,汇入津沽大地,最终以海河之名在天津奔腾入海。从三岔河口到渤海之滨,明清漕运文化所孕育的务实精神与近代开埠后领风气之先的胆略,共同凝聚成天津城市先进的工商业基因。明清两代,天津城市逐渐发展,尤其是清中叶之后,天津的地理区位优势愈发明显,在中国近代史乃至世界近代史上都留下了深刻印记。1860年天津开埠后,工厂、洋楼、轮船、银行、邮政、股票、期货、汽车、足球、篮球、西餐以及跑马场、舞厅、电影院、现代报刊,这些现代文明新事物迅速在天津成长发展,成了天津的一张张名片。“闯天津卫”曾经是许多外省人的梦想,他们携家带口来到天津,山东人开餐馆,山西人开布庄,安徽人盖楼房,河北人进工厂……天津如同一个巨大的磁场,把中的、洋的、老的、新的,都吸引聚合过来,长袍马褂与西装革履并存,三寸金莲和旗袍洋装同路,天津曾经那么自然地把古老和现代融合到一起。在中国绝大多数城市路面上还在跑马车的时候,具有世界先进水平的有轨电车已经在天津绕城运行，大都市的繁荣在天津初露端倪。天津还建立起一批现代工业企业，这些企业几乎涵盖了当时中国工业所能涉及的所有行业。

在如今天津海河入海口的南岸，一座巍峨的巨型妈祖像傲然屹立，它静观海涛，仿佛在娓娓道来这个河海交汇的古渡之地向海图强的辉煌历史——

中国的第一所邮电局、第一个现代警察机构、第一条标准化铁路、第一列营运有轨电车、第一艘潜水艇，新中国的第一台电视接收机、第一部电话机、第一辆自行车、第一架照相机、第一只手表、第一台 6000 吨水压机、第一台模拟电子计算机……都诞生于天津这座城市。为什么是天津？这座曾经在中国近现代史上创造过无数个"第一"的城市，它丰富的历史过往其实已经给出了答案！

天津系退海之地，居九河下梢，面朝大海，背靠广袤的华北平原。古老的大运河把天津与中国几乎所有的重要水系连为一体。天津在地质史上还曾是中国的母亲河——黄河的入海之地。特殊且优越的地理环境，使得天津城从它诞生的那天起便承载起义不容辞的历史使命。走海路，天津可与世界握手；走河道，地处九河下梢之地的天津人可以乘船行遍大江南北。正因为得天独厚的地理优势，天津这个被称为"天子渡口"的地方吸引了无数寻梦人前来淘金。这些天津早期"移民"的籍贯几乎涵盖了大半个中国，这从天津庞杂多元的文化遗存中便可窥见一斑。所以，天津至今保留着中国北方绝无仅有的供奉妈祖（娘娘）的习俗，这与中国东南沿海以及东南亚多国的民间信仰一脉相承。自古以来，河与海就把天津与世界紧紧地联系在一起。

正是这种海洋与河流交汇的区位优势，孕育了天津工商业的早期萌芽,也让中国最早一批产业工人(现代工匠)在此诞生。产业工人的摇篮——北洋水师大沽船坞距今已有140余年的历史。被天津人称为“大坞”的它,是继福州船政局、上海江南船坞之后中国第三个近代造船厂,也是中国北方最早建成的近代造船厂、船舶修造厂及重要的军工生产基地。中日甲午海战中,大沽船坞日夜为北洋水师赶修舰船。1880年,中国海军第一艘潜水艇在这里研制成功;1890年以后,大沽船坞除继续修造舰船外,还开始生产军火,1891年仿德国一磅后膛快炮生产大炮90余门,1892年在船坞院内设修炮厂兼造水雷,大沽口海域所布置的水雷就是由该厂制造的。从此,大沽船坞成为中国第一个集修船、造船、生产军火、工业技能人才培养为一体的综合性军事工业生产基地。大沽船坞为天津地区近代工业的发展培养了大批技能人才。在100多年前的天津,如果有人去应聘,说自己的师傅是大沽船坞的,不用考试就会被工厂直接录用。从1880年建成到1900年的20年间,大沽船坞的技术工人始终保持在五六百人的规模。因其生产的产品多用于军工,所以大沽船坞对品质把控非常严格,这也要求工人必须具有较高的技能水平才可胜任。

清同治六年(1867),清政府令三口通商大臣崇厚在天津建立了一个由中央直接控制的兵工厂,即天津机器制造局。1870年李鸿章就任直隶总督兼北洋大臣后,从江南机器制造总局调沈保靖来天津总理该局事务。经整顿扩充,天津机器制造局规模迅速扩大,生产的产品种类不断增加。天津机器制造局分东西两局,下设司艺厂、电机学堂、水雷学堂和电报学堂等,作为培养各种新式技能人才的职业教育机构。其常年雇用工人2000余名,最多时雇用2700余人,规模仅次于当时的江南机器制造总局。

创建于19世纪70年代的开滦矿务局,素有“中国煤炭工业源头”之称，被誉为“北方民族工业摇篮”，创造了多个近代工业史上的第一。开滦矿务局凭借先进的技术、严格的人事管理制度，一度成为行业翘楚。要想成为这家公司的技术工人，没有过硬的技能和实力是万万不行的，这也促进了彼时天津职业教育的兴起。

至1900年，天津共有近代大型工矿企业36家，而快速发展的工矿业离不开大量的技能人才做支撑，天津遂成为近代中国职业教育的“领头羊”。

1880年创办于天津的北洋电报学堂成为中国第一所现代意义上的工业技术学校；1903年创办于天津的北洋工艺学堂提出的“工学并举”理念被称为“中国实业教育的先声”……1882年，曾就读于美国耶鲁大学法律系的梁敦彦被李鸿章分配到天津北洋电报学堂教授英文。该学堂原打算1883年后停办，因全国各地对该学堂的毕业生有极高的需求，1886年9月，北洋电报学堂又在法租界紫竹林（今天津吉林路、承德道一带）建校舍，增聘法国、英国、丹麦教师。该学堂从开办到1900年被迫停办，毕业生总计约300名，他们成为中国电讯业最早的一批技能人才，为中国近现代的社会经济、文化教育、外交国防等的快速发展起到了重要的助推作用。

中国的铁路建设也始于天津。1888年，为满足开平煤矿运输煤炭的需要，由天津到唐山的津唐铁路竣工通车，这是中国第一条连接大城市的国际标准化铁路。同年，中国第一座同时具备客运及货运能力的火车站——老龙头火车站（今天津火车站）正式投入使用。1899年，津芦铁路（天津—北京卢沟桥，卢沟桥时名芦沟桥）复线建成，这是中国第一条复线铁路，即把津唐铁路延伸至北京，并由丰台延伸到卢沟桥。津芦铁路建成后，从天津到京城只需六七个小时，并可直达塘沽港，由塘沽港则可经海路到烟台、上海、香港等地,中国南北交通大为改善。当时媒体便如此形容道:“鲜货由京径运至塘沽装轮赴南。由南运来之鲜货,自塘沽装车运京,以致客商云集,络绎不绝。”1912年,津浦(天津—南京浦口)铁路全线通车,这是中国最早的铁路南北大动脉。火车将中国北方最大的工商业经济中心天津和中国南方最大的工商业经济中心上海连接在一起,同时还把冀鲁苏皖广大腹地连接在一起。因津浦铁路通车,天津西站成为中国第一座国际通关口岸火车站。津浦铁路的通车也催生了国内对铁路专业技术人员和技能人才的巨大需求,促进了国内铁路职业教育的发展。

20世纪初,天津又成为清政府推行变法新政的试验基地。1903年,天津地方政府创办直隶工艺总局,该局以提倡工艺技术为宗旨,附设实习工场、工艺学堂等机构,传习染色、织布、金工、提花等工艺技术,招收官费和自费学徒。至1907年6月,仅官费学徒即毕业671人,其中织染业有582人,极大地推动了天津纺织工业的发展。天津民间商绅受此鼓舞纷纷投资建厂,形成了以天津为中心的兴办工厂的热潮。据统计,天津当时约有139家规模工业企业,以纺织业居首,化工业次之,食品业第三,天津早期的产业结构初步形成。

与此同时,天津的机器制造、机械修理和金属铸造业也日臻完善。1906年筹建的北洋劝业铁工厂是天津规模较大的机械制造工厂。据《直隶工艺志初编》记载,该厂在开工一年半内就制造了锅炉、汽机、汽剪、汽碾、车床、刨床、钻床、起重机、抽水机、石印机、织布机、造胰机、榨油机、磨面机、洒水车等各种机器设备,为天津及国内工业发展提供了必要的物质基础。值得一提的是,北洋劝业铁工厂中的高级技工大多出自大沽船坞。1914年前后,天津三条石地区的民族工业规模逐渐扩大,大沽船坞的许多老技工也进入三条石各个工厂工作，这不仅保证了天津工业产品的品质，也为天津工业企业“学徒制”的形成和发展打下了良好的技术技能基础。

史料记载，1861年，天津进出口贸易额分别为501万海关两和46万海关两；到1899年，进出口贸易额分别为6190万海关两和1570万海关两。1894年，天津的进口贸易额仅次于上海，而高出居于第三位的武汉一倍以上。自1860年至1937年的近80年间，天津年平均对外贸易总额始终占全国对外贸易总额的10%以上，占华北地区对外贸易总额的45%—60%。1936年，天津口岸的棉花出口额占全国的81%，羊毛、皮革、猪鬃等产品出口额占全国的70%以上。这些产品来自中国华北、西北、东北的广大农村，行销世界十几个国家和地区。随着社会经济的快速发展，天津的城市交通、公用事业和房屋建设也发生了根本变化，促使近现代的天津成为辐射华北、东北、华中乃至华东的中国北方交通中心。而所有这一切，都使得天津成为中国各行业技术工人的聚集地和大本营，在天津接受过职业教育后走出去的毕业生也活跃于全国各地。

中华人民共和国成立后，天津利用已有的雄厚工业基础，获得了较大发展，工业由以食品业、纺织业为主，发展成轻、重工业均衡发展、门类齐全的综合性工业结构。中华人民共和国成立之初，由天津创设的“半工半读”技术教育模式被国家推广至全国；天津还是中华人民共和国最早实行技术工人“八级工”制度的大城市之一。而中国的技能人才评价体系，就是始于20世纪50年代确立的技术工人“八级工”制度。“八级工”，曾是一个多么光荣的称号，既代表了高超技能，也代表着一定的收入水平和受人尊敬的社会地位。一些在老企业中工作过的人都说，过去的老“八级工”在企业里都是顶天立地的存在，他们虽然不一定是厂里最“老”的职工，但一定是身怀绝技、有一手绝活儿、能扛下厂里最棘手任务的职工。改革开放以来，通过调整产业结构，加大科技投入，建立现代企业制度，天津工业整体竞争力不断增强，老工业基地的优势和潜能逐年释放，形成了拥有100多个工业门类的现代化工业集群，一些重点产品在全国占有较高的市场份额，天津也成为中国北方最重要的综合性工业基地。天津市的工业门类非常齐全，根据联合国产业分类，天津市拥有41个工业大类、207个工业中类中的191个、666个工业小类中的606个。这表明天津市的工业体系非常完善，能够覆盖从高精尖到衣食住行等多个领域，具备强大的工业生产和研发能力；工业配套能力强，具有可持续发展的基础和后劲，是京津冀一体化工业发展的重要引擎。

工业发展除了依赖资金、技术、人才的聚集，交通便捷更是重要一环。天津公路网密集，四通八达，境内拥有19条高速公路，连通全国各地；天津是中国铁路的发祥地，拥有完善的铁路交通体系、高效的服务辐射能力，天津铁路的许多高光时刻都在中国甚至世界铁路史上留下重要一页。正是凭借着艰苦奋斗、务实创新的精神，天津人创造了中国铁路发展史上的11项之最，留下了百年历史中的诸多辉煌。天津站、天津西站的客流量与承载能力均位居全国前列。天津港是环渤海地区与华北、西北等内陆地区距离最近的港口，不仅是首都北京的海上门户，同时也是新亚欧大陆桥最短的东端起点。据2024年数据，天津港与世界上160多个国家和地区的300多个港口有着长期运输业务往来，连续多年稳居世界港口前十强，展示了其作为“一带一路”海陆交会点的重要地位。天津滨海国际机场则是对外开放的国家一类航空口岸和中国主要的航空货运中心之一。

工业发展离不开经济腹地，而天津辐射的经济腹地横跨中国东部、中部、西部地区，地域辽阔、人口众多、资源丰富。天津的腹地面积约454万平方公里，是中国重要的畜牧和煤炭、石油、稀土材料生产基地：能源以新疆、陕西、宁夏的煤炭和新疆的石油最为丰富，远景储量十分可观；金属矿产种类繁多，储量丰富，许多金属的储量居全国之首；内蒙古的稀土、宁夏的石膏、青海的盐、新疆的白云母等非金属矿产最著名。这些都是天津工业长期以来高速发展以及未来产业升级换代的重要资源。

进入20世纪以来，天津工业通过调整产业结构，加大科技投入，建立现代企业制度，整体竞争力不断增强；工业配套能力强，具有可持续发展的基础和后劲。企业改革改制的步伐不断加快，以结构调整为主线，天津工业走出了一条嫁接、改造、调整的创新之路，传统产业得到优化升级，逐步建立起适应市场经济发展需要的企业组织结构。工业布局也发生了明显变化，滨海新区的快速发展，带动了周边特别是天津中心城区及其他区工业的发展。三个层面良性互动，共同支撑起天津新的工业发展格局。

天津滨海新区的开发开放被纳入国家战略后，其已成为天津工业最大的增长点。昔日的盐碱滩已变成吸引世界500强纷至沓来的现代工业中心，集中了一大批国际一流的外资企业及世界级制造企业相继落户；一批产业聚集区的建设，充分体现了天津工业的发展水平和实力；大乙烯、大炼油、大飞机、大火箭等一批标志性项目的投产，不仅创造了天津工业的历史，而且也抢占了产业发展的制高点。天津的现代工业企业产业集群和产业链粗具规模，为天津工业的腾飞奠定了坚实基础。

近年来，天津在新质生产力的推动下，又迎来了新产业、新业态、新动能的发展，传统商业、制造业等也在稳步转型。作为京津冀城市群中心城市之一，天津积极推进京津冀协同发展，承接北京非首都功能疏解，建成滨海—中关村科技园等一批承接载体和平台，并立足各自比较优势、立足现代产业分工要求、立足区域优势互补原则、立足合作共赢理念，以京津冀城市群建设为载体，加快构建更高水平开放型经济新体制、深入推进区域一体化和京津同城化发展体制机制创新。从 2024 年起，就有中国资源循环集团总部落户天津，国投生物制造创新研究院、国能天津电力公司等落地，中关村发展集团增资宝坻京津中关村科技城，市场化引进疏解功能资源，在津新设机构 1981 家。举办京津冀产业链供应链大会，联想创新产业园投产，京津冀新一代信息技术应用创新集群等获评国家先进制造业集群，770 家优质企业融入 6 条区域共建产业链……天津，在进一步全面深化改革开放上善作善成，正在奋力谱写中国式现代化天津篇章。

兼具运河文化与海洋文化之长的天津，能工巧匠在这里代代传承，让鲁班工坊得以从天津诞生。天津在鲁班工坊走向世界上进行的成功实践，本质上是近代以来中国工业化进程中技术、教育、文化要素的系统性重构。这种创新既植根于古老大运河漕运文化所孕育的实用理性，又融合了海洋与河流交汇所形成的开放胸襟，更体现了天津对近现代工业遗产的创造性转化。当“精卫填海”的传说遇见“智能制造”的现实，当中国式现代化目标遇到京津冀协同发展机遇，天津，这座中国北方最大的工商业城市的工业文明基因，正在书写着人类技术文明的新篇章。

不断“领跑”的天津职业教育

2024 年 11 月 21 日，2024 年世界职业技术教育发展大会在天津开幕。大会以“创新赋能未来 技能塑造人生”为主题。会议期间举办了部长级圆桌会议，中国等 32 个国家教育或相关部门负责人参会，会议讨论通过了《世界职业技术教育发展天津共识——32 国部长宣言》，表达了“崇尚技能”的共同愿望。技能是劳动力市场的硬通货，是推动产业升级、促进经济多元化和增强国家竞争力的关键因素，更是连接全人类的共通语言。

本次大会同时打造“会、盟、奖、赛、展、刊”职业教育六大国际公共产品，成立世界职业技术教育发展联盟、颁发世界职业教育大奖、举办世界职业院校技能大赛冠军争夺赛、举办职业教育专题展、创设职业教育国际期刊。其中“世界职业教育大奖”(World TVET Prize)尤为引人注目。大奖由世界职业技术教育发展联盟设立，依照“贡献度高、共识度高、可推广度高”的原则，在全球范围内评选并奖励对职业教育发展作出杰出贡献的个人和团队。中国鲁班工坊项目一举荣获 2024 世界职业教育大奖。颁奖词中说，鲁班工坊传承中国千年工匠精神，满载中国现代教育成果，胸怀全球发展倡议理念，鲁班工坊创设了中国特色职业教育国际合作模式。从中国天津出发，走进世界 30 个国家，以职业教育之力，为青年的人生出彩点亮技能之光，为国家发展与繁荣注入不竭动力，为人类命运共同体夯基赋能、播撒希望！

2022年，首届世界职业技术教育发展大会在天津召开。那次大会形成了《天津倡议》。倡议认为，职业教育是创造价值的教育，可帮助人们获得技术技能，增强创新意识和能力，积极应对环境变化，是以能力为本位、需求为导向、贯穿人一生的教育，是提升产业效能、促进持久包容和可持续经济增长的重要力量，是促进充分和生产性就业、增进人民福祉、创造美好生活的重要途径。

值得一提的是，两次世界职业技术教育发展大会均附设有世界职业院校技能大赛的举办。

两次世界职业技术教育发展大会、两次世界职业院校技能大赛都选择在天津举行，可见天津在中国职业教育领域的领军者地位，以及从天津走向世界的鲁班工坊对天津的职业教育所产生的国际影响力，更重要的一点还在于，天津强大的产业基础和产教融合能力令全球职教人的目光不约而同地看向了天津。

产教融合是现代职业教育的基本特征，也是中国特色职业教育的基本模式。天津是中国近现代工业的发源地，职业教育在天津有着深厚的历史积淀和传统，其职业教育发展进程始终与产教融合相生相伴，从清末的初级工艺学堂到民初的实习工场，从中华人民共和国成立之初的半工半读到试验区的行业办学，从示范区的职教体系构建到示范区的升级版建设（现已拥有部市共建职教创新标杆、职教新体系建设新模式等）。2005年，天津创建了首个国家职业教育改革试验区；2010年，成为国家职业教育改革创新示范区；2015年，升级为国家现代职业教育改革创新示范区；2021年，出台《教育部 天津市人民政府关于深化产教城融合 打造新时代职业教育创新发展标杆的意见》；2023年，出台《关于探索现代职业教育体系建设改革新模式的实施方案》(津政发〔2023〕10号)……

天津职业教育一路走来,不断书写天津教育的“奋进之书、得意之作”。进入新时代,天津全面贯彻落实《国家职业教育改革实施方案》,出台做大做强做优职业教育各项举措,牢牢把握职业教育与普通教育是两种不同教育类型的实质,立足经济社会发展实际,服务国家重大战略,逐渐构建起全国领先、世界一流的现代职业教育体系,打造出天津职业教育的城市名片,探索形成了体系构建、行业办学、双师培养、鲁班工坊、东西协作、资源共享、大赛平台七大发展模式,为天津一基地三区和“五个现代化天津”建设培养了数量充足的德智体美劳全面发展的职业技术技能人才,在全国走出了一条高标准领先发展之路。

职业教育无疑是天津教育的亮点,且历史悠久。1903年清政府在天津创办了北洋工艺学堂;1904年北洋工艺学堂改称直隶高等工业学堂。学堂由时任直隶工艺总局总办、直隶候补周学熙为学堂督办。周学熙为近代著名实业家,彼时与南方著名实业家张謇被世人并称为“南张北周”,其影响于当时和后世都颇为深远。周学熙在结合国外办学经验的基础上,提出了“国非富不强,富非工不张”“工艺非学不兴,学非工艺不显”的著名办学主张,并且依托其所在的工艺总局,创设了与高等工业学堂同步运行的实习工场、考工场、教育品制造所、劝业铁工厂图算学堂、民立艺徒学堂等,涵盖了初、中、高级技术教育及培训的完备体系。在教学中,周学熙倡导“工学并举、教学做合一”,构建“学校工场结合体”,学生半工半读、亦工亦学,理论由学堂习得,而实践则由工场师傅传授,理实一体、紧密结合。周学熙的实业教育思想立足于当时以天津工业为代表的中国最为先进的工业企业,又全方位学习了西方尤其是日本的近代职业教育与培训模式，甚至从欧洲高薪延聘师资。他所提出的工学并举理念和实践都切实地体现了技术技能人才培养的核心规律。尤为重要的是，其自创的体系实际上兼顾了教育和培训，涉及技能积累由低到高各个层次，这都与当时国际职业教育发展潮流非常接近，而且充分适应了近代产业发展需求，因此经过推广之后成效特别显著，切实推动了近代天津的实业发展，“工学并举”的技术技能人才培育思想也成为中国职业教育历史文化中的有机组成部分。前身为直隶高等工业学堂的河北工业大学，一直都传承并转化着工学并举的理念，积极构建中国式一体化工业教育模式。这种思想和实践传统对天津职业教育的影响极为深远，成为此后职业教育政策和制度制定的重要历史基础。

1958 年 5 月 27 日，全国第一所半工半读学校——天津国棉一厂半工半读学校——正式成立，《人民日报》对此进行了大篇幅报道，指出这是“在工人中实行的半工半读的革命措施，为多快好省地培养工人阶级知识分子开创了一个新的途径”。1958 年之后的一段时间内，天津有 100 多个工厂办起了半工半读学校；全国其他地区向天津看齐，也陆续办起了一批这样的半工半读学校。可以说，中华人民共和国成立后，天津的职业教育始终引领全国风气之先。

在之后的数十年里，天津的技工学校遍地开花、门类齐全，为天津的工商业发展提供了源源不绝的技能人才。其中由行业企业办学就是天津职业教育的制胜法宝，在全国具有示范引领效应。天津实行的行业企业主办、财政全额保障、教育部门归口管理，从初期的“两不变、一不减、一加强”（职业学校继续依托行业企业管理的体制不变，财政性教育经费的渠道不变；经费额度不减；加强教育行政部门的统筹和管理)到“两完善、一增长、一加强”(完善具有约束力的行业企业办学业绩政绩考核制度,完善财政性教育经费拨款渠道;每年适度递增生均经费拨款标准;探索加强职业院校办学水平、教学质量等的第三方评价机制),破解了“中国制造 2025”技术技能人才短缺的难题,推动教学改革与产业转型升级衔接配套,推进行业企业参与人才培养全过程,立足全国先进制造业研发基地发展需求,探索形成“政、行、企、校、研”五方携手,产业、行业、企业、职业、专业“五业联动”的产教深度融合的运行机制。“政、行、企、校、研”五方携手职教发展新机制是这种办学新模式强有力的后盾,这种新机制就是强调政府主导、统筹,行业企业参与、指导评价,职业院校培养,研究机构支撑、服务,五方权责清晰、定位明确,形成共同体。

天津作为中国北方最大的工商业城市,拥有航空航天、装备制造、生物医药、港口物流、信息技术(人工智能)等产业集群,对技能人才需求旺盛,倒逼职业教育必须精准对接产业。“五业联动”的新发展模式,让天津职业教育院校办学如鱼得水,也催生出一批新项目、新现象,如对接空客 A320、大推力火箭等一批大项目,建设一批如“大飞机”“大火箭”订单班,启动优质专业群对接优势产业群试点工作等。全国职业院校技能大赛博物馆、国家中西部地区职业教育师资培训中心、全国职业院校技能大赛成果转化中心、国家职业教育教学资源开发与制作中心、国家职业教育质量发展研究中心等国字号重大项目相继落户天津。天津安排专项资金启动实施职业教育提升办学能力建设项目,支持中职学校完成现代化和国际化、提升实习实训装备水平等 7 项建设任务;支持高职院校完成骨干优质专业对接优势产业群建设、深化人才培养模式改革等 10 项建设任务,在服务区域经济社会发展、推动职业教育体系建设和创新职业教育制度等方面持续走在全国前列。天津职业院校一次次与高端产业、顶级企业在人才培养、技能培训和技术推广等领域开展全方位合作，校企双方在产教融合理念下不断探索实践“五业联动”的发展新模式。据统计，“十三五”期间，天津市创设并连续举办“五业联动”高端讲堂27期，成立了7个市级行业职业教育教学指导委员会，组建了22个职教集团，成功打造了产教融合、校企合作的“天津模式”。

自2005年与教育部共建全国首个国家职业教育改革试验区以来，天津持续承担多项国家级职教改革试点任务，政策先行优势明显，逐渐走出一条独具天津特色的职业教育改革发展之路，并于2010年升级为唯一的国家现代职业教育改革创新示范区。这是因为天津职业教育总是在不断创新中走出“天津模式”，不断提升自身影响力。多年来，天津不断筹措资金加大对职业教育的投入，投入机制更为科学，绩效导向更为突出，在全面提升职业院校的综合实力方面形成了可供全国复制和推广的模式。截至目前，天津市的职业院校已达百所，其中高职院校就有26所。此外，天津还建立了旨在培养职业教育师资、应用技术类本科层次的院校等。天津承办全国职业院校技能大赛多年，通过赛事推动教学改革，并在世界技能大赛中屡获佳绩，树立了行业标杆。可以说天津的职业教育体系十分完备，天津的职业教育成果有目共睹。

原天津中德职业技术学院于2015年升格为天津中德应用技术大学，成为全中国第一所本科层次的职业教育院校。学校现有先进制造技术、自动化技术等9大专业组群，建有“高端装备智能制造技术”天津市高校服务产业特色学科群；设置专业学位硕士授权点2个、本科专业23个、高职专业16个，形成以工为主、工管艺协调发展的学科专业布局。通过对职业教育能力建设的投人，天津中德应用技术大学率先构建起了中、高、本、硕贯通的人才培养体系，成为中国职业教育改革的“先行者”。被誉为“中国培养职业教育师资的摇篮”的天津职业技术师范大学，则首创了“双证书，一体化”的人才培养模式，构建了从学士到博士层次的完整职教师资培养体系，现有10个二级学院、6个教学机构；学术型一级学科硕士点10个、硕士专业学位类别8个、本科专业52个。2021年12月29日，天津职业技术师范大学发起成立了鲁班工坊国际发展研究中心。2023年4月，鲁班工坊国际发展研究中心成功入选第四批天津市高校智库。以“中德”和“天职”为代表，天津已经具有完备的职业教育体系，在职业教育改革创新之路上持续走在全国前列。根据天津市教委网站“2024学年度天津市教育事业统计公报”显示，截至2024年年底，天津共有高职（专科）学校26所、中等职业学校60所。2024学年，天津高职（专科）学校共计招生7.6万人，在校生22.15万人，毕业生6.76万人；天津中等职业学校共计招生2.57万人，在校生8.17万人，毕业生2.8万人。

“我从未想过有一天中职学生也可以直接报考本科院校，甚至还能考硕士、博士。”天津市南开区职业中专的学生郑钧鸿在天津中德应用技术大学举办的“春季高考”招生咨询现场，得知今后中职、技校或职业高中的学生都将有机会在天津中德应用技术大学读本科的消息后，兴奋不已。

的确，许多人都从没想到，有一天，中职学生也可以直接报考本科院校，毕业后，甚至可以考硕士、博士。在天津，像郑钧鸿一样来自中职、技校或是职业高中的学生都有机会在天津中德应用技术大学等天津的职业技术院校实现读本科的梦想。

值得一提的是，产教融合是职业教育的本质特征，在这条路上，天津一直没有停下探索的脚步。2022 年，天津市与教育部共建新时代职业教育创新发展标杆，天津提出“以职业教育产教城融合推动城市高质量发展，对接产业高端服务转型升级，全面提升城市公民素养，打造城市文化和人文交流品牌”。

“产教融合”与“产教城融合”，虽然只是一字之差，背后却是职业教育从办学理念到实践的全方位转型升级。在长期研究职业教育的专家学者看来，此举是高质量发展背景下，中国职业教育发展路径的必然选择，也是打造现代职业教育体系的题中应有之义。

2015 年，天津又在全国率先启动了鲁班工坊项目研究，在海外设立鲁班工坊，为世界贡献职业教育的“中国方案”，响应共建“一带一路”倡议，配合中国装备“走出去”和国际产能合作，开发配套标准和资源，建立起从中等职业学校到高等职业院校再到本科院校、从技术技能培训到学历教育全覆盖的职业教育输出体系，向合作国家提供学历教育和技术技能培训，培养适应当地经济社会发展需要的技术技能人才。天津职业教育的魅力就体现于不断在创新中走出属于自己的“天津模式”，不断在实践中提升天津职业教育的影响力。

2016 年，中国首个境外鲁班工坊在泰国大城府揭牌启运。时至今日，鲁班工坊已在亚洲、非洲、欧洲等多个国家生根发芽。天津将国内优秀的职业教育成果推向国际并与世界分享，促进当地技能型人才的培养，带动当地经济发展，加深其与中国的友谊，鲁班工坊已成为中国职业教育响应和服务共建“一带一路”倡议的重要交流平台。自 2016 年天津渤海职业技术学院在泰国建成第一个鲁班工坊以来，天津已先后在亚、欧、非三大洲 30 个国家建成 34 个鲁班工坊，中外共建的工业机器人、增材制造、新能源汽车、云计算、动车组检修、现代物流、中餐烹饪等57个专业进入合作国国民教育体系，开展学历教育达到2.5万人，实施技能培训3.3万人。

2020年11月6日，鲁班工坊建设联盟成立大会暨职业教育“走出去”研讨会在天津召开。天津职业大学当选理事长单位。该联盟是由中国院校、企业、科研机构和社会组织自愿结成的全国性、非营利性合作组织。该联盟将研发鲁班工坊建设标准，开展鲁班工坊立项、质量监管和终止退出工作，成为职业教育“走出去”的重要平台，同时对加快鲁班工坊建设速度、提高鲁班工坊建设质量、扩大鲁班工坊影响力具有重要意义，并以鲁班工坊建设联盟为载体，统筹规划实施全国职业院校海外鲁班工坊的建设与发展计划；以天津鲁班工坊建设经验为重要依据，建立统一的鲁班工坊建设规范和标准体系，从鲁班工坊的建设立项、组织实施以及成果验收实行全过程闭环质量监控，确保项目建设的高质量与可持续，深化鲁班工坊品牌建设，并将中国职业教育与合作国家的国民教育体系和国家职业资格证书体系相融合，实现中国职业教育的教育标准、教育模式、教育技术在全球的推广应用。

从2005年被教育部确立为首个国家职业教育改革试验区，到2010年升级为国家职业教育改革创新示范区，再到2015年进一步升级为唯一的国家现代职业教育改革创新示范区，天津职业教育在中国改革发展的道路上一直走在前列。天津职业教育的领先地位源于“历史积淀+政策红利+产业需求+创新实践”的良性循环，其核心经验在于将职业教育与城市发展、产业升级深度绑定，通过体制机制创新破解职业教育与产业发展“两张皮”的难题，形成可供复制的“天津模式”，这正是鲁班工坊得以从天津被推向世界的重要原因。未来，随着制造业高端化、智能化转型，以及信息技术、人工智能技术的升级，天津职业教育将进一步向“高精尖”技能人才培养方向转化，在中国职业教育的这条赛道上一往无前。

EPIP 横空出世

EPIP 是“工程实践创新项目”英译名 4 个英文首字母缩写，具体为：Engineering（工程）、Practice（实践）、Innovation（创新）、Project（项目），它凝练地概括了中国职业教育最核心的 4 个部分，同时它也是上述 4 个关键部分的有机组合，其内涵是“工程化、实践性、创新型、项目式”。2016 年，当全球第一个鲁班工坊落户于泰国大城府，EPIP 这个概念首次在国际职业教育舞台上亮相时，这一来自中国的职业教育教学模式，令全世界职业教育界人士眼前一亮，并以出色的效果而独具魅力。同时，EPIP 作为中国职业教育的核心理念，是鲁班工坊之所以能够于短时间内在不同国家站稳脚跟的重要因素，是鲁班工坊能够走出国门并在世界范围内开枝散叶的重要推手。可以毫不夸张地讲，鲁班工坊项目建设的最显著特点，就是 EPIP 的横空出世（或者说创立了 EPIP 教学模式）。EPIP 是一种以实际工程项目为引导、以实践应用为导向，培养学生科学探究能力和解决问题能力的教学模式，这一模式可以大大缩短毕业生进入企业后的磨合期，受到所有鲁班工坊合作国的高度肯定。

EPIP 从最初的“天津模式”，逐渐发展成为中国职业教育话语体系下的教学模式，再到最终走出国门与世界分享，演绎出中国教育在新时代所迸发出来的独特魅力，这是中国职业教育的成就,更是中国职业教育送给世界的礼物。当历史的车轮驶入新时代，鲁班工坊已经成为助力构建人类命运共同体的重大国家行动,它是中国职业教育在世界教育合作、国际产教融合领域开创先河的大事,也是近代以来中国职业教育发展史上具有里程碑意义的大事!

一

2024 年 6 月，位于中南半岛的泰国刚刚度过了漫长的热季，迎来了凉爽的季节，但第七届 EPIP 国际教育联盟学术年会在泰国的举办，却在泰国的职教界掀起了极大热潮,EPIP 也成了不少媒体上的热词。这是 EPIP 这一从泰国打响的中国国际职教教学模式在泰国的一次“再出发”,8 年过去,EPIP 已然成为世界职业教育的重要教学模式。2024 年 6 月 26 日至 28 日,来自 EPIP 国际教育联盟理事单位、有关研究机构、职业院校以及相关企业和海外合作伙伴等的 100 余名专家学者齐聚泰国,共襄盛举,共同推动海外中国职业教育研究与发展。时任泰国教育部职业教育委员会副秘书长宋鹏·邦丹代表泰国教育部职业教育委员会对会议的举办表示祝贺。在大会致辞中,他高度评价了泰国鲁班工坊的建设成效，并指出,2016 年在泰国大城技术学院落成的全球首个鲁班工坊,就是以 EPIP 教学模式为核心,为泰国培养技术技能型人才提供了强有力的支持。他表示,泰方愿意与中方进一步深化职业教育合作交流,迎接共建“一带一路”新阶段,为中泰两国繁荣发展不断开辟广阔的空间。

中国教育部鲁班工坊建设专家委员会主任、工程实践创新项目(EPIP)研究与推广中心主任、天津市高校智库“鲁班工坊国际发展研究中心”主任、鲁班工坊首倡者和品牌主要创立者吕景泉，做了题为《工程实践创新项目(EPIP)之“纵览”与“博观”》的主旨报告。吕景泉已经记不清自己这是第几次在国际会议上讲述EPIP了，他能记住的是，每一次有关EPIP的讲述都会引起热烈反响。这一次的报告，吕景泉以“溯源”“探索”“呈现”为关键词，全面解析了EPIP，详述了EPIP的探索创建过程，深入浅出地阐释了EPIP的思考路径、理论基础，诠释了EPIP的内涵要义；讲述在泰国、印度、葡萄牙、埃塞俄比亚等16个国家的高校设立了22个EPIP教学研究中心、应用推广中心和认证试验中心，推动了海外中国职业教育研究，将中国本土化、视野国际化的EPIP教学模式与世界分享；从师资培养、赛项设计、装备研制、资源开发等方面，全面展示了EPIP的辐射面和影响力，得到了全体与会专家学者的高度肯定。

会上，宋鹏·邦丹代表泰国教育部职业教育委员会为吕景泉颁发了EPIP推广特别贡献奖，为时任天津渤海职业技术学院党委书记魏炳举颁发了泰国鲁班工坊特别贡献奖。此外，英文版著述研究成果《工程实践创新项目(EPIP)解析(第二版)》《鲁班工坊(LUBAN WORKSHOP)解析(第二版)》《鲁班工坊纵览与博观》同时发布；宋鹏·邦丹、吕景泉共同为泰国工程实践课程EPIP认证试验中心挂牌。

而就在第七届EPIP国际教育联盟学术年会在泰国召开仅仅一周之后，也就是2024年7月5日，葡萄牙鲁班工坊EPIP培训班结业仪式在天津机电职业技术学院顺利举行，这标志着为期3周的葡萄牙鲁班工坊EPIP培训圆满结束。2024年7月的天津，骄阳似火,来自葡萄牙塞图巴尔理工学院的卢卡斯教授却感觉神清气爽,因为又一批接受过 EPIP 培训的葡萄牙学子将成为葡萄牙鲁班工坊的教学主力。这已经数不清是第多少次卢卡斯教授率他的葡萄牙弟子们前来中国天津“取经”,而他要取的就是 EPIP 这一“真经”。此次培训进一步推动了葡萄牙鲁班工坊的高质量发展,深化了中葡双方职业教育的交流与合作。

EPIP 不仅是由天津创建的中国职业教育体系的重要组成部分和标志,也是鲁班工坊品牌创建的重要支撑。这早已不是天津机电职业技术学院第一次为葡萄牙鲁班工坊学员进行 EPIP 培训了,早在 2018 年,卢卡斯教授来到天津机电职业技术学院时就惊叹道:“这里的实训设备比我们在教学中使用的都要先进!”而在两校共建的葡萄牙鲁班工坊,比先进设备更吸引卢卡斯教授的则是中国带来的教学模式——EPIP。之后,卢卡斯教授多次来到中国天津,几乎每一次他都会说:“我前来的目的是学习,但不仅仅是学习中国的学校架构,还包括教学方式和准备竞赛的流程,为的就是进一步推动葡萄牙鲁班工坊的发展,并将 EPIP 教学模式引入葡萄牙,从而推广中国以科技为抓手展开教学的方法。”

与卢卡斯教授对 EPIP 的盛赞遥相呼应,埃塞俄比亚职教人在鲁班工坊成立前便认识到 EPIP 这一教学模式的特殊性与重要性。在埃塞俄比亚鲁班工坊揭牌启运后,中方院校与埃塞俄比亚院校合作,在埃塞俄比亚设立了非洲第一个 EPIP 应用与推广机构——埃塞俄比亚 EPIP 教学研究中心,该机构被写入《中国职业教育发展报告(2012—2022)》。2023 年 4 月 25 日,在埃塞俄比亚鲁班工坊运营两周年之际,双方院校又在埃塞俄比亚合作设立了全球第一个 EPIP 认证试验中心——东非职教师资培养 EPIP 认证试验中心。时任埃塞俄比亚劳动与技能部国务部长特沙莱·贝雷查·亚德萨,受聘担任东非职教师资培养 EPIP 认证试验中心首席专家。以 EPIP 教学模式为核心的实践应用成果,还获得了中国职业教育领域的首个国家级教学成果特等奖。

事实上,在目前遍布世界 30 个国家的 34 个鲁班工坊里,有很多 EPIP 的"迷弟"与"迷妹",他们以自己的亲身学习实践经历证明,来自中国的这一教学方法对世界职业教育所带来的促进作用。

二

EPIP 是结合中国的技术技能人才培养的实际而创立的一种教学模式,是以实际工程为背景,以工程实践为导向,以能力培养为目标,以工程项目为统领的技术技能人才培养的教学模式。它是中国职业教育理论上发展成果的具体化,也是中国职业教育实践中改革经验的系统化。EPIP 以中国职业教育实际为研究起点,体现出其继承性、民族性的立场主张,具有主体性、原创性的理论观点,彰显了系统性、专业性的实践特色,构建起了具有中国特色的院校办学思想、专业建设模式、课程结构体系、策略方法系统、标识品牌概念,并形成了职业教育的 EPIP 教育论、EPIP 专业论和 EPIP 课程论。在首届世界职业技术教育发展大会上,22 位中外嘉宾发表演讲,向全球 123 个国家呈现了 EPIP 在不同国度和领域的运用成效;而应用 EPIP 开发出来的 13 个竞赛类赛项,让"鲁班工坊赛道"成为首届世界职业院校技能大赛的主力赛项。

EPIP 是在中国的职业教育实践和理论研究基础上,围绕职业教育的教学模式,汲取中国古代、近现代教育思想,借鉴国际先进职业教育经验创立的。它从中国本土实践中来,再到中国本土实践中去,是结合中国实际创立的教学模式。其中4个“以”,是鲁班工坊的核心内涵,即以中国的EPIP为教学模式;以教育部主导下天津职业院校主导开发的国际化专业教学标准为基本依据;以全国职业院校技能大赛优质赛项装备为主要载体;以中外合作院校师资培养培训先行及教材、教学资源开发为必要保障。

EPIP的核心要义是“54321”。“5”是五个应用层级,扎根本土、院校办学、专业建设、课程改革、知技素点;“4”是四个核心要素,工程化、实践性、创新型、项目式;“3”是三种认知境界,“名”境界、“实”境界、“合”境界;“2”是两个核心点,真实、完整;“1”是一个宗旨,知行合一。《墨经》曰:“名实耦,合也。”EPIP的本质,就是让“产教融合、工学结合、校企合作、知行合一”真正落地。

国家级高等学校教学名师和国家级机电专业群教学团队负责人吕景泉认为,EPIP具有中华传统文化的基因。具体而言,EPIP是把古代教育家墨子重视实践的“行为本”“亲知”“名实耦”的思想、近代著名教育家黄炎培主张学校与企业联合育人的“建教合作”思想、近代著名教育家陶行知关于“生活即教育、社会即学校”“千教万教教人求真,千学万学学做真人”等思想和理念融合起来,融合古今、融通中外、面向未来,举旗以彰理,落地以取效,是中国职业教育在模式、话语、体系领域的一次重大探索。同时,EPIP又转化了墨子的“行为本”“名实耦”思想,发展了陶行知的“生活即教育”思想,创新了黄炎培的“建教合作”思想,通过借鉴、试验、总结、创新,形成了适合技术技能人才培养的教学模式,是新时代中国职业教育实践探索、理论研究、经验总结、模式推广的重大创新,助力了鲁班工坊国际品牌的创建创成。EPIP以培养学生的工程素养和技术素养为宗旨,探索职业教育与普通教育横向互通，实现两者在教学资源、教学模式、师资建设、课改成果等方面的创新与融合，从而为学生多元发展搭建起成长平台。

师资培训是鲁班工坊建设中重要的基础性工程。只有师资水平达到要求，中国职业技术教育才能实现真正意义上的全球共享。鲁班工坊师资培训从一开始便全面采用了 EPIP 教学模式，以培养学生的工程素养和技术素养为宗旨。中方院校与企业共同按照国际职业标准，结合先进的教学理念，通过先进的设备，采用 EPIP 教学模式，为合作国鲁班工坊培训师资。实践证明，上述的培训方式取得了良好的效果。培训为各合作国鲁班工坊培养了大批合格的本土师资，也使得合作国本土教师对中国的职教模式、中国文化、中资企业、中国技术、EPIP 教学模式有了更加深刻的了解和认同。

三

许多职教人对 2018 年在中国天津举办的全国职业院校技能大赛以及第一届 EPIP 鲁班工坊国际邀请赛记忆犹新。

2018 年 5 月 8 日，全国职业院校技能大赛在主赛区天津开赛，天津“职业教育活动周”也随之拉开帷幕。“启诚杯”第一届 EPIP 鲁班工坊国际邀请赛也在天津同步举行。这是 EPIP 头一次以竞赛的方式登上国际舞台，来自印度尼西亚、巴基斯坦、泰国、蒙古国等国家的鲁班工坊师生，和来自中国天津的中职院校如天津东丽区职教中心学校、天津市南洋工业学校、天津市北辰区中等职业技术学校、天津市经济贸易学校的师生参加了本次国际邀请赛。

英国伯明翰城市大学的智能鼠教育专家、多次蝉联国际智能鼠竞赛世界冠军的彼得·哈里森教授，受 EPIP 国际教育联盟邀请，担任本届大赛的裁判长。他表示，智能鼠走迷宫比赛在国际上有 40 多年的历史，如今在中国进行了 EPIP 本土化的创新改革，成为培养学生科技创新意识、动手设计能力的最佳载体。

印度尼西亚鲁班工坊学生阿尔迪说："很高兴能来到中国天津参加 EPIP 竞赛，这是一次很重要的学习体验机会。天津的鲁班工坊的设备和印尼波诺罗戈第二学校是完全相同的，所以我们一来就感觉特别亲切。很期待每年都会有这样的比赛，让我们这些国际选手有更多学习交流的机会。"

自 2016 年第一个鲁班工坊落户泰国，中国职业教育的核心教育模式 EPIP 便受到了海内外鲁班工坊师生的一致青睐，而把海外鲁班工坊师生"请进来"参加 EPIP 比赛，无疑进一步深化了共研、共建、共用、共享、共赢的合作格局。

当时天津东丽区职教中心学校负责鲁班工坊工作的老师李军，是那次 EPIP 鲁班工坊国际邀请赛的亲历者，也参与了首次"鲁班工坊印尼 EPIP 师资课程培训班"的管理工作。他清楚地记得，那是 2018 年 9 月 12 日至 13 日，由天津市东丽职教中心学校和中国 EPIP 国际项目推广单位天津启诚伟业科技有限公司联合举办的"鲁班工坊印尼 EPIP 师资课程培训班"如期举行。远道而来的印尼一所职业院校的校长萨朱里带领来自印尼东爪哇省 9 所职业院校包括汽修、制冷、农业、建筑等多个专业共计 20 名印尼本土教师到天津参加培训。在两天的培训中，天津的职教老师和中资企业工程师为印尼鲁班工坊来津教师集中培训了智能鼠走迷宫和能力源创新套件等课程。

智能鼠走迷宫和能力源创新套件课程是 EPIP 的典型载体，集机械、电子、软件、控制等多方面知识于一体，在完美演绎了“工程”课程概念的同时，又通过实践延伸和扩展了“创新”课程的理念，使学生的学习内容和教师的授课方式都有了全新的内涵，真正着眼于工程素质的培养。天津的职教院校以及天津的企业多年来始终致力于高等教育、职业教育、普通教育 EPIP 推动发展工作。在鲁班工坊走出国门初期，天津启诚伟业科技有限公司工程师就曾多次采用先进的 EPIP 教学模式，为合作国鲁班工坊做师资培训。天津启诚伟业科技有限公司的工程师邱建国说：“我们在各个国家的鲁班工坊均采用先进的 EPIP 教学模式进行授课培训辅导，既锻炼了他们的科技创新意识，又培养了他们的动手设计能力，寓教于乐。实践证明，EPIP 教学模式受到了中外师生的一致青睐。”

“鲁班工坊印尼 EPIP 师资课程培训班”取得了良好成效，印尼教师们纷纷表示，特别感谢中国天津的老师和工程师们的细心辅导、认真讲解，让他们收获颇丰，学会了更多的知识和技能。印尼泗水第二职业技术学校的女教师伊达激动地说：“我们现在就想把 EPIP 这种优秀的教育资源和教育模式带回印尼，传授给我们的学生，尽快提升印度尼西亚的职业教育教学水平。”

经过 9 年（2016 年—2025 年）的应用实践，EPIP 这种以实际工程项目为引导，以实践应用为导向，培养学生科学探究能力和问题解决能力的新型教学模式，得到了越来越多国家尤其是非洲国家教育主管部门的充分认可。时任吉布提教育部部长穆斯塔法说：“吉布提鲁班工坊为我们带来了中国先进的技术设备、EPIP 教学模式以及自主研发的专业教材和教学标准。可以说，它的落成让吉布提工商学校重获了新生。非洲学生的特点就是基础知识和技能操作都相对薄弱，EPIP 可以极大地缩短毕业生进入企业后的磨合期，十分符合现代企业的用人需求。未来，我们将在其他相关专业推广这种教学模式。”

2021 年 9 月，埃塞俄比亚鲁班工坊的 5 名埃方骨干教师参加了世界机器人大赛锦标赛，并且全部获奖。埃塞俄比亚鲁班工坊骨干教师韩士兰说：“获奖得益于在鲁班工坊接受的专业培训，更得益于 EPIP 教学模式的实际应用。我们要把这些技术传授给更多的非洲青年。”

印度鲁班工坊的骨干教师艾挚马兰·姆鲁吉山表示，参加 EPIP 培训，对印度鲁班工坊教师在促进创新、加强研究、推动进步以及知识和资源的融合方面起到了非常重要的作用。印度鲁班工坊培养的学生深受企业欢迎，并有学生自主创业成功，印度鲁班工坊给印度当地学生们带来了更广阔的发展空间。

时任葡萄牙鲁班工坊负责人卢卡斯评价，EPIP 模式具有很强的实用性、创新性和创意性，非常接近企业的实际用人需求，因为这种源自中国本土化教育教学实践的人才培养模式，可以大大缩短毕业生进入企业后的磨合期。

为了使 EPIP 模式更接地气，符合欧洲人才培养需要，中方院校还与葡方专家共同开发了国际化专业教学标准，制定了《工程实践创新项目教程》等 5 个课程标准。泰国则成立了工程实践创新项目（EPIP）教学研究中心，专门推广中国的职业教育教学模式。

四

2017 年，EPIP 国际教育联盟成立，至 2024 年已经连续举办了 7 届学术年会，相继在泰国、印度、葡萄牙、埃塞俄比亚等国设立了

EPIP 教学研究中心，推动了海外对中国职业教育的研究与借鉴。越来越多的 EPIP 教学研究中心和认证试验中心的启运，必将为鲁班工坊高质量发展提供新动力，为世界职业教育的合作注入新内涵。

说到 EPIP，就不能不说吕景泉。吕景泉始终强调要把真实工程、真实世界、现实生活、实际问题搬入职业院校，融入专业，延伸到课程，解决教学做一体化的工程化精度、实践性深度、创新型宽度、项目式整度问题，切实解决产教“真融合”、校企“真合作”的内生内审标度问题。

几十年来，吕景泉坚持职业教育教学模式的创造性转化和创新性发展的实践与研究，将古今中外的相关教育理念、模式、经验以及自己的教学实践在中国大地“耦合”，在教育部、天津市教委等有关部门的大力支持和配合下，创建创成了 EPIP 教育教学模式。2012 年 11 月，吕景泉出版《工程实践创新项目教程》（国家职业教育“十二五”规划教材）；2013 年 6 月，出版该书英文版，推广 EPIP 教学模式应用。2014 年，他系统提出了“五业联动”产教融合机理，完善了 EPIP 的应用层级。2019 年，在首届鲁班工坊与产教融合国际论坛上，来自 15 个国家的 200 余位学者完美展示了 EPIP 的应用成果，吕景泉做了题为《鲁班工坊——中国职业教育国际知名品牌》的主旨报告。2020 年，国务院办公厅《关于推广第三批支持创新相关改革举措的通知》中明确，推进“五业联动”职业教育产教融合发展的新机制，“推广 EPIP 教学模式应用”。2021 年，EPIP 教学模式被纳入《教育部天津市人民政府关于共建深化产教城融合　打造新时代职业教育创新发展标杆的意见》。2022 年，“发挥已建立的泰国、葡萄牙、埃塞俄比亚等国 EPIP 教学研究中心作用，给更多境外合作伙伴带去先进的教学模式”被载入《中国职业教育发展报告2012—2022年》。《EPIP职业教育教学模式:改造我们的学习》《EPIP教学模式——中国职业教育的话语体系》《鲁班工坊核心要义——中国职业教育的国际品牌》以及入选中宣部“中华文化走出去工作重点任务清单项目”的作品等8部中外文系列专著相继出版,60余篇EPIP专题研究论文(中外文)发表。2022年,天津中华职教社和天津职业技术师范大学共建“黄炎培思想研究与推广中心”和“工程实践创新项目(EPIP)教学研究中心”……EPIP有力推动了海外的中国职业教育研究,提升了中国职业教育的国际影响力,是新时代中国职业教育的重大教学理论创新。

在吕景泉等相关专家学者的引领和推动下,天津职业院校基于EPIP教学模式的探索与创立,在全国职业教育界率先构建了产业、行业、企业、职业、专业“五业联动”办学机制,形成了“核心技术技能一体化”专业标准开发机理,开发了“工程化、实践性、创新型、项目式”系列化综合实训课程,研制了100余部双语教材与教学资源,系统实施了以工程实践为导向、以实践创新能力培养为目标的中外“双师型”职教师资培养计划,取得了重大改革实践与理论创新突破。

应该说,EPIP的横空出世和以EPIP为代表的鲁班工坊的实践与理论创新,有效解决了职业教育教学改革中长期存在的模式盲从、标准依赖、装备模仿、教材照搬、效果不彰等问题,开启了基于中国国情与中国文化传统,创建本土化教学模式、研制国际化标准、开发通用型装备、编制双语类教材的新阶段,构建起了中国职业教育的国际话语体系、国际标准体系和国际资源体系。

实践表明,以EPIP教学模式为代表的鲁班工坊的实践与理论创新,助力中国职业教育步入高水平国际交流与合作的阶段,形成了世界优质职业教育资源的“输入”分享借鉴与中国优质职业教育资源的“输出”分享互鉴的“双线”并举协行的良性发展格局，成为新时代中国职业教育高质量发展的新特征。

漂洋过海来看你

那是一个晴朗的上午,在印度尼西亚东爪哇省波诺罗戈市第二职业技术学校的门前,学校的两任校长——小阿里芬和老阿里芬站在一起。他们是一对父子,正在等待从中国天津赶来的朋友。没错,是朋友,也是印尼鲁班工坊的中国教师。当天津朋友将两幅津城古韵卷轴书画赠送给校长父子俩的时候,父子俩都高兴得合不拢嘴,冲着他们的天津朋友,用不太标准的中文连声说着:“谢谢,谢谢你,谢谢天津!”

原来父子俩都有浓厚的中国情结,酷爱中国书画。已经退休在家的老阿里芬最崇拜的偶像就是中国人民的伟大领袖毛泽东,他还知道“不到长城非好汉”的典故。父子俩经常会跟来自中国的教师们一起交流,老阿里芬还知道鲁班。对于中国鲁班工坊,他说:“这是中国朋友给我们送来的最优秀的中国工匠。”

而此刻,在离印度尼西亚波诺罗戈市万里之遥的南非德班,德班理工大学的几名南非教师正通过视频,与远在天津的中国同行商讨南非鲁班工坊接下来的教学内容和准备开展的一些活动。

德班理工大学是南非规模最大的理工类高等院校,具有培养本科、硕士、博士学位应用型人才的能力。学校建有 5 个校区,设有 6 个学院,在校生达 3.3 万人。学校注重职业技术人才的培训培养、研究成果转化、应用技术的研究开发、科学技术研究与职业应用及区域服务的平衡，曾入选世界大学 500 强。自 2016 年起，德班理工大学与中国多所高校建立了人文交流合作，已成为中南两国非政府层面互信互通的文化桥梁。

天津职业大学与南非德班理工大学共同建立的南非鲁班工坊于 2019 年 12 月 16 日揭牌启运。南非鲁班工坊坐落于德班理工大学瑞斯顿校区，除实训室外，还拥有一大片绿草茵茵的鲁班广场，总占地面积近 2000 平方米，系海外鲁班工坊中面积比较大的。天津职业大学与中国 3D 打印企业开展深度校企合作，共建南非鲁班工坊，将代表着中国制造先进水平的 3D 打印设备配置到南非鲁班工坊增材制造技术实训室，为南非师生展示中国高质量国产 3D 打印设备的制造水平和性能，助力中国产品走出国门、走向世界。在课程实践中，南非学生充分学习了鲁班工坊的 3D 打印、编码、机器人编程和无人机技术。时任南非鲁班工坊负责人易卜拉欣·阿斯马勒说："这些技术在非洲是很少有机构拥有的。"为确保南非鲁班工坊揭牌后的正常教学，天津职业大学优选了 8 名南非当地骨干教师在天津进行了为期 4 周的专业培训。通过培训，南非教师熟练掌握了实训室设备的操作与维修，具备了讲授专业核心课程的能力。培训后期，两位南非参训教师参加了 2019 年"百匠杯"工业产品创新设计与 3D 打印技术技能大赛国际组比赛并获得了二等奖。

非洲是世界年轻人口最集中的大陆之一，而南非人口的平均年龄仅为 33 岁。受经济结构调整不力的影响，年轻人的就业问题突出。南非鲁班工坊的建立，为南非青年提供了一个增进技能的有效途径。易卜拉欣·阿斯马勒说："我认为，通过鲁班工坊的学习，我们的学生拥有了巨大优势，因为他们能够使用最新的设备。

通过使用这些设备,他们要么可以自己创业,要么可以很容易地就业。这是共建'一带一路'倡议真正有所帮助的地方,我们意识到鲁班工坊项目帮助了我们学生在南非市场的就业。"

在西非国家马里人民的心中,中国医生是他们最信赖和认可的朋友。现在,马里人民的"朋友圈"中又多了一位给人带来光明与希望的中国朋友——鲁班。北京时间2019年12月20日,由天津医学高等专科学校、天津市红星职业中等专业学校、巴马科科技大学、巴马科人文大学共同建设的马里鲁班工坊揭牌启运了。

"原来这就是青蒿啊……"在中药标本展示区,巴马科人文大学的学生萨德在200多种展示标本中找到了青蒿。驻足观察了很久后,他掏出手机拍下了这株植物标本的照片。

"我要好好记住它,因为是它给了我新的生命。"

就在马里鲁班工坊成立的3个月前,萨德不幸患上了严重的疟疾,有生命危险,在中国医生使用了青蒿素这种药物的治疗下,才得以转危为安。患病治疗期间,萨德第一次知道从中药中提取的青蒿素可以有效治疗疟疾,作为青蒿素发现者的中国药学家屠呦呦在2015年获得了诺贝尔生理学或医学奖。而在疟疾多发的非洲大陆,来自中国的青蒿素正在挽救着数百万非洲患者的生命。那天,萨德来到马里鲁班工坊的另一个展示区,那里的墙上有一张中国科学家屠呦呦的照片和人物介绍。萨德在屠呦呦的照片前,深深地鞠了一躬。

在马里鲁班工坊中医诊疗康复区,来自天津医学高等专科学校的推拿针灸专业教师程素利带着前来参观体验的当地大学生,在人体手臂针刺模型上练习寻找手臂上的40多个穴位。当一名马里大学生第一次拿起针灸针,战战兢兢地扎入模型手臂上的合谷穴时,他周围来自巴马科科学技术大学口腔医学专业的同学们惊奇地叫出了声。

“在目前的一期建设中，我们把传统中医和中药相融合，开发出适合当地教师、学生的新的中医技术培训标准和教材。接下来，我们将配合马里鲁班工坊与巴马科两所大学共同调研，合作开发专业课程标准和教材，形成系统的中医技术人才培养方案。”程素利说。

距离马里鲁班工坊 40 公里外的马里医院，驻扎有中国援助马里医疗队。走进这里的中医科，马里籍医生穆萨正在为一位 50 多岁患有面瘫的当地患者进行针灸治疗。诊室门口，不到 3 岁的小男孩穆罕默德正坐在妈妈的怀里，等待着就诊。“孩子出生时左臂的神经受到损伤，一直无法动弹，在这里扎了 3 个多月的针灸，现在已经能够向上抬起 10 厘米的高度。我相信，以后还会更好。特别感谢中医技术。”年轻的妈妈感激地说。

同样对中医药感兴趣的还有来自印度金奈理工学院的印度鲁班工坊教师安嘎拉加。在天津学习培训期间，他接触到了中医，感觉很亲切。不过安嘎拉加并不是学中医的，他研究的是新能源，他和他的学生成功研制出金奈理工学院第一辆新能源电动车，他第一时间就把这个好消息分享给了远在中国的时任天津轻工职业技术学院院长李云梅，因为这辆车的成功研制主要得益于他在天津轻工职业技术学院的学习。李云梅说：“安嘎拉加在学校的时候，对新能源还不是特别了解，他来到天津之后，我们在培训中加入了更多新能源的知识，比如说太阳能的知识、风能的知识。除此之外，我们还带着安嘎拉加等印度学员参观了天津的 6 家优秀企业，让他们感受中国职业教育的发达和中国经济的快速发展。他能研制出新能源电动车来，我感到特别高兴，这也是我们印度鲁班工坊的成绩。”

2021年7月5日上午9时10分，一列满载着机械设备、建筑材料等货物的列车从中国上合示范区青岛多式联运中心（中铁联集青岛中心站）缓缓驶出，标志着中欧班列（齐鲁号）“上合快线”中国上合示范区—塔吉克斯坦杜尚别首班正式开行。班列的首发，标志着中塔两国共建“一带一路”步伐又往前迈进了一大步，对于深化中塔双边经贸合作具有重要的里程碑意义。“上合快线”穿过天山，跨越帕米尔高原，顺利抵达塔吉克斯坦首都杜尚别，成为丝绸之路经济带上的“钢铁驼队”。高达7495米的索莫尼峰白雪皑皑，千年丝绸之路就从它的山脚下穿过。如今，索莫尼峰再次见证了“一带一路”中丝绸之路经济带的繁荣，只是古老的商队变成了“上合快线”列车，悦耳的驼铃变成了现代化机车的轰鸣。当满载着中国装备的“上合快线”驶入杜尚别的时候，美丽的索莫尼峰显得分外妖娆。

杜尚别是一座被鲜花簇拥的城市，宽阔的杜尚别河犹如一条柔美的绸带绾起了开阔平坦的扇面状古老市区。城市四周座座终年不化的雪山如神话般叠靠在一起，在蓝天下映射出明净温柔的光芒。杜尚别自古以来就是商贾云集之地，是古丝绸之路上的重要驿站；17世纪时，杜尚别已成为中亚地区古丝绸之路上最重要的贸易重镇。在波斯语中，杜尚别的意思是“星期一”。每逢星期一，这座历史上因丝路而繁荣的城市便商旅云集，热闹喧天。中国的茶文化在公元10世纪时通过丝路古道传入塔吉克斯坦等中亚地区，当时就有中国制茶工匠不远万里来此地传授技艺，中国的茶艺逐渐融入当地民众的生活并形成塔吉克斯坦独有的特色。而如今，中国先进的职业教育模式、中国强大的专业技术能力，不仅为这座城市带来了无限活力，也悄然改变着塔吉克斯坦人民的日常生活。

由中方承建的数条公路已打通塔吉克斯坦南北、横贯东西；建在海拔 3000 米以上的沙赫里斯坦隧道和乔尔马克扎克隧道更是令塔方赞不绝口；杜尚别 2 号热电站的建成投产，使杜尚别于 2017 年终于实现了独立 26 年来首次“冬季不限电”；中国企业在塔吉克斯坦兴建的两个水泥厂，使塔吉克斯坦由水泥进口国转变为出口国。而由天津城市建设管理职业技术学院和塔吉克斯坦技术大学合作共建的塔吉克斯坦鲁班工坊，于 2022 年 11 月揭牌启运，成为中亚地区首个鲁班工坊，它是服务共建“一带一路”、与世界分享中国职业教育经验的生动实践。

塔吉克斯坦鲁班工坊自揭牌启运至今，已为 1500 多名本科生和研究生提供了学习和实训机会，为塔方培养了大批紧缺人才。塔吉克斯坦鲁班工坊建筑面积 1138 平方米，教学内容覆盖了塔吉克斯坦技术大学土木工程与建筑系等 9 个教研室 13 个专业，以城市热能应用技术和工程测量技术作为合作共建专业，设有绿色能源实训中心和智能测绘实训中心教学区，配备有中俄双语教材、实训教学设备和信息化教学资源。

走进塔吉克斯坦鲁班工坊，映入眼帘的是对中国“百工之祖”鲁班的介绍和鲁班工坊成立的时间线。教室的墙壁上镶嵌着红色的中国结，它是中方教师焊接的，象征着中塔两国如帕米尔高原般坚实的友谊。塔吉克斯坦鲁班工坊编写出版了多达 232 万字的中俄双语教材，开发制作了 122 个配套教学资源视频。在共建“一带一路”框架下，中塔人民千年来在古丝绸之路上的交流互鉴正焕发出新的光彩。鲁班工坊、中塔传统医学合作中心等项目如同跳跃的音符，奏响了中塔友谊的新时代乐章。

塔吉克斯坦的官方语言是塔吉克语，通用语言却是俄语。为避免语言沟通问题对课程教学的影响，中方教师在教学设备和教材上做出了许多努力。

吴正鹏是天津城市建设管理职业技术学院工程测量技术专业方面的专家,他说:“我们把所有仪器装备的操作界面都进行了俄文转化。在教材方面,我们使用的是中文和俄文双语教材,这让鲁班工坊的教学变得更加顺畅。”

塔吉克斯坦技术大学教授托希尔·扎里洛夫说:“教材的很多部分都配有二维码,如果学生不能完全理解文章的意思,通过手机扫描二维码便可观看视频讲解,这样可以更好地帮助学生学习。”

时任天津城市建设管理职业技术学院城市热能应用技术专业学科带头人党天伟说:“说是咱们给人家培训去了,其实就是亦师亦友、互相交流的关系。而且人家也给我们提问题,比如镀锌钢管和紫铜的管件连接的时候会不会产生电离,会不会有反应,我们以前真的从来没想过这个问题。塔吉克斯坦技术大学的老师在理论上很严谨、考虑问题很细,两种不同的材质,它的活跃性不一样,连接到一起以后可能要产生电子迁移,会产生金属腐蚀,我们就一起上网查,中间用什么铜管件来进行过渡一下能解决这个问题。这就是教学相长吧。”

“鲁班工坊入驻,让我们特别自豪。”时任塔吉克斯坦技术大学副校长沙赫里约尔表示,“得益于工坊的建设和来自天津职教专家的培训,塔吉克斯坦技术大学的师生接触并掌握了大量在中亚地区还未得到推广的现代化设备。这改善了我们大学的教育质量,并帮助我们培养能够适应劳动力市场要求的人才。”

“我从来没见过这么棒的地方!这里有学习大地测量专业所需的所有仪器,并且全都符合最新标准。”塔吉克斯坦鲁班工坊学生博佐尔佐达说起自己首次在鲁班工坊上实操培训课的场景,

“鲁班工坊的老师让我们利用全站仪拍摄并测距，我觉得自己肯定做不到，因为我从来没用过这么好的设备。但是老师坚持让我和同学们试试，最后我成功了！”

塔吉克斯坦鲁班工坊取得的亮眼成绩，让更多塔吉克斯坦青年对中国文化也产生了浓厚兴趣，看中国影视剧、读介绍中国的书籍，已成为塔吉克斯坦鲁班工坊学子们的共同爱好。

正像许多人所说的，鲁班工坊对于推进共建“一带一路”和中国涉外人文交流具有重要意义。人文交流又被称为“文化外交”“民间外交”，在现代国际关系机制中，它与政治安全合作、经济贸易合作有着同等重要的推动作用，而且能够有效推动其他两方面的发展。

2017 年 12 月，天津市东丽区职业教育中心学校与印尼东爪哇省波诺罗戈市第二职业技术学校建立起印尼第一个鲁班工坊，就汽车维修、新能源技术、工程实践创新、无人机技术等展开培训。来自中国天津先进的教学设备和扎实的教学内容获得了广大印尼师生的好评。老阿里芬和小阿里芬就是从那个时候开始与来自中国天津的职教老师们结下了友谊。

李军是当时天津东丽区职教中心学校参与鲁班工坊工作的教师，他说：“到印尼后，我才亲身感受到印尼老师们的热情和朴实，学生们也很聪明勤奋。印尼天气很热，当我在教室里调试器械的时候，老师和同学们都会亲切地凑过来，认真地观察学习。他们之间用印尼语交流，我听不懂，有随团翻译在场的时候，他们会让翻译问我很多技术问题，比如调试机器人的时候需要让印尼老师和同学们记住的一些技术要点，还有一些安全操作须知。翻译在忙其他事情的时候，他们有问题时就比画手势问我，我能理解的就用手势比画给他们解释，理解不了的就用微笑缓解尴尬，他们也善意地报以微笑。老师和学生们边看着我调试,边用手机摄录我调试的全过程，忙着低头调试传感器的我猛地一抬头,哇——眼前全是手机镜头,真有种被当成明星的感觉啊！”

在印尼东爪哇省波诺罗戈市郊的一片农田之上,一架植保无人机在空中来回盘旋,20分钟就给一片农田喷洒完农药。“如果换成人力,一个人需要两天才能干完。所以我要好好学习无人机技术,希望未来能让更多植保无人机活跃在印尼的田间地头。”说这话的青年叫卡里斯,他是印尼东爪哇省波诺罗戈市第二职业技术学校印尼鲁班工坊的学生,无人机田间实地展示是他最喜爱的课程之一。2020年,卡里斯和同学们以植保无人机项目参加了印尼国家级职业学生创新大赛并取得了好成绩。印尼鲁班工坊教师帕里亚蒂说:“我们能以这个创新项目参加国家级比赛,要归功于鲁班工坊的技能培训,老师们教授的知识和技能让学生们更有力量去追逐他们的梦想。”

印度尼西亚是农业大国,对农业科技人才需求量大,印尼鲁班工坊就重点教授无人机农业技术。在老师指导下,学生们从零开始学习,拆装、校准、操作、维护等每个步骤都学得很用心。一边在课堂学习,一边于田间实操,学生们在各种竞技比赛中提升技能,进步很快。学生里瓦说:“现代技术对推动农业发展具有重要作用,我们很珍惜这样的学习机会,希望新技术能助力印尼农业生产实现更加高效和精细化发展。”教师帕里亚蒂说:“不少学校都希望引进无人机教学,还有其他学校的老师专门来我们学校观摩、学习技术。希望未来在中国学校和中国企业的帮助下,继续推广无人机应用,助力印尼相关行业的发展。”

“鲁班工坊开设的课程非常契合我们印尼经济社会的发展需求。”时任波诺罗戈市第二职业技术学校校长小阿里芬表示,印尼鲁班工坊揭牌启运以来,学校新生规模扩大到了千人以上,毕业生就业率稳步提升,2019—2020 学年有 98%的毕业生成功签约了不同企业。“我们已经准备好更大的教学场地,希望把鲁班工坊越做越大。”小阿里芬校长兴奋地说。

老阿里芬校长对中国的茶叶情有独钟,他平时很少喝印尼当地的咖啡,虽然印尼是咖啡生产大国。他平时基本是喝中国茶,他觉得喝茶可以养生，中国茶更是一种高雅品味和悠久文化的象征。

“欢迎你们来我家做客,我用好喝的中国茶招待你们。”老阿里芬校长笑着说道。

“授人以鱼”，更“授人以渔”

2023年6月，加纳共和国首个鲁班工坊——中加农业鲁班工坊在加纳首都阿克拉揭牌。时任加纳海岸角大学校长博姆蓬在讲话中引用了“授人以鱼，不如授人以渔”这句中国古老谚语。他表示，加纳与中国在高等教育、职业教育等领域的交流合作不断深化。共建“一带一路”让加中两国在基础设施建设、投资、贸易、教育以及医疗等方面的合作迈上新的台阶。中国将先进技术与职业教育理念毫无保留地传授给加纳，为当地创造了大量就业机会，培育了科研和技术人才，助力共筑高水平中非命运共同体。

时任柬埔寨劳工与职业培训大臣伊桑亨在柬埔寨鲁班工坊揭牌成立仪式上，同样引用了中国的古老谚语“授人以鱼，不如授人以渔”。他认为，中国对柬埔寨的援助，绝不是简单地提供钱物，而是为柬埔寨人民建搬不走的学校，传授知识文化和专业技能，为柬埔寨的年轻人提供就业和终身养活自己的能力。

时任埃及艾因夏姆斯大学鲁班工坊负责人阿德尔·萨巴格认为，埃及鲁班工坊的成功不仅得益于中方提供的现代化设备，更离不开中方为埃及鲁班工坊的埃及本土导师和助教量身定制的优质培训计划，即中国的那句古老谚语“授人以鱼，不如授人以渔”。萨巴格介绍说，目前埃及鲁班工坊的导师和助教都是埃及本土的工程师和技术人员，他们在教学前都会到中国接受为期 5 周的强化培训，从中国老师那里学到所需的知识，以确保他们能够为埃及鲁班工坊的学生提供高水平的日常课程和暑期深度培训，以充分发挥埃及鲁班工坊的潜力和作用。

在马里共和国首都巴马科，时年 59 岁的医生迪亚拉是由中国培养出来的首位外籍中医博士后，也是马里鲁班工坊的重要推动者之一。他出生于马里一个医药世家，祖父是一名草药师，父亲则是当地一家医院的院长。迪亚拉从小耳濡目染，立志从医，通过中非交流合作项目终于有机会来到中国学习中医，他师从中医名家，逐渐成长为一名具有较高水平的中医大夫。“在中国学习中医后，有很多人劝我回马里开办一家中医诊所，这样能够很快富起来，但我更想把中医成熟的技术、先进的经验带回马里，用中医的医术和理念让马里本土医学更快发展起来。”迪亚拉接着说：“马里有很多植物药材的药效非常好，但受限于制作工艺落后，成品药材的药效未能充分体现，我希望能够借助中国先进的中药材制作工艺把它们制成成品药，给更多的人带去健康。”

目前，马里鲁班工坊的师资力量以在中国接受过培训的马里教师为主，中国教师为辅，目前还有多位马里教师在中国天津学习中医药教学。“鲁班工坊是把中国的传统中医学和中医药技术引进来，让马里的传统医药走出去。”迪亚拉这样介绍马里鲁班工坊中医药专业的目标。

巴基斯坦是一个传统农业大国，其东部木尔坦地区是该国的粮食主产区之一。已过不惑之年的塔希尔是巴基斯坦木尔坦市郊区的玉米种植大户，单季自用和承包玉米收割面积达 45 公顷。2022 年 10 月，巴基斯坦鲁班工坊与木尔坦 MNS 农业大学合作，以线上线下相结合的形式启动了农业机械培训项目，塔希尔成为该项目课程的首批 95 名学员之一。每年玉米收获的季节，都是塔希尔的农场最紧张忙碌的时候。收割玉米是个重体力活儿，有了新农机，收割玉米的效率不仅大幅提升，而且节省了人力。通过参加巴基斯坦鲁班工坊的学习，结合木尔坦 MNS 农业大学组织的线下演练，短短几周的时间，塔希尔就熟练地掌握了操作收割机的技术。

目前，塔希尔和其他学员早已完成了巴基斯坦鲁班工坊的农机操作培训课程的学习，之后他们又学习了农机维护保养等入门技术。完成所有培训课程后，塔希尔等学员获得了天津现代职业技术学院联合木尔坦 MNS 农业大学颁发的结业证书，这一课程也得到了巴基斯坦拉合尔省职业教育 G3 体系的认证。

在柬埔寨首都金边，柬埔寨小伙子曾金兴在柬埔寨鲁班工坊学习物流专业知识，小伙子原本以为枯燥的理论，没想到却为自己打开了一扇创业的大门，他正计划创办一家与中国贸易相关的物流快递点，专门经营中国产品业务；在印度尼西亚的东爪哇省，年仅 16 岁的印度尼西亚少年阿尔菲道斯在印尼鲁班工坊学习到了无人机操控技术，原本就喜欢操控航模的他对自己未来的职业发展充满了信心；在赞比亚的中国经贸合作区，电工卡萨瓦通过中赞职业技术学院开办的电站运维培训班，从一名普通的电工成长为一名电站工程师，不仅可以独当一面，还带了不少徒弟……

时任天津中德应用技术大学教师张龙刚在柬埔寨连续工作半年后才回到天津——他在柬埔寨的工作时间比原定时间多了好几个月。他说："我们不仅要把 18 个实训基地的所有设备安装调试好，还要手把手地教会几位柬埔寨当地的老师熟练使用这些设备。7 个集装箱的设备，其中最重的达 6.5 吨，最轻的也有 1 吨多重，得完全靠双手来装卸、安装；实训基地里的电线电路，也需要我们一点点去改造。最主要的是,我们要等柬埔寨当地的教师把工坊内所有的设备功能全掌握了,才能放心回来啊!”

“我们授人以鱼,不如授人以渔。”时任天津轻工职业技术学院院长李云梅一语道出了设立鲁班工坊的要义,“就是模式创立、标准制定、资源开发、师资培养,要为鲁班工坊合作国培养大量的当地经济发展所需要的人才。”

吕景泉也认为:“在海外培养当地熟悉中国技术、产品、标准的技术技能人才,是助力中国企业走出去的关键,已经刻不容缓。”鲁班工坊正是在这样一个大背景下,在以吕景泉教授为代表的中国职教人的心里开始生根发芽并逐步付诸实践,不断在世界各地开花结果。

马达加斯加是非洲最大的岛国,同时也是非洲重要的农业国之一,但其工业基础薄弱。由天津机电职业技术学院、天津市机电工业学校、塔那那利佛大学及中铁十八局集团共同建设的马达加斯加鲁班工坊,于 2020 年 12 月 22 日通过“云揭牌”仪式正式启动。它是天津市在非洲建设的第十个鲁班工坊。该项目位于马达加斯加塔那那利佛大学理工学院,面积达 2000 平方米。根据马达加斯加人才需求,该工坊开设了电气工程、汽车工程、机械工程等专业,首批建成了包括汽车维修实训基地在内的 8 个专业实训室。拉乔利纳是一名马达加斯加青年,他的父亲是鲁班工坊项目部在当地雇用的一名建筑工人。因家庭负担较重,拉乔利纳很早就在汽车维修厂里面学徒,但因缺乏专业知识,他的收入并不高,仅能糊口,他的父亲便找到鲁班工坊的中方负责人员,为儿子提交了入学申请,经过相关考核,拉乔利纳被录取了。他很快就适应了在马达加斯加鲁班工坊的学习生活,并熟练掌握了更专业、更先进的汽车维修技术。“这段时间的学习改变了我的命运,也改变了我的家庭的命运。”拉乔利纳说。

截至2024年年底，已有百余名马达加斯加青年在马达加斯加鲁班工坊完成了相关专业课程的理论和实践学习。2025年4月，马达加斯加鲁班工坊第一届29名学生经过几年的学习后顺利毕业，漂亮的南希就是其中一员。她毕业后便进入中铁十八局在马达加斯加首都塔那那利佛的一家汽修中心实习，成为首位女性汽车修理工。像拉乔利纳和南希一样，这些从马达加斯加鲁班工坊毕业以及在工坊学习的马达加斯加年轻人，未来将为当地社会经济发展作出他们的贡献。

鲁班工坊从它创立的那一天起，就将天津的职教模式作为现代职教示范区的优秀职业技术和教学成果，采取学历教育与职业培训的方式输出海外与世界分享，搭建起中国职业教育与世界合作交流的桥梁。鲁班工坊紧紧围绕所在国家的产业和中国共建“一带一路”的对接需求，以天津“国家现代职业教育改革创新示范区”的优质资源为支撑，以建立在中外院校合作基础上的技术技能人才培养项目机构为载体，以天津研发的国际化专业教学标准为依据，以EPIP为教学模式，将中国优质职业教育和中国优质产品技术通过鲁班工坊这一载体向合作国输出，培养出当地熟悉中国技术、中国产品、中国标准的技术技能人才。换句通俗的话说，就是“授人以渔”。

时任柬埔寨国立理工学院院长本费林表示，天津中德应用技术大学把先进的教学理念、优质的专业、优质的课程、优质的教师、优质的资源都带到了柬埔寨，他们希望通过合作不仅能够收获到中国先进的实验实训设备，而且还能收获到中国的先进职业教育理念和国际化教学标准。

时任吉布提交通部部长穆萨说：“通过吉布提鲁班工坊这几

年的工作，天津铁道职业技术学院为我们培养了不少铁路方面的人才，希望中国今后能为我们培养更多铁道方面出色的专家和员工。”

时任尼日利亚教育部副大臣阿布巴卡尔·阿卜杜勒·拉希德则表示，中非“八大行动”是中国政府一项值得称赞的倡议，对尼日利亚青年开展技术和职业培训，使他们成为最大的直接受益者，将大大有助于尼日利亚青年获得技能，进而促进他们的国民经济发展。他坚信，尼日利亚鲁班工坊所拥有的中国的先进实训设备和中国的职业教育理念，必将有力提高尼日利亚年轻人的技术能力，对尼日利亚的总体发展产生积极的影响。

“授人以鱼，不如授人以渔”，其中的含义想必大家都明白：与其送鱼给对方，不如教会对方怎样捕鱼；喻指传授给他人既有知识，不如传授给他人学习知识的方法。中国古籍《淮南子》《汉书》中都有对这句古谚的记载。鲁班工坊的教育理念实际上就是“授人以鱼，不如授人以渔”。对于鲁班工坊建设而言，这一理念所强调的是，与其对合作国直接提供物质上的帮助，不如教会那里的人尤其是年轻人获取知识和技能的方法，以便他们能够自力更生，实现自我发展和提升。鲁班工坊通过提供现代化的职业知识和技能培训机会，帮助合作国青年人获得提升自我、进入市场、发展产业的机会，从而改变他们的命运。这种教育模式并不局限于技能和知识的传授，更重要的是培养受教育者的自我发展能力和创新精神，使他们能够在未来面对各种挑战时具备解决问题的能力。

但是，任何一种成功都并非一蹴而就，鲁班工坊建设同样面临着许多实际的问题和困难。就像天津轻工职业技术学院原院长戴裕崴所说：“要让接受培训的外国教师达到我们的要求，回国后还能按照我们的要求去授课,这比教普通学生难得多。我们需要做大量的准备工作,对我们中国教师的专业化水平要求非常高。”

值得一提的是,鲁班工坊建设在其谋划初期就已充分考量到了各方面的教育需求与利益诉求,其建设过程始终以平等合作为准则,与合作国、合作方共同商讨合作方式、项目实施等核心问题。实践证明这取得了很好的效果。

首先就是坚持因地制宜的原则。要知道每个国家的经济发展水平、技术技能水平和政治环境都存在着较大差异,鲁班工坊的具体建设标准积极吸纳了所在国合作院校的诉求,不断形成和完善统一的建设标准。其次就是秉持优质优先的原则。优质的国际化教育资源和技术技能是打响“鲁班工坊”品牌的重要因素。在项目实施初期,职业教育资源的合作与输出,将优先围绕国际化的优质专业、优质课程、优质教师、优质资源和通用性技术技能资源,优先向与天津职业院校合作基础好的不同国家的院校单位推行,扎实实施,保障鲁班工坊的教育质量和品牌。最后是崇尚强能重技的原则。实践训练是职业教育发展的核心,也是鲁班工坊增强对世界各国青年人吸引力的重要方面,在技术和装备输出的基础上,要坚持将理论与实践训练等优秀的教育教学模式进行不断强化和运用,来满足合作方国家对技术技能型人才的需求。

正是有完善的顶层设计,有未雨绸缪的工作预案,才使得鲁班工坊在建设过程中,能够在发展定位、内涵意义、建设原则、发展模式、保障机制与配套政策等方面都有据可依,这有效地提高了鲁班工坊的国际化管理水平,保障了海外鲁班工坊的建设规范化、科学化。

随着中国更多共建“一带一路”项目的深入推进和发展,“走出去”的中资企业普遍发现面临所在国技术人才严重匮乏、招聘到的人员技能技巧低下、本地化管理人员稀缺等现实问题，而有的放矢地强化培训则是解决这个问题最好的出路之一。面对合作国政府和社会的本地化诉求，同时也为了解决共建“一带一路”项目本地化技术人才缺乏的现状，鲁班工坊的横空出世无疑从一定程度上解决了这些问题。采取在“一带一路”共建国家设立鲁班工坊就地培训的方式，可以培训所在国大批本地技术人才，并将中国的技术、中国的经验、中国的标准推广到当地，留在当地技术人员的头脑中。对于一些既有技术水平，又表现出具备管理潜能的当地人才，还可以邀请其来中国继续深造和培养，作为今后本地化管理人才的储备。

比如吉布提鲁班工坊，它就是通过提供铁道工程技术、铁道运营管理以及现代化商贸物流等方面的专业培训，为非洲青年打开了新的职业道路。这种教育模式不仅改变了受培训者的生活，同时也为他们提供了实现个人梦想的机会。吉布提年轻人通过鲁班工坊的培训，不仅获得了专业技能，还激发了他们对铁路工作和商贸物流工作的热爱，最终实现他们自身的职业梦想。

再比如埃及鲁班工坊，其采用了天津首创的以 EPIP 为核心的教学模式，以工程实践为导向培养技术技能人才，以及让埃及鲁班工坊骨干教师来华进行标准化培训，促进并形成其教师团队教育理念、技术水平的更新与提升。持续定制式开发与实训设备配套的数字化教学资源，整体打造并形成“实体装备+模拟仿真+虚拟现实”的系统化教学装备体系，共享丰富的数字化教学资源。

还比如英国鲁班工坊，时任天津市经济贸易学校校长刘恩丽说：“鲁班工坊的形式各异，但共同点是定位高，不再停留在师生互访，而是紧紧围绕着国家重大战略出牌。”天津市经济贸易学校与英国奇切斯特学院合作建立的鲁班工坊，首次把中餐烹饪技术标准纳入英国的职业资格认证体系，在英国开展中餐学历教育。更让人感到振奋的是，这个资格认证在美国、加拿大等西方主要国家同样有效，这意味着中餐培训“走出去”有了“中国标准”。刘恩丽说：“别人都是跟着企业走出去，我们是带着企业走出去。”“咱们天津二商集团的酱油、茶叶、红酒等优质产品都会随着中餐烹饪课程一起进入英国。中餐本身就蕴含着中国传统文化，我们在英国的鲁班工坊还设置了‘津门三绝’的永久展台，我们在宣传中餐文化和中国产品的同时也让英国人掌握了烹饪中餐的技能。也就是说，今后欧洲的中餐馆厨师里一定会出现很多洋面孔。”

其实，近些年来，通过鲁班工坊建设“走出去”的中国企业还有很多。天津渤海化工集团有限责任公司所属的“七二九”乒乓球体育器材公司就将国球装备整体输出与泰国分享，成为泰国国赛用品；承接了空中课堂项目的东方亨瑞科技发展有限公司注册了国际品牌 MAXHUB，目前已进入国际市场；圣纳科技、启诚伟业等公司与泰国、越南的职业院校签订了科技服务、工程实践等创新项目协议；中资企业精益电子落户泰国大城工业园区，深挖东南亚市场，短短数年时间，企业销售额就超过了 20 亿泰铢，员工数量达到了 1800 人。但还有不少中资企业在快速发展中受制于高素质技能人才的短缺。随着共建“一带一路”的持续发展，中国制造、中国技术和中国标准成为越来越多“一带一路”共建国家企业的选择，而这就意味着当地必须培养出与之相应的职业技能工人，鲁班工坊无疑承担起了这一重要使命。

此外，鲁班工坊在建设过程中，还采用了政府、学校、企业多方合作模式，通过理论与实践相结合的教学方法，确保学生能够在真实的工作环境中应用所学到的知识，从而增强他们的实际动手操作能力。这种教育模式显然有助于培养具有国际视野和专业技能的人才，同时也促进了技术的转移与合作，为鲁班工坊所在国优质人才培养的可持续发展注入了生命力。

以鲁班工坊为媒，中国职业教育扬帆“出海”。自 2016 年全球第一家鲁班工坊——泰国鲁班工坊揭牌启运以来，天津、浙江、陕西、四川、辽宁、重庆、福建、广东、上海等省市相关职业院校积极发挥职业教育优势，围绕中非、上合、金砖、中阿等多边机制，参与建设鲁班工坊。鲁班工坊先后落地泰国、印度尼西亚、巴基斯坦、柬埔寨、葡萄牙、吉布提、埃塞俄比亚、尼日利亚、马达加斯加、保加利亚、俄罗斯等 30 个国家，设立了 34 个鲁班工坊，共开设自动化、云计算、电子信息、铁路动车组检修、工业机器人、城市热能应用、中医药、商贸物流等 70 多个专业，累计招收学历生 6200 余人、非学历生 31000 余人次，培训外方专业教师 4000 余人次，中外院校合作开发教材 220 余本，多个职业教育国际化专业教学标准被纳入合作国国民教育体系，与数十家中国企业、国外企业开展了深入合作。

沙特阿拉伯的阿拉比亚电视台曾如此评论道：作为中国职业教育“走出去”的一张国家名片，鲁班工坊生动演绎了“授人以鱼，不如授人以渔”的可贵精神，同时，由中国智慧凝聚而成的中国工匠精神也随着这些“技术驿站”远播到全世界，让世界上更多的人认识中国、读懂中国。

“授人以鱼，不如授人以渔”；“授人以鱼”，更“授人以渔”。这句中国古老的谚语，如今正伴随着鲁班工坊以及中国大国工匠精神，在新丝路上熠熠生辉，成为铺就“一带一路”共建国家及更多与中国友好国家“幸福路”的一块重要基石。

第三部分　古有郑和，今有『鲁班』

中南半岛唱响中国歌谣

全球首个鲁班工坊落户巴沙河畔

2021 年 5 月 28 日下午，泰国鲁班工坊建设 5 周年纪念大会在天津渤海职业技术学院隆重举行。时任泰国副僧王、海上丝路孔子学院理事会主席颂德通猜，时任泰国职业教育委员会秘书长苏泰博，时任泰国职业教育委员会副秘书长阿塔彭，泰国大城省原副省长里瓦，泰国大城技术学院前院长哲仁等发来祝贺视频，对泰国鲁班工坊启运 5 周年表示祝贺。时任泰国大城技术学院院长玛悠丽在视频发言中介绍了泰国鲁班工坊的发展情况，并动情地以泰国传统民族礼节向天津市教委以及天津市相关职业院校为泰国学生所提供的学习机会和到天津的留学机会表示衷心感谢。玛悠丽说："在我们大城学院，有中国留学经验的学生，尤其是在天津读过书的学生，都受到学生家长和泰国企业的称赞和欢迎。毕业生们都有责任心、认真工作，最重要的是他们满足了泰国企业对技术技能人才的需求。"玛悠丽表示，一定会好好珍惜机会，与天津高职院校紧密配合，将泰国鲁班工坊越办越好。

泰国鲁班工坊的历届毕业生代表、学生代表、学生家长代表也纷纷以视频的方式向天津职业院校教师和广大天津市民发来了祝福,对泰国鲁班工坊启运5周年表示祝贺,对天津给予泰国鲁班工坊来津留学生的指导和帮助表示衷心感谢。

泰国鲁班工坊机电一体化国际专业的学生昆通·波尼杨达在视频中激动地表示:“鲁班工坊让我有了更好的未来,给我打开了在国内外学习的大门,不仅开拓了新的视野,也让我在毕业后有了更多的工作机会和人生选择。”

泰国鲁班工坊学生孙宇的妈妈代表泰国鲁班工坊的学生家长通过视频表达了她的感受。她说,自己的孩子通过在鲁班工坊的学习和实践,各方面都在朝着更好的方向转变。尤其是有机会能够到中国天津留学,大大提高了孩子的学习成绩与动手操作能力;在中国天津的学习生活经历,锻炼了孩子自己独立生活的本领,回到泰国后,她觉得自己的孩子思想变成熟了,对家庭更有责任心了,似乎一下子就“长大成人了”;不仅收获了在中国留学的宝贵经验、增添了对中国的了解和热爱,而且语言、生活、习惯和与人交流等能力都有了很大提高。她代表所有泰国鲁班工坊学生家长感谢中国,感谢天津,也感谢天津渤海职业技术学院给孩子们提供了到天津留学读书的机会。最后,她还通过视频邀请天津渤海职业技术学院的领导和老师们到她的家乡大城府去走一走、看一看。

“那里离首都曼谷不远,很方便的。”孙宇的妈妈真诚地说。

位于曼谷以北72公里处的巴沙河畔,有一座历史悠久的古城,它的名字叫作“大城府”。大城府,泰语音译为阿犹地亚,曾经是泰国阿瑜陀耶王朝的国都,从1350年至1767年,这里不仅是阿瑜陀耶、暹罗等泰国古王朝的国都,而且是中南半岛的政治、经济、文化中心。大城府多年前即被列入联合国教科文组织《世界遗产名录》，大城府所辖地区仍完整保留着泰国历史上多个王朝留下的文化遗存。

泰国第一大河——湄南河从大城府穿城而过，与巴沙河在大城府市区内交汇。湄南河，顾名思义，其位置位于湄公河以南，它也是中南半岛上流域面积最广的河流，流经泰国全境，千百年来浇灌了泰国享誉全球的优质稻米，是泰国人民真正的母亲河。每天，一艘艘满载货物的商船在湄南河和巴沙河上缓慢行驶，这种古老的运输方式仿佛也在诉说着这座古老城市的一个个美丽传说。然而，这种传统、静谧却也缓慢的生活节奏正在被改变。泰国第一条高速铁路——完全采用中国技术建造、配合共建“一带一路”的中泰铁路目前正在紧锣密鼓地施工，已进入收尾阶段。2024年4月22日，泰国国家铁路局批准了造价3414亿泰铢（约合人民币668亿元）的中泰铁路第二阶段项目。2025年中国农历春节前夕，位于大城府的中泰铁路项目4-3标段施工现场却依然是一派繁忙景象。沿着旧铁轨并行的方向，一座座高架桥墩不断向前延伸，架桥机正在忙碌作业，不久的将来，中泰铁路将从大城府穿城而过。古老文明与现代文明碰撞下的大城府正焕发出独特的魅力。而就在中国农历春节期间，2025年2月4日，泰国总理府发言人宣布，泰国内阁会议已正式通过泰中两国政府合作开发高铁系统的第二阶段项目决议。这意味着中泰两国共建“一带一路”正持续走向深入，其对加强中泰两国合作、加快中国与东南亚国家区域经济发展将起到重要作用。

泰国大城府的巴沙河畔，有一座很大的寺院，名曰帕南车寺。该寺历史悠久，至今依然香火旺盛。帕南车寺内有一副用汉字写就的醒目的对联，上书：“七度使邻邦有名盛记传异域，三保驾慈航万国衣冠拜故都。”600多年前，中国明朝的著名外交家、航海家郑和曾七下西洋，其间多次到过泰国。尤其是他在二下西洋时，也就是明永乐五年秋至明永乐七年夏（1407 年 10 月—1409 年 8 月），航程虽然与其第一次下西洋时路线基本相同，但特别增加了暹罗（今泰国）。郑和在泰国上岸，与暹罗王互通友好，并把先进的中华文明以及工匠精神的种子带到了中南半岛。

据记载，正是在大城府一带停留期间，郑和及其属下教会了当地人磨豆腐、种梯田、制海盐以及造船等生产技术和制造工艺。造船是需要相当水平的综合技术能力的，而在郑和船队中，有许多来自中国的能工巧匠，他们手把手教会了泰国当地工匠造船所用木料的加工、铁质部件的制作技术甚至设计图样的绘图工艺，所以在近代之前长达数百年的时间里，泰国制造的多数船只都是中国式样的，与郑和当年率领的远洋船队船只的制作原理十分相似。至今，仍然有研究中国明代造船技术的学者和专家来到泰国大城府进行实地考察。

数百年来，当地华侨以此为骄傲。因为郑和远洋船队无论是在科技上还是军事上，在 600 多年前都是举世无双的，代表着世界上最先进的科技水平，可是其并没有在所到之处去侵略，去掠夺，去奴役，去称霸，相反却四处播撒和平，为当地百姓带去技术、带去财富、带去繁荣。因此，不仅泰国的华人华侨景仰他，泰国本土的原住居民也十分敬佩郑和。

而在大城府这座古城的蜕变中，由天津渤海职业技术学院与泰国大城职业技术学院合作建立的泰国鲁班工坊，无疑留下了最为浓墨重彩的一笔。

因为靠近首都曼谷，大城府的汽车产业聚集程度非常高，被誉为东南亚的汽车工厂。从 2013 年开始，在中国共建“一带一路”倡议的带动下，陆续有 100 多家中资企业来此投资建厂。由于大量中资企业的到来，在大城府出现了一条崭新的“中资企业唐人街”，当地许多人都在中资企业里工作。随着中泰经贸合作的持续升温，中国制造、中国技术和中国标准也融入了泰国社会，成为越来越多泰国企业的首选，而这就意味着泰国当地培养出来的职业技术工人，必须跟得上企业装备及企业标准的更新换代，尤其是要适应并符合中国企业的技术标准和生产要求。

实事求是地说，泰国是东南亚所有国家中最为重视职业教育的国家，全国有800余所职业教育技术学校、近200万的在校学生，但依然无法满足企业升级换代的需求，尤其是在2013年共建“一带一路”倡议提出后，中资企业大量进入泰国，这种需求愈发明显。

就是在这样一个大背景下，全球首家鲁班工坊于2016年3月在巴沙河畔的泰国大城技术学院成立了。这是中国在海外设立的第一个鲁班工坊。在教育部和天津市委、市政府关怀指导下，在天津市教委精心组织协调下，天津渤海职业技术学院、天津铁道职业技术学院的专家团队经过近一年的时间准备，研究实施方案并安排专项资金支持项目，通过与泰国大城技术学院不断深入沟通，结合各自的专业特点共同开发确定了全球首家鲁班工坊的教学项目，组建了专业团队。经过3个多月的日夜奋战，鲁班工坊终于落户泰国大城府泰国大城技术学院。

鲁班工坊采用人性化的设计和布局，工坊内的背景设计、摆件和音乐都融入了中国元素，突出了中国传统文化特色。泰国鲁班工坊分室内与室外两部分，室内部分为工程实践创新教学区，整个教学区又被分成多个独立的小区域，分别是仿生机器人学习体验区、电脑鼠走迷宫学习竞赛区、POWERON创新套件实训区、自动化生产线教学区和中泰教师教研办公区。室外部分则是新能源技术区,配备有全国职业院校技能大赛主赛区所使用的天津产新能源汽车和充电桩等整套服务装备,所有项目的技术标准都达到了相关领域的国际领先水平。

泰国鲁班工坊以EPIP建设为核心理念和主线,致力于培养学生的职业素质、综合实操能力和创新能力。泰国鲁班工坊不仅集中了天津的优质职业教育资源,充分体现了天津职业教育改革创新示范区的现代教学组织理念,突出了天津职业教育校企合作、国际合作的内涵性成果,而且与时俱进地呈现了“互联网+”现代智能制造的教学载体应用,形成了独具中国特色、具有国际竞争力的职业教育品牌。

全面助力共建“一带一路”

泰国鲁班工坊揭牌启运后,所展示的中国产新能源汽车样品第一时间便引起泰国政府官员对新能源汽车的强烈兴趣,中方则积极满足泰方需求,在泰国鲁班工坊二期建设时便新增了新能源汽车国际专业教学标准和师资培训标准。这套标准是由天津圣纳科技有限公司和天津渤海职业技术学院共同开发完成的,这一合作也促成了天津圣纳科技有限公司成为泰国大城府新能源汽车指定改造商。可以说,发轫于天津的鲁班工坊不仅向海外传播了中国先进的职教理念与技术能力,展现了中国人民的友谊,同时也带动了中国企业源源不断地“走出去”。

自共建“一带一路”倡议提出以来,中国的高铁事业发展也迎来了国际化发展的重要机遇。中国的高铁项目已具备较成熟的技术体系,是在国际高端制造业领域具有显著优势的产业,获得了越来越多国家的青睐，建设规模不断增长，覆盖版图不断延伸。作为共建“一带一路”国际产能合作的重要项目之一，中国也正在致力于打造“高铁经济带”，积极在海外推行和发展中国的高铁标准，同时为沿线国家带去资金、人才、技术等多种资源。目前已有多条中国高铁项目成功推向海外，例如中国与印度尼西亚合作建设的雅万高铁、与塞尔维亚合作建设的塞匈高铁、在非洲吉布提和埃塞俄比亚建设的亚吉铁路等项目，都成为中国与“一带一路”共建国家设施建设合作的示范标杆。

2019 年，时任泰国总理巴育在北京召开的“一带一路”峰会上表示，泰国将按时完成中泰高铁项目建设计划。中泰高铁全长达 867 公里，属于双轨标准轨铁路，作为共建“一带一路”、开展国际产能合作的标志性项目，中泰高铁建设对推动东南亚“一带一路”共建国家的经济可持续发展影响深远。中泰高铁建成后，从中国昆明到达泰国曼谷只需 10 个小时左右。而高铁的铺设和运营需要大量相关专业人才，泰国鲁班工坊因而成立了泰国“鲁班工坊铁院中心”，它直接服务于中泰铁路建设项目，是中国在海外成立的第一个高铁类技术技能人才培养中心。它致力于培养泰国当地熟悉中国高铁技术、产品、标准的国际型技术技能人才，在中泰铁路建成后将为促进泰国及东南亚高铁技术及产业发展、促进中国与东南亚国家之间的铁路网络构建做好人才储备。

以泰国“鲁班工坊铁院中心”为平台，天津铁道职业技术学院与泰国大城技术学院等 8 所泰国职业院校共同组建了“中泰高铁职业教育联盟”。按照高铁发展的需要，泰国“鲁班工坊铁院中心”又适时新增了（高铁）动车组检修技术和（高铁）铁道信号自动控制两个国际化专业。目前，泰国鲁班工坊已成为泰国甚至东南亚各国职业教育院校中专业水平最高的高铁技术培训基地。

泰国鲁班工坊的建成启运为泰国职业院校带去了先进的教育理念和专业的教学标准、教学装备、教育模式,更在国际产能合作领域为中泰两国企业创造了新的合作机会,同时与时俱进地将高铁技术学习纳入当地的学历教育，通过开展学历教育与培训、技能大赛与设备研发、师资培训与互访交流,在促进泰国及东南亚各国高铁技术及产业发展方面产生了积极影响,也使得中国高铁这张中国名片越来越亮丽。高铁拉近了中泰两国地理上的距离,而鲁班工坊职业教育则拉近了中泰两国以及中国与东南亚人民心的距离。如今在泰国，大城技术学院的鲁班工坊已成为泰国职业教育的“金字招牌”。大城技术学院前院长哲仁说:“现在在我们学校里,学生们都以能够进入鲁班工坊学习而自豪。”

是啊,泰国鲁班工坊自成立以来,以职业技能培训为主要方向,为泰国培养机电、数控、物联网、高铁、新能源机车技术等方面的人才。中国天津的职业教育院校不仅为泰国鲁班工坊提供了优质师资、先进的教学设备,还设立了优厚的赴华留学深造奖学金,使大城技术学院无论在硬件设备、课程设置、教学水平还是实际教学成果方面,都遥遥领先于泰国同类型职业技术院校,深得泰国学生及家长们的追捧。

泰国鲁班工坊的教学也是依托 EPIP 进行设计的。课堂教学是选用天津职业教育院校所开发的《工程实践创新项目教程》国际化双语教材，并根据泰国大城技术学院现有专业教学特点,由中泰两国专业教师共同开发教学项目并组织教学实施。教学活动以 EPIP 为载体实现了对学生综合职业能力的培养，其可分为五个部分:一是能力源创新课程套件,实现对学生创新能力、动手能力、协作能力的综合训练;二是机器人的使用,主要是安全生产、智能生成机器人的应用能力培养,包括救火机器人、防化工泄漏机器人、引导机器人、仿生机器人的使用和调试等技术；三是电脑鼠走迷宫项目，将电脑鼠走迷宫项目融入单片机课程中或者相关课程之中进行教学，培养学生自主创新意识并开拓思维；四是将软件仿真、硬件仿真和实物制作多项功能融合为一体的技术，这是为培养学生创新能力所搭建的硬件平台；五是高铁技术与新能源机车技术。

为保障泰国鲁班工坊的教学质量，天津的职业教育院校不仅在教学设计、课程设置、教材开发、师资培养等方面给予全方位的质量保障，同时借助现代信息技术，在泰国鲁班工坊内设立了空中课堂、视频微课，实现了天津职业教育院校的课堂跨区域与泰国鲁班工坊课堂教学同步化，保证了泰国鲁班工坊的高标准人才培养质量。在建设定位上，除了教学功能外，承接技能大赛也是鲁班工坊的重要功能。泰国鲁班工坊不仅是当地进行职业教育教学活动的重要场所，同时也是中国每年一度的职业院校技能大赛的延伸场馆——泰国鲁班工坊相关设备的技术水平与中国天津或国际相关项目的竞赛标准是等同的，具备开展国际邀请赛、对抗赛和友谊赛的条件，泰国鲁班工坊也因此成为泰国及东南亚国家培养和选拔优秀技术技能人才的场所，这也进一步推动了中国职业院校技能大赛的国际化发展。

成绩斐然的泰国鲁班工坊

走进大城技术学院，“鲁班工坊”的标牌格外引人注目。随着泰国“鲁班工坊铁院中心”的揭牌启运，泰国鲁班工坊的占地面积也从最初的230平方米发展到如今独占整栋两层教学楼的2000

多平方米。

“现在火车已经开始前进了。”时年20岁的阿尔齐塔亚·萨普库姆说。她正在专注地看着一块屏幕，屏幕上正模拟着高速火车机车上的窗户。据介绍，在由中国赞助的高铁模拟驾驶培训平台上“驾驶”高铁，是到这里来学习的每个泰国学生的最爱。

“鲁班工坊的学习环境真好，我们可以很容易地理解火车运行系统是如何形成的，以及火车是如何工作的。”阿尔齐塔亚说。她和泰国科哈工业和社区教育学院的同学们正一起参加泰国鲁班工坊的一个短期培训项目。她也是2016年3月泰国鲁班工坊建成启运后，来这里接受高铁技术培训的数千名泰国学生之一。

大城技术学院前院长哲仁说：“在这里（鲁班工坊），无论是学生们使用的教材、实训设备还是教学模式，都来自中国天津。授课的泰方老师也在天津接受过系统化的培训。可以说，天津在专业建设、标准制定、师资培养、课程开发、教材编写、实训条件等方面，对泰国鲁班工坊给予了整体解决方案支持。泰国鲁班工坊要培养的就是泰国当地熟悉中国技术、产品、标准的高端技术技能人才。”

哲仁说：“而且我们泰国鲁班工坊除了为泰国师生提供学习训练外，还对东盟国家职业院校的师生开放，目前已累计交流培训学生7000余人次。马来西亚和印度尼西亚的学生在这里学习后，回国参加自己国家的技能大赛都获得了一等奖。我们培训的泰国学生8次获得泰国技能大赛金牌。目前已从鲁班工坊毕业的泰国学生，除少数人到本科院校继续深造外，其余的学生都被用人单位第一时间抢走，就业率达到100%。”哲仁说起这些，脸上写满了自豪与骄傲。

2016年11月，泰国大城技术学院师生代表队通过才成立半年多的泰国鲁班工坊的自动化装备训练，荣获了第十一届东盟职业技能大赛自动化生产线项目的一等奖，这是大城技术学院有史以来的第一个国际大赛一等奖。2023 年 6 月，在泰国全国职业教育工业自动化机器人比赛中，由 5 名泰国鲁班工坊学生组成的团队勇夺冠军。鲁班工坊让大城技术学院声名大振，印度尼西亚、马来西亚、柬埔寨等国家的学生纷纷慕名而来，甚至有泰国其他职业学校的学生通过“转学”来到大城技术学院，就是为了有机会得到鲁班工坊的培训。

因为鲁班工坊捷报频传，在泰国乃至东南亚地区都产生了较大影响，当时泰国王室诗琳通公主、泰国大城府省长布拉雍、泰国教育部职业教育委员会秘书长阿卡尼·克朗等先后表态，会全力支持泰国鲁班工坊建设。诗琳通公主还向天津市有关人士颁发了“诗琳通公主纪念奖章”，以表彰他们在泰国鲁班工坊建设中为泰国职业院校和泰国职业技能教育作出的贡献。

2021 年 5 月 28 日，在泰国鲁班工坊建成 5 周年纪念大会上，还举行了天津海河友谊奖表彰仪式。天津市教委领导为天津海河友谊奖获得者泰国大城技术学院前院长哲仁进行了“云颁奖”。哲仁在发言中对中国天津、对泰国大城技术学院和泰国职业教育所给予的帮助表示衷心感谢。作为亲历者，他回顾了泰国鲁班工坊的建设历程，表示此次获奖会更加激励为泰国鲁班工坊建设做出努力的人们，也希望未来能为中泰和东盟国家培养更多的技术技能人才。

2025 年中国农历春节前夕，泰国鲁班工坊的泰国师生特意向天津渤海职业技术学院发来视频，用中文庆贺“春节快乐”。近年来，泰国各地学习汉语的热潮不断高涨，很多中小学校都专门开设了汉语课程。尤其是泰国鲁班工坊的学子们，都在学好技能的同时积极加强汉语学习。但学好汉语还是有一定难度的，这些可爱的泰国孩子们想出了许多办法，其中通过演唱中文歌曲来学习汉语就是一种寓教于乐、促进汉语学习的好方法。泰国鲁班工坊的学生们也掌握了这一窍门，平常大家都能随口唱几段中国歌谣或者中文歌曲。在一次泰国鲁班工坊师生与天津职业教育院校师生的连线视频中，泰国学生们就唱起了一首首中国歌谣，这些从中南半岛通过网络传过来的歌声，算不上特别清晰，但大家却都听清楚了这样几句歌词，那就是——“我爱你，中国！”“我们永远在一起！”

登陆欧罗巴，从大不列颠开始

中餐英伦破冰之旅

据说最早喜欢上中国美食的英国人是马戛尔尼。没错，就是1793年率领庞大的英国使团到北京觐见乾隆皇帝的那位英国伯爵。彼时，马戛尔尼除了带来多达600箱价值13000多英镑的礼品之外，还带来了英国国王乔治三世给乾隆皇帝亲修的一封国书，国书中写道——

“我乔治三世代表大不列颠、爱尔兰和印度，祝中国大皇帝万岁万万岁……”

英国人的恭敬与谦卑是有原因的：一方面，他们要与中国通商，当然是希望借此从中国获取更大的利益；另一方面，在英国人看来，彼时世界上能够与大不列颠平起平坐的国家说实在的也没有几个，中国显然是其中最重要的一个。乾隆皇帝命人搬来《大清一统志》——在200多年前，这本书中记载了当时中国人所知道的这个世界上所有的国家——然而，乾隆皇帝在该书中找到了传教士们常说的法兰西、意大利，却没有找到英吉利，这倒令乾隆皇帝颇感兴趣。依惯例，海上到达中国的外国贡使一律只能由广州登岸。乾隆皇帝回复两广总督,特别批准英吉利人破例北上由天津大沽口登陆。1793 年 6 月,马戛尔尼使团到达天津。天津道乔人杰与直隶总督梁肯堂分别设宴款待,之后,乾隆皇帝又专门派遣钦差大臣徵瑞赴天津接待英国使团,“天朝”的盛情首先便体现在了一道道色香味俱绝的中国美食上面。但遗憾的是,囿于当时历史的局限与双方文化的巨大差异,马戛尔尼此行并未达到预期的目的,但也不能算是一无所获,据说,他返回英国的时候带走了好几个厨艺精湛的中国厨师。

被马戛尔尼带走的中国厨师是不是最早踏上英国国土的中国厨师呢?我们已无从考证。但中国的鲁班工坊却令挑剔的英国人在切实享受到原汁原味的中餐美食的同时,对来自中国天津的中餐烹饪技艺和中华饮食文化产生了浓厚兴趣。没错,英国鲁班工坊培养出的英国本土中餐厨师受到英国民众的普遍欢迎,其中餐烹饪技艺甚至还得到了英国首相及一众大臣的一致推崇,以至于连一些伦敦著名餐厅的西餐主厨都前来英国鲁班工坊学习中餐烹饪技艺。英国大厨们以拥有一纸鲁班工坊的“文凭”而自豪。说鲁班工坊落户大不列颠,才是真正开启了中餐英伦的破冰之旅并不为过。

2017 年 5 月,由天津市经济贸易学校与英国奇切斯特学院强强联手、合作建立的英国鲁班工坊正式揭牌启运,这是天津在海外建成的第二个鲁班工坊,同时也是在欧洲建成的首个鲁班工坊。英国鲁班工坊主要通过开展中餐烹饪学历教育和技能资格证书认证,以期提高海外中国餐饮服务行业的水准。由天津市经济贸易学校多位国家级烹饪大师和多位天津市级烹饪大师所组成的专家授课团对英国鲁班工坊英籍教师开展专项培训,春风化雨地传播天津乃至中国历史悠久的中餐烹饪技艺和饮食文化,一丝不苟地打造高端中国餐饮品牌和中餐职业教育培训体系。2017 年 8 月，天津市职教部门专门为英国鲁班工坊开发的中餐烹饪国际化教学标准，经英国职业教育资格证书颁发机构 Qualifi 核准颁证，被纳入英格兰国家普通和职业学历框架，定名为英国中餐烹饪艺术(鲁班)三级学历。2018 年 4 月，此学历正式在英格兰国家普通和职业学历框架上架，获得欧盟国家及美国 3000 余所大学和职教学院的认可，并可进阶英国五至八级学历。

有专业研究发现，与欧洲其他国家相比，英国人普遍比较喜欢中餐，有近 80%的英国人在自己家里食用过中国菜，其中又有 12%的英国人每周至少会食用一次中餐。然而，由于某些历史原因，英国人普遍对中餐中的粤菜了解比较多，对中餐的其他菜系了解得较少。100 多年来，除唐人街之外，英国各大城市里的多数中餐馆所提供的中餐都是经过改良的。比如米饭与菜肴会被混放在一个餐碟里面供食客食用，饭菜中会过多地加入咖喱、胡椒和洋葱粉等，这虽然迎合了一些欧洲人对西餐的口味习惯，但于中餐而言却显然并不正宗，这也使得很多英国人对中餐产生了误解，更不会了解中餐背后所蕴含的丰富的文化内涵。

为了让英国鲁班工坊的英籍教师能够原汁原味地体会到中餐烹饪的真谛，与中餐文化产生共情，天津市经济贸易学校南开校区专门精心设计了 200 平方米的鲁班工坊中餐烹饪实训基地，不仅配备了中餐烹饪特有的餐厨灶具灶台，还配备了国际领先水平的烹饪教学设施设备，呈现出“互联网+”现代智能烹饪教学载体的空中课堂，通过与英国鲁班工坊连线授课等交流方式，有效地发挥了成果展示、技能培训、学习体验等诸多功能，为英国鲁班工坊课程教学夯实了平台，取得了很好的成效。

来自唐宁街10号的“点赞”

2019年1月31日，中国传统春节来临之际，来自天津市经济贸易学校的吴正熙、于宏建、张亚昆、穆丹4位烹饪大师带领英国鲁班工坊中餐烹饪艺术专业的师生，受邀走进了位于伦敦唐宁街10号的英国首相府。他们要为包括当时的英国首相特蕾莎·梅、中国驻英国大使刘晓明在内的200余位宾客奉上“年夜大餐”——清蒸蔬菜水饺、脆皮鸭、精致的天津特色小吃……这些菜肴提供了视觉和味觉的双重享受，给来宾们留下了纯正中国风味的深刻印象。

宴会上8道极具天津风味特色又兼有英国当地美食形态的佳肴，受到宾客们的热烈欢迎和高度赞扬。这是英国首相府有史以来第一次在中国农历春节期间举办的中式冷餐会，也是第一次邀请学校的师生司职掌勺。此时，距离英国鲁班工坊揭牌启运只有不到两年的时间。

中国烹饪大师、时任天津市经济贸易学校烹饪专业教师吴正熙提及他大半生在中餐烹饪教学中最难忘的事情，莫过于2019年中国农历春节前夕，他作为新春中式冷餐会的主厨率领英国鲁班工坊师生7人为英国首相府新春冷餐会制作菜品这件事。8道菜，包括3道热菜、3道凉菜、2道精心制作的天津特色小吃，令来宾们赞不绝口，时任英国首相特蕾莎·梅在称赞了中餐的纯正与美味后，还专门走到几位鲁班工坊的英国本土学员面前，为他们点赞，给他们鼓励。

吴正熙说：“许多首相府的客人，特别是华人，说好多年都没有吃到过如此正宗的中餐了，询问我们是从哪里来的，我就指着左衣袖上‘鲁班工坊’的标志告诉他们，我们来自中国天津，来自与英国合作建成的鲁班工坊。说心里话,在那一刻,我感觉自己特别特别地骄傲和自豪!”

在英国,“唐宁街10号”是个特殊名词,不仅代表着英国国家形象,也体现了某种来自官方的尊重和承认。翻查历史记录,曾经被请进唐宁街10号为英国首脑及贵宾奉献厨艺的厨师过往不止一例,但作为中餐厨师,中国的鲁班工坊师生绝对是第一次。就是这个“第一次”,便赢得了满堂彩,在中英关系史上书写了特殊的一笔,既凸显了中餐的独有魅力,更赢得了英国朝野及众多媒体对鲁班工坊的关注和认可。

成功为唐宁街10号英国首相府庆祝中国新春招待会奉献厨艺后,“鲁班工坊”这一品牌也逐渐成为英国媒体上的一个“热词”,其在英国的影响力也迅速攀升。英国许多高校通过各种方式联系到英国鲁班工坊,商量开设中餐烹饪培训或中餐厨师指定课程培训等相关事宜。鲁班工坊在英国还有另外一个名称——英国鲁班中餐烹饪艺术学院。在英国人眼中,中餐烹饪绝对称得上是一门艺术。与此同时,作为英国鲁班工坊的中方合作院校——天津食品集团旗下的天津市经济贸易学校,也成功地将天津食品集团的主打民族品牌——利民调料、王朝葡萄酒、利达面粉等与饮食文化相关的衍生品“带货”至英国市场,被英国餐饮行业了解并认同。

目前英国鲁班工坊的正式教学点有两个,其中一个是最初建于英国奇切斯特学院的鲁班工坊,有中餐烹饪三级学历班一个,学员均为英国本土学员,目前已完成多届学员的技能等级认定,这些学生均已取得了三级学历毕业证书。此外,英国鲁班工坊还不断加强与英国伦敦城市协会的合作,使项目学员在完成规定学习内容并考试合格后能够同时获得双等级认证。

另一个是在英国重要工商业城市利物浦建成的“鲁班餐厅”。

餐厅于 2019 年 11 月正式开门营业，周一至周三进行教学研究，为英国鲁班中餐烹饪艺术学院的学生提供考核与实训基地，为中餐烹饪新型学徒制学员提供学习场所并现场授课。周四至周日对外营业，承接商业活动，推广中餐文化及中餐烹饪艺术。许多英国人周末都会专程前往利物浦品尝正宗的中餐，参与“鲁班餐厅”举办的各种中餐文化推广活动。

“一个小小的包子上居然有 18 道褶子，太神奇了！”“这简直就是一件艺术品！”……和面、揪剂子、擀皮、包馅，一捧白面在中国面点师傅的手中千变万化，让台下的英国观众惊叹不已。这是英国鲁班工坊在英国剑桥大学圣约翰学院举行推介活动中的一个画面。时任英国鲁班工坊食品运营总监麦克·芒菲尔德如今已是中式面点制作的行家，每当举办推介活动，他都会一边向观众讲解做中式面点的各种要领，一边介绍中餐里所蕴含的丰富的礼仪文化。他在接受英国媒体采访时说：“每一道中国菜的背后都有它独有的故事，理解中国饮食文化对于学好中餐烹饪来说非常非常重要，我们英国鲁班工坊的教学就是在讲述中华美食背后的故事。”

中国标准嫁接英国体系

2021 年 12 月 15 日，英国鲁班工坊验收评估会议在天津圆满举行。天津市鲁班工坊研究与推广中心聘请了 7 名中国职业教育和国际交流方面知名的专家学者组成评估专家组。专家组依据鲁班工坊的建设定位和内涵要求，按照验收评估办法，从项目建设与管理、取得成效与特色等多个方面对英国鲁班工坊的建设情况进行了全面评估，最终英国鲁班工坊以优异的成绩通过评估验收。此次验收评估采用线上线下相结合的方式进行。专家组在认真听取了英国鲁班工坊中方建设院校关于英国鲁班工坊建设的报告、参观英国鲁班工坊成果展示、查阅审核了卷宗和自评报告，以及研推中心人才培养质量评估报告，并与英国鲁班工坊参建企业主管、官员、院校领导进行现场连线质询答辩的基础上得出评审结论：英国鲁班工坊作为中国在欧洲开设的首家鲁班工坊，发展定位准确，建设规划科学，严格遵守鲁班工坊的内涵标准要求。创立以来，英国鲁班工坊始终致力于打造高端的中国餐饮品牌和中餐教育培训体系，通过开展中餐烹饪学历教育和职业资格证书认证，提高了海外中国餐饮服务行业的技术水准。同时，配合中国装备“走出去”，英国鲁班工坊搭建了带动天津餐饮企业、天津食品集团所属企业拓展海外市场的平台，借助多种形式的合作交流促进了中西文化融合，搭建起中英民心相通的桥梁。

由中国专家来给英国学生授课并颁发合格证书，这在过去的历史上并不多见。英国鲁班工坊以天津国家现代职业教育改革创新示范区的建设成果为基础，对接英国学历资格证书开发流程，创建了“英国鲁班工坊中餐烹饪艺术”学历标准，其中二、三、四级学历均已通过 Qualifi 的核准认证，被纳入英格兰国家普通和职业学历框架，实现了中国标准进入英国国家职业资格体系（NVQ）的目标。

英国鲁班工坊的成功，首先体现在解决了“中餐是什么，中餐教学怎么教”的问题。中餐热虽然已经火遍了全球，但在国外，人们始终对中餐的原料、调料、用具乃至于命名、内涵、品控等存在认知盲点，导致世界各地的中餐标准参差不齐，达不到理想的水准，对中国饮食文化的传播也起不到正向的作用。国外的中餐职业教育长期缺乏统一标准、教学方法和手段，而在这些方面，英国鲁班工坊无疑做出了表率。英国鲁班工坊所使用的中餐烹饪国际化教学标准，无疑开了走向国际的中餐标准化先河，不仅细化了教学标准和教学手段，还建立起了科学合理的教学体系。其特有的中餐学历教育衔接机制，也突破了长期以来英国餐饮管理服务学徒项目中无学历的狭窄空间，使鲁班工坊所培养的学生拥有了更宽广的向上通道。

其次是着力解决了“中餐怎么做，做什么”的问题。天津经济贸易学校等相关天津职业院校深入研究中餐教育资源的整合与创新，设计研发出时长 850 小时，含 5 个模块、60 万字、200 个视频和 12 个动画影片的专业学习资源库，为在世界范围内推广标准化的中餐职业技术技能奠定了基础。其中包括了热菜制作、盘饰及冷菜制作、面点制作、津派面塑、中餐饮食礼仪文化 5 个模块的学习“菜单”，为一年全日制学习课程提供了丰富支撑，既彰显了中国特色，又富有天津地方风味。

而在课程内容设计上，中国主厨们充分尊重英国人传统的饮食习惯，在坚持技术标准的前提下，既保持中餐的传统与特色，又充分考虑了推广、传播的需要，结合英国当地食材的特点、大众的口味及市场需求，与英方合作伙伴共同研究，用英国的当地食材与中国的调料烹制出各种中餐菜肴，受到了英国合作方及当地食客的欢迎。

尤其值得称赞的是，几位来自天津的中餐烹饪大师还专门为英国鲁班工坊研发、开设了一门名为“中国饮食礼仪文化”的课程，从西方人的理解角度出发来推广和传播中国饮食文化。在几位中餐烹饪大师看来，中餐烹饪专业是文化与技艺高度融合的专业，他们希望英国的学员们在学习掌握这门专业的同时，也能领略到中国饮食文化的独特魅力。

在教学形式上，英国鲁班工坊采用的是“线上指导+线下培训”的形式。线上充分利用空中课堂辅助教学手段开展教学交流及实时在线指导，线下通过定期交流互访实现双方专业技术能力的水平提升。

2018 年 4 月，由天津市经济贸易学校开发的英国鲁班工坊中餐烹饪艺术（鲁班）三级职业学历证书，正式在英格兰国家普通和职业学历框架上架。2019 年，二级、四级职业学历证书相继在英格兰国家普通和职业学历框架成功上架，与三级职业学历共同组成一条得到国际认可的中餐烹饪艺术职业发展路径。

时任天津市经济贸易学校鲁班工坊教育教学中心专家顾问冯文忠说：“我们将采取多渠道、多层次培养模式，既要办二、三、四级的学历班，也要开办‘大师班’，五级计划将营养膳食纳入课程资源开发中，后续将进阶英国六到八级学历，开办新型学徒制学历班。同时，我们还会开办各种单独课程与技能培训，培养更多的国际化中餐厨师。”

“洋徒弟”烹出中国味

2018 年 7 月 23 日是个令人难忘的日子。在天津市经济贸易学校领导和利物浦市政府代表的共同见证下，中国烹饪大师、时任天津市经济贸易学校烹饪专业教师吴正熙收英国利物浦“鲁班餐厅”行政总厨戴维·道斯朋克为“大师级”学徒，戴维也成为英国鲁班工坊中餐烹饪专业所收的第一个“洋徒弟”。

而与此同时，位于伦敦以南西萨塞克斯郡的克劳利学院中餐烹饪实训厨房内香气四溢。备料、掂勺、调味、出锅，一气呵成，英国大厨马塞尔·基休熟练做出一盘正宗的中国宫保鸡丁。这是英国鲁班工坊在克劳利学院专门建成的中餐烹饪实训厨房。

作为中国天津与英国职教合作的首个中餐烹饪标准化学历教育课程,英国鲁班工坊中餐烹饪艺术专业旨在提供正宗的中餐烹饪技术学历教育和资格技能培训,提高中餐服务业国际化水准。已从业多年、目前供职于伦敦万豪酒店集团的主厨基休便是该项目首批在读的8名学员之一。

“当时我的酒店老板带我来了解情况,我当即决定一定要报名参加鲁班工坊的学习。”基休说,“中餐烹饪艺术享有无与伦比的美誉,这个项目不仅与英国的职教体系挂钩,还有来自中国天津的厨艺大师们亲自指导我。对我这种热爱烹饪的人而言,它真是一个绝佳的机会啊!”

英国鲁班工坊的英籍教师萨曼莎·凯丽介绍说,英国鲁班工坊首批学员都是英国的在职厨师,分散在英国各地,因此第一年的教学主要是以网络课程与厨房实训相结合,学员平时主要通过线上平台来学习中餐烹饪技艺,然后定期到实训厨房来接受测评和指导。

网课中的中餐菜谱由天津市经济贸易学校的厨艺大师们编写,再由英国合作方翻译成英文,并配以详细的图片和教学视频。学员操作熟练后,必须把一道菜从配料选择、入锅烹饪到请人品尝的整套环节录制成视频,上传到网课平台,然后再接受老师们的检查和点评。

“我能通过视频看到他们在哪个环节上有问题,能看到品尝者的真实反馈,唯一的遗憾是我不能亲自品尝到味道,因此他们需要定期到实训厨房来接受测评。”萨曼莎·凯丽说。

提起英国鲁班工坊的实训厨房,凯丽非常骄傲:“看,这些高科技的电磁灶、齐全的厨具、丰富的调料，它们全部进口自中国，同时它们也符合英国餐饮业的卫生和环保标准，非常棒。”

实训厨房内还安装有一块用于远程教学的互动式大屏幕，学生可以在这里听到来自中国天津的老师们讲课。

马塞尔·基休也坦言：“学会做中餐在英国就意味着无尽的工作机会，我的工作简历会因鲁班工坊一栏而增色不少。”

阿什利是一名慕名前来鲁班工坊求学的英国厨师。工作中他发现中餐在他所在的城市深受市民欢迎，因而萌生了学习中餐烹饪的想法。他说：“我希望能做出让大家满意的中国菜来。在这里(鲁班工坊)掌握中餐烹饪技术后，我要把它教给我的同事们。”

吴正熙说：“对于中餐，多数外国人还是愿意了解的，也是可以接受和认可的。比如，一些外国人觉得某些中国食材和用料他们闻所未闻，觉得不可思议，这需要一定的推广和传播。中餐烹饪教学的逐步展开，会让他们有一个认知和接受的过程。”

在英国，职业教育与学科教育、各级学位教育的地位是不分高低上下的，职业教育培养出的人才在就业上优势更加明显，拥有英国国家三级职业资格证书的技术工人，平均年薪可达24000—26000英镑。相比之下，英国的大学本科毕业生平均不到25000英镑的起薪显得并没有什么优势。十几年前，英国全国范围内有大约6万名学徒工人，目前这个数字已经超过了50万人，而这一数字还在逐年增长。英国政府每年对职业教育的投入很大，每个城市都设有职业学院，中国与英国在职业教育领域还有很大的合作空间。而天津市经济贸易学校素有“津门烹饪第一校”美誉，下一步它们将着力把英国鲁班工坊的品牌做大，在津派、津系、津菜、津艺上创牌子、下功夫，通过国际合作为中国的现代食品服务业向中高端转化培养更多的海外高技能人才。

陆的尽头,海的开始:坐标葡萄牙塞图巴尔

有人说,位于欧洲大陆最西端的葡萄牙是“路的尽头,海的开始”,这话不但有道理,而且还颇有几分诗意。熟悉地理的朋友都知道,葡萄牙地处欧洲伊比利亚半岛的西南端,隔大西洋与美洲大陆遥遥相望,9 万多平方公里的国土面积却拥有 800 多公里的海岸线,有多个优良深水港口。葡萄牙历史上曾经是世界上数一数二的航海大国,其海外拓展史远早于英法西荷等所谓西方航海诸强。15 世纪初叶,葡萄牙皇室成员亨利王子就在大西洋岸边创办了世界上第一所正规的航海学校,并亲自率领舰队出海探险;1488 年,迪亚士从葡萄牙出发,发现了非洲最南端的厄加勒斯角与好望角;1498 年,达·伽马从葡萄牙出发,绕过好望角并横跨印度洋,发现了印度,从此打通了欧洲与亚洲的海上通道;1519 年,麦哲伦同样是从葡萄牙出发,环绕全球,揭开了世界大航海时代的新篇章。

从古至今,中国与葡萄牙两国间就有着密切交往。2018 年 12 月 3 日,在对葡萄牙进行国事访问前夕,国家主席习近平在葡萄牙《新闻日报》上发表的题为《跨越时空的友谊 面向未来的伙伴》署名文章中写道:“中国和葡萄牙虽然分处亚欧大陆东西两端,但两国人民友谊源远流长,历久弥坚。几百年前,中国青花瓷漂洋过

海来到葡萄牙,同当地瓷器制作技术相融合,形成了独具魅力的‘葡萄牙蓝’。葡萄牙东北部的弗雷索城很早就使用源于中国的桑蚕织造技术,享有‘丝绸之乡’的美誉。”历史跨入21世纪,代表了中国先进职业教育技术和理念的鲁班工坊,又再次将中葡两国人民紧密联系在一起。

葡萄牙鲁班工坊于2018年12月5日在中葡两国领导人共同见证下揭牌启运。6年来,葡萄牙鲁班工坊得到长足发展,在葡萄牙职业教育领域获得很高赞誉,不少葡萄牙鲁班工坊毕业生进入葡萄牙以及欧洲其他国家的知名企业工作。“鲁班工坊同时推进了专业和职业教育,将理论与实践有机结合。这个过程可以极大地缩短毕业生进入企业后的适应期,满足了企业用人的需求。”毕业于塞巴图尔理工学院葡萄牙鲁班工坊的迪耶戈·罗德里格斯说。

葡萄牙鲁班工坊涵盖了传统工程学、计算机科学、数字智能等中国职教方面的领先专业,致力于工业革命4.0所涉及的诸多领域,通过数字智能为硬件赋能,全面提升数字时代下的动脑与动手能力的有机结合。其与葡萄牙能源公司EDP等本土知名企业及在葡中资企业(如华为、三峡集团)合作建立实训基地,推动“订单式”人才培养。从2020年开始,葡萄牙鲁班工坊积极开展数字化与远程教育,开发了中葡双语在线课程平台,提供虚拟仿真实训系统,现已覆盖非洲、美洲的葡语国家。2022年,葡萄牙鲁班工坊启动了“中葡绿色技能培训计划”,为葡萄牙及全球葡语国家培训新能源领域技术人才,至2024年年底,已培训近600人。葡萄牙鲁班工坊已成为葡萄牙乃至整个葡语国家世界职业教育的一处“重镇”,它的发展速度之快、教学水准之高连不少欧洲职教领域专家都交口称赞。

让我们将时光回溯至2018年。

时任塞图巴尔理工学院自动化专业学科带头人卢卡斯教授，至今仍记得与天津同行的初次相见。2018年，他第一次来到天津机电职业技术学院时，就被学院实训设备与技术的先进性深深震撼。卢卡斯由衷地说："我从没想到中国的技术已经发展到世界领先水平！"

2018年6月11日，在天津海河教育园区"科技工作者之家"内，由天津市教委主办、天津机电职业技术学院承办的"中葡职业教育研讨会"正在轻松友好的气氛下进行。研讨会以促进中葡职业教育国际交流与合作为主题，天津市职教领域的专家与来自葡萄牙里斯本理工学院、莱利亚理工学院和塞图巴尔理工学院的院校代表共同商讨中葡两国职业教育的合作与交流。其中，尽快成立葡萄牙鲁班工坊便是其中一项重要内容。

仅一天后，也就是2018年6月12日，天津机电职业技术学院、天津商务职业学院、天津医学高等专科学校与葡萄牙塞图巴尔理工学院便签署了合作备忘录，行动之快、效率之高，令葡萄牙方面连连称赞。中葡双方约定，各自院校将在专业建设、师资培训以及学生交流等方面展开合作。中方同时向塞图巴尔理工学院院长助理苏周娜等颁发了EPIP师资培训结业证书。

2018年8月，天津市教委对葡萄牙鲁班工坊建设做出部署，同意天津机电职业技术学院与葡萄牙塞图巴尔理工学院共同建设中葡鲁班工坊，初期合作专业为工业机器人技术和电气自动化技术两个专业。曾深度参与葡萄牙鲁班工坊建设的天津机电职业技术学院电气自动化教研室主任姜颖，这样来形容两所学校的合作——"就是一拍即合，是一个相互成就的过程"。

在不少中国职教专家看来，中葡两国职业教育有许多互补的地方。比如中方更加侧重设备实操安装,而葡方则更加侧重系统设备调试,双方各有所长。于是,鲁班工坊搭台,中方提供了现代电气控制系统、工业机器人与智能视觉系统等 10 多套装备,使中葡在先进技术的教育合作上实现了硬件、软件互补。

"在这里,我不仅学会了使用各种机器人、视觉设备等,还开发了一个工业通信研究项目。"塞图巴尔理工学院的学生亚历山大·热拉尔多在葡萄牙鲁班工坊学习实训 3 年来感到收获颇丰。

雨果·弗拉佐是葡萄牙鲁班工坊培训的第一批学生,现在他已经从塞图巴尔理工学院毕业,但每当他遇见师弟师妹,总是会强烈推荐他们进入鲁班工坊学习。

雨果·弗拉佐说:"在鲁班工坊学习的经历让我终身受益,经过这里的实训,我在获得学士学位的同时可以在实践工作中得心应手,还交到了很多中国朋友。"

…………

塞图巴尔理工学院位于葡萄牙塞图巴尔半岛上的塞图巴尔市。塞图巴尔位于葡萄牙首都里斯本东南 32 公里处,北临特茹河,地处萨多河入海口。萨多河系葡萄牙国内的一条重要河流,从发源地由南向北流淌,抵达塞图巴尔后便一头扎入大西洋的怀抱。由于塞图巴尔与首都里斯本邻近,因而拥有巨大的经济、贸易价值,系葡萄牙全国第三大海港,其港口经济和机械制造业在葡萄牙占有重要地位。

塞图巴尔同时还是葡萄牙知名的葡萄酒产区,其葡萄种植与葡萄酒酿造文化历史悠久,可追溯到 1000 多年前。公元 1400 年,葡萄酒的海上运输催生了塞图巴尔半岛的加强型麝香甜白葡萄酒的诞生。史书上记载,早在 17 世纪时,产于塞图巴尔的加强型麝香甜白葡萄酒便已经出口到英法等国。

塞图巴尔也是文学之城。博卡热是葡萄牙著名诗人,他的故居就位于塞图巴尔市民广场东侧大约700米处——爱德蒙·巴提索街12号。1765年,博卡热在这里出生。现在他的故居已成为展示这位诗人生平和作品的图书馆。

塞图巴尔又是一座足球之城。世界足球先生若泽·穆里尼奥1963年1月26日出生于塞图巴尔老城，知名球星C罗也曾在此生活。葡萄牙著名的塞图巴尔胜利足球俱乐部成立于1910年,是一家超过百年历史的老牌足球俱乐部,不仅在葡萄牙足球超级联赛上战绩显赫,在欧洲足坛也颇有影响。

在这座极具历史文化和足球氛围的城市里,塞图巴尔理工学院自1979年成立以来，在很短的时间内排名便位居葡萄牙全国职业教育院校的前列。塞图巴尔理工学院下设5个学院:科技学院、教育学院、商学学院、巴雷罗技术学院和健康学院。该院目前有在校生6500余名、教师500余名。学院开设有12个专科专业、29个本科专业、23个本硕连读专业,以及28个硕士专业。葡萄牙鲁班工坊所使用的是由中葡双方共同开发的教学标准及相关教材,其教学内容被纳入塞图巴尔理工学院本专科3个专业的课程体系。

葡萄牙鲁班工坊使用了中国职业教育目前最先进的技术设备、教学模式,以及与葡方共同研发的专业教材和教学标准,配备的设备有能力源创新课程套件、现代电气控制系统、自动化生产线安装与调试装备、工业机器人与智能视觉系统、药品罐装生产线等16套先进机械装备，是迄今为止已建成的所有海外鲁班工坊中配备技术级别最高的,也是与现代先进制造业及人工智能技术最贴近、衔接最紧密的装备。

葡萄牙鲁班工坊自揭牌启运以来，先后有来自塞尔维亚、巴西、安哥拉、乌克兰、罗马尼亚等国家的教育团组及葡萄牙国内的众多高职院校、工业企业参观考察。时任塞图巴尔理工学院院长安吉拉·莱莫斯说:“鲁班工坊已经成为塞图巴尔理工学院的一张亮丽名片。前不久我们接待了来自德国、芬兰、巴西的访客,他们对我们鲁班工坊的设备和创新能力感到惊奇。我非常感谢当初推进这个项目的朋友,我们的这次合作取得了成功!”

“技术无国界,相处很融洽。”这是时任天津机电职业技术学院工业机器人技术专业负责人袁海亮在葡萄牙鲁班工坊工作的最深感触。他说,经过6年的建设与合作,他们也从塞图巴尔理工学院团队身上学到了系统开发升级等技术理念和精益求精的教学态度。

中葡双方从葡萄牙鲁班工坊成立不久便达成了每年互派2至3名教师进行为期4周的学访活动,并共同研发教学资源;计划在申请到奖学金的前提下,每年互派5至8名学生,为期4至8周,安排在校学习与企业实习,以此来持续推动葡萄牙鲁班工坊在资源开发、人才培养、师资互派、学生交流、校企合作、项目开发等方面与中方的密切合作,为中葡职业教育的健康发展、中葡企业之间的交流合作搭建平台。2022年8月,天津机电职业技术学院与葡萄牙鲁班工坊联合组队参加首届世界职业院校技能大赛。在智能产线安装与调试赛项中,中葡师生通过“云端”备赛,克服首次线上参赛的困难,最终获得了银牌的好成绩。

走进葡萄牙鲁班工坊,映入眼帘的是满满的中国元素——中式彩绘衬底、中式灯盏和挂饰、中葡两国国旗,“鲁班工坊”的标识则显得格外夺目。葡萄牙鲁班工坊的启运和不断完善进一步提升了塞图巴尔理工学院在葡萄牙国内外的影响力,该学院毕业生的就业率也一下子跃升至葡萄牙全国同类高等院校的首位。作为当时塞图巴尔理工学院葡萄牙鲁班工坊的负责人，约瑟·卢卡斯对此无比骄傲，他对中国天津为葡萄牙鲁班工坊的设立和发展给予的大力支持表示感谢，因为这一项目“帮助我们建立起了数字智能新时代的良好愿景”。

2021 年 11 月，中国驻葡萄牙大使馆在葡萄牙知名学府埃武拉大学举办了共建“一带一路”倡议图片展。该校将图片展作为学校 459 周年校庆的两大重要庆祝活动之一，其中葡萄牙鲁班工坊作为共建“一带一路”倡议在葡萄牙取得的丰硕成果受到特别推重。参观展览的葡萄牙师生普遍积极评价共建“一带一路”倡议，认为这是中国对世界的一大贡献，将给全球发展带来重要机遇。

2023 年 11 月 2 日，葡萄牙鲁班工坊在塞图巴尔理工学院举行运营 5 周年纪念活动，并同时举办“一带一路”职业教育国际合作与发展论坛。当时葡萄牙负责高等教育的国务秘书佩德罗·特谢拉在活动开幕式上致辞，高度评价了葡萄牙鲁班工坊在葡萄牙职业教育领域所取得的杰出成就，并表示这一国际合作项目展示了塞图巴尔理工学院提升创新力和国际化合作的能力。

2024 年，在中葡两国建交 45 周年之际，天津机电职业技术学院组织葡萄牙鲁班工坊师生团在天津参与了一系列文化体验活动，包括扎染、麦秸画、掐丝珐琅等，旨在增强其对中国传统文化的了解与认识，促进中葡学生文化交流与互动。

是啊，“国之交在于民相亲”，共建“一带一路”的一个重要方面就是民心相通，坐标塞图巴尔的葡萄牙鲁班工坊无疑是践行这一理念的佼佼者。

葡萄牙鲁班工坊是中国与葡萄牙密切合作、天津与塞图巴尔共同携手谱写出的一首跨越亚欧大陆的友谊新曲。葡萄牙是古老的航海国家和古代海上丝绸之路的欧洲起点，葡萄牙社会各界对共建“一带一路”有着天然的亲近感和参与热情。葡萄牙政府多次明确表示，葡萄牙坚定支持并积极参与共建“一带一路”，实现葡萄牙发展战略同共建“一带一路”倡议的有效对接，共享“一带一路”建设的机遇和成果。时任葡萄牙总统德索萨说：“我毫不掩饰自己对中国的喜爱……‘一带一路’建设将开辟更加美好的未来。”

葡萄牙鲁班工坊的成功启运和发展实践在鲁班工坊的海外建设史上无疑具有多重意义。

首先是实现了中国先进制造技术在欧洲的推广。葡萄牙鲁班工坊的成功建设意义重大，标志着以天津市职业教育为代表的中国职业教育，在先进制造、人工智能等领域所积累的产教融合、校企合作的成果，得到了西方先进国家的认可；标志着中国特色职业教育话语体系、标准体系，经过天津市国家职教示范区建设，已经上升到一个新的高度和新的水平，同时也扩大了中国在葡萄牙乃至欧洲的影响力。时任葡萄牙华人工商联合总会会长张正华谈到这一话题时感慨万千：“华侨在国外的待遇如何，最能反映出一个国家国力的强弱。我 20 世纪 80 年代从浙江青田来到欧洲，先后在比利时、荷兰、西班牙等 5 个国家打过工。起初，到处遭白眼，而现在，无论走到哪里都会受到尊重。我们到政府机构办事，一看到是中国人，工作人员就主动上前给你优先办理。有了强大的祖国做后盾，我们的企业发展也越来越顺。我的企业里就有从葡萄牙鲁班工坊毕业的学生，葡萄牙多名政府高官的子女也在我的企业里打工。”

其次是在中葡两国建交 40 周年之际，天津与塞图巴尔两地共同携手，谱写出一首跨越亚欧大陆的友谊新曲。30 多年前，中国开始学习欧洲的职业教育模式，把先进的职教理念和教学模式照搬到中国。经过多年的发展和实践探索，作为中国国家现代职业教育改革创新示范区的天津，如今已经在现代职业教育教学理念、教学模式、教学内容等方面形成了自己的独有特色。通过鲁班工坊这一走向世界的职教平台，把包括专业标准、课程标准和教学资源在内的天津优秀职业教育研究和实践成果与葡萄牙共同分享。

再次是探索了鲁班工坊建设的一种崭新模式。比如校企共建，以欧洲安全标准建设葡萄牙鲁班工坊被证明是成功的。再比如由中葡双方建立并由双方院校专家与管理人员共同组成的“葡萄牙鲁班工坊合作交流委员会”，指定专人负责葡萄牙鲁班工坊的日常运营与管理，并制定了相关管理制度；建立了葡萄牙鲁班工坊组织管理和服务保障机制，保证了葡萄牙鲁班工坊能够长期健康持续发展；利用海外师生拓展培训基地开展职教论坛、师资培训、资源共建、技能竞赛等国际交流活动；双方院校商定每年投入专项资金，用于葡萄牙鲁班工坊的研讨、交流、拓展、合作，形成固定的双方师生互学、互访交流机制。

面向未来，葡萄牙鲁班工坊一是加强“技术+人文”的双向融合，对接葡萄牙产业需求，结合葡萄牙在海洋经济、光伏能源、电动汽车等领域的优势产业，定向培养技术人才。二是探索与葡萄牙高校合作开展“双学位”项目，增强学术互认，同时进一步突破本地化瓶颈，扩大社会影响力，为中欧技术合作、教育合作提供可复制的模式。三是辐射葡语国家市场，比如巴西，作为世界上面积最大、人口最多、经济发展较快的葡语国家，与葡萄牙有着密切的人文联系和经济往来。巴西圣卡塔琳娜联邦学院和安哥拉南宽扎理工学院的负责人在参观了葡萄牙鲁班工坊之后，均通过塞图巴尔理工学院向中方表示，希望今后在他们国家复制葡萄牙鲁班工坊的成功模式，并且十分期待与中国天津职业院校的深度合作。四是利用葡萄牙的区位和语言优势，打造“中葡非”三方职教合作枢纽，服务非洲葡语国家（如安哥拉、莫桑比克、佛得角等）的工业化需求；技术标准输出，推动中国职业教育标准（如“1+X”证书）与欧洲框架对接，提升中国教育的国际话语权。

葡萄牙是世界上最古老的航海国家之一和古代海上丝绸之路的欧洲起点。葡萄牙最西端（也是整个亚欧大陆的最西端）罗卡角临海而立的石碑上，刻有葡萄牙著名诗人卡蒙斯的名句：“陆止于此，海始于斯。”因而在全球鲁班工坊建设这一坐标系上，坐标塞图巴尔的葡萄牙鲁班工坊具有不可替代的重要意义。

目标亚丁湾，点亮“红海灯塔”

一

吉布提，位于非洲东北部，紧扼地球上最重要的海上交通咽喉之一——亚丁湾。它是亚非欧三大洲海上通道枢纽，更是共建“一带一路”的重要支点国家。非洲第一个鲁班工坊就坐落在吉布提共和国的首都吉布提市。

时任天津铁道职业技术学院教师杨晓丹至今还记得一个小插曲：2018 年吉布提鲁班工坊筹备期间，吉布提当地工作人员问他们，等项目揭牌的时候，中国伟大的工匠鲁班会不会来呢？

对于鲁班工坊的建设者们而言，这是他们多年来在世界各地都经常会被问到的一个问题。鲁班，作为中国的“百工之祖”，漂洋过海来为非洲青年“传经送宝”，在非洲许多国家人民心目中，鲁班简直就是图腾一样的存在。作为非洲第一个鲁班工坊——吉布提鲁班工坊，凭借其强大的影响力和取得的骄人成绩，令“鲁班”这个名字在吉布提早已家喻户晓，它代表的是友谊，是美好，是无私，是更先进的技术和理念。而且在吉布提，人们说到鲁班，就自然而然地会联想到中国，联想到中国在吉布提建设的鲁班工坊为这个国家所带来的看得见摸得着的实际变化。奥斯曼就是这样一个年轻人,他总会望着吉布提鲁班工坊实训教室里面的鲁班像以及鲁班工坊教材中的鲁班画像出神,想象着这位伟大的中国古代工匠的种种,也想象着中国——他从媒体和网络上搜集了很多有关中国的信息,中国的发展变化之大令这个非洲青年既羡慕又向往。

如今,奥斯曼每天都会早早地赶到吉布提市的那嘎德火车站,换上铁路工装,开始他一天的紧张工作。他既能够在监控室里分析数据,又熟悉室外轨道路检的每一个流程。2018 年,奥斯曼从吉布提工商学校毕业,虽然说他的学习成绩很好,但始终没能找到理想工作。听说吉布提鲁班工坊招收铁道类专业学生,奥斯曼第一时间便赶去报了名。奥斯曼说:“这在我们吉布提是一件大事,记得当时有 1000 多名青年都报了名。”经过层层选拔,奥斯曼幸运地成为首批鲁班工坊 24 名铁道类专业新生中的一员。

吉布提的国土面积不算大,全国 2.32 万平方公里,大约相当于两个天津市的面积。境内唯一的一条铁路因年久失修已于 2012 年被迫终止运行。然而仅仅在 6 年之后,取而代之的是一条全新的现代化铁路。2018 年 1 月 1 日,全长 752.7 公里、设计时速 120 公里,由中国中铁二局集团有限公司和中国土木工程集团有限公司联合承建并运营的亚吉(埃塞俄比亚首都亚的斯亚贝巴市至吉布提首都吉布提市)电气化铁路正式开通运营。亚吉铁路因实现了全程电气化,从而将原本长达五六天的车程缩短到了一两天,相比公路运输不仅节约了一半以上的运输成本,更为沿线吉布提和埃塞俄比亚两国人民的交通出行以及货物流通提供了巨大便利。其意义不仅是让埃塞俄比亚从一个“陆锁国”变成了“陆通国”,更为吉布提本国的经济发展注入了强劲动力。

“对于我们吉布提人来说，亚吉铁路就像是一条通往梦想的‘天路’，能够成为这个梦想的一部分，我感到特别特别的荣幸。”奥斯曼说。

吉布提国土面积很大一部分是由荒漠与火山灰凝结成的岩石组成，只有南部靠近索马里和埃塞俄比亚两国的部分土地相对肥沃，那里同时也是吉布提人口最集中、当年吉布提唯一一条铁路以及如今的亚吉电气化铁路所经过的地方。小时候，不光是奥斯曼，几乎所有生活在这条铁道线两侧的吉布提人都将铁路视作他们未来实现美好生活的希望。每一次听到火车的隆隆声由远及近地传来，看到装载着货物抑或乘客的列车从狭窄的铁轨上面呼啸而过，震颤的大地总是令两侧踢野球的吉布提少年们心中生出无限遐想。这个时候，他们会停下所有活动，就那么一直目送着火车从他们眼前经过、远去，有的孩子甚至会爬到高高的树上，那当然是因为可以望得更远，望得更远就可以多看看火车行驶的模样：这条铁路会通往什么样的国家？那个国家里的孩子是否也像他们一样生活？那个国家里的人都是什么样子的……隆隆远去的火车仿佛承载了他们所有的未知与憧憬。

所以自孩提时代起，奥斯曼便像所有生长在铁路沿线的吉布提孩子一样，在心底埋下了一个瑰丽的“铁路梦”，那就是有朝一日自己能穿上统一的制服，登上火车，为这条铁路服务，成为这条铁路的一部分。

“我现在依然记得第一次登上亚吉铁路列车时激动的心情。”奥斯曼说。从吉布提鲁班工坊以优异成绩毕业，到成为吉布提铁路公司中的一员，奥斯曼如今在工作之余，还会定期去位于吉布提工商学校内的孔子学院学习中文。原因很简单，因为他热爱中国，因为是中国的鲁班工坊带给了他人生的重大转折以及未来和希望。奥斯曼现在已经可以用中文与他人进行简单交流了。“鲁班工坊给了我改变命运的机会。”奥斯曼说，“如果有机会，我希望今后能去中国继续深造，进一步学习中国先进的铁路技术。”

二

吉布提虽然国土面积不大，境内也多荒漠与火山，但在非洲却是一个举足轻重的国家。它位于非洲东北部的亚丁湾西岸，北与厄立特里亚为邻，西部、西南及南部与埃塞俄比亚毗邻，东南则同索马里接壤，东北隔着红海的曼德海峡与亚洲国家也门相望。它扼守着红海、亚丁湾的出入口，被誉为“红海前哨”。在近现代历史上，吉布提因其重要之地理位置，一直属于兵家必争之地。同时吉布提的海岸线曲折，塔朱拉湾深入内陆，是条件十分优越的深水贸易港口，这也使得它成为连接地中海与红海、沟通大西洋与印度洋的重要贸易中转站，在当代有着“非洲新加坡”之美誉。然而，尽管吉布提的地理位置十分优越，但历史上却始终无法利用好自己丰富的自然资源，只能依靠外界援助维持国家运转，如同是守着水井抗旱。历史上，西方国家曾在吉布提投入大量资金和人力物力，但在中国企业进入吉布提之前，却一直未能根本性改变吉布提的落后面貌。换句话说，那些欧美国家并没有从根本上为吉布提的经济社会发展夯实基础，简单地提供资金，属于治标不治本的方式。而如今，作为东非地区的交通大动脉，也是非洲第一条跨国电气化铁路——亚吉铁路的开通运营，不仅激发了吉布提的经济活力，也成了埃塞俄比亚的经济走廊和运输生命线。服务于亚吉铁路运营管理，为吉布提培养更多本国的铁路人才，无疑就是中国在吉布提设立鲁班工坊的一个重要目的。同时,在距离吉布提港口不到3公里处,非洲规模最大、最先进的自贸区建设亦即将完成。依据吉布提“2035愿景”计划,吉布提首都吉布提市将被打造成吉布提以及东非的商业中心和物流中心,商贸物流类技术技能人才将成为吉布提最为紧缺的人才。在此情况下,吉布提鲁班工坊及时为吉布提量身打造了物流商贸实训区,包括企业全景感知实训、物流仓储模拟实训和企业模拟经营认知实训,引领吉布提学生走进了目前世界上最现代化的物流和商贸世界。这些吉布提年轻人从鲁班工坊毕业后,将会成为吉布提自贸区的核心力量。

无论是亚吉铁路的开通运营,还是吉布提自贸区投入使用后的良好运转,所有成绩的取得,都离不开中国职教人的辛勤付出。

吉布提终年高温,热季的最高气温超过45摄氏度,在当地阿法尔语中,“吉布提”的意思就是“一口沸腾的蒸锅”。因为吉布提终年炎热少雨,淡水包括地下水资源十分紧缺,人均可循环利用的水资源总量仅为353.4立方米/年,在所有东非国家中属于最少,也低于500立方米/年的国际极度缺水标准线,属于世界上最严重的缺水国家之一。来自中国天津的职教人不仅要面对极度炎热天气,就连喝水也需要做好计划,因为在吉布提常常会出现瓶装水供应短缺的情况。

为了建设好吉布提鲁班工坊,天津职教人所付出的远远不只是他们的知识和学养,更多的是外人看不到的辛劳、汗水乃至“战天斗地”的精神。

当时在天津铁道职业技术学院国际交流处工作的王琳曾经在吉布提驻守了130多天,对此他体会颇深。刚踏上吉布提的国土,王琳就意识到了此次任务的艰巨性:吉布提国家教育体系中根本就没有高职层次，一切都要从零开始。而且由于缺乏交通工具，“有的鲁班工坊的学员每天要顶着40摄氏度的酷暑，徒步走四五个小时来参加学习；因为当地年轻人的英语水平有限，用英语授课沟通也很不方便，学员们主动要求学习中文，这是好事，但给原先预备好的课程又增加了难度……”回忆起在吉布提授课的日子，王琳感慨万千，“好在有强大的祖国做后盾，有当地政府、院校的大力支持，鲁班工坊学员的求学热情也深深鼓舞了我们，让我们更加体会到构建人类命运共同体的深刻含义。”王琳最后用了两个简单的“最”，道出了天津职教人埋藏于心底的千言万语，他说：“最难的挑战是吉布提的天气高热、物资匮乏，而最开心的则是吉布提老百姓从不了解我们到最终认可了我们。”

范蓉时任天津市第一商业学校副校长，她在吉布提的那些日子里，每天上午9点雷打不动地准时出现在吉布提教育部的门前，与吉方教育部负责职教和鲁班工坊建设的官员及具体工作人员进行对接和商讨，就连临时雇用的接送中方人员的当地司机都不解地说：“这样的高温天气，打电话沟通就可以了，不需要天天来回跑。”当地司机说的不是没有道理，但不亲自跑，范蓉心里不踏实啊！正是这种不辞辛苦、精益求精的精神，才最终保证了吉布提鲁班工坊前期建设工作的顺利展开。范蓉说：“当时就是想，一定要把前期工作做细做实，才能在鲁班工坊正式揭牌的时候保证万无一失。”

时任天津市第一商业学校副校长杨瑞增是一位多面手，鲁班工坊的实训室里，许多设备都需要手工安装调试才能够完成，这既包含了技术活儿，更少不了体力活儿。虽然杨瑞增有很强的动手能力，但他所面对的都是之前在国内没有遇到过的问题，时间紧，任务重，在吉布提一个多月的时间里，他每晚都要复盘白天的工作，熬夜加班成了他在吉布提的家常便饭。

赴吉布提鲁班工坊中方职教团队中年龄最小的是天津铁道职业技术学院的杨晓丹，她负责翻译和文秘工作。这个岗位看似简单，实则日常要处理的案头工作很多，每天都要忙到深夜。不过令她高兴的是，“吉布提鲁班工坊所开设的铁道、商贸等4个专业后来全部被纳入吉布提国民教育体系之中，开了当地高等职业教育的先河。2022年，吉布提鲁班工坊开设的国际化订单班为亚吉铁路培养的首批24名学生，如今都成为亚吉铁路上的技术骨干，这是我们最感欣慰的。”杨晓丹说。

2019年3月28日，吉布提鲁班工坊揭牌启运仪式在吉布提最大的职业院校——吉布提工商学校举行，这是中国在非洲设立的第一家鲁班工坊。时任吉布提总统伊斯梅尔·奥马尔·盖莱参加了吉布提鲁班工坊揭牌仪式的全过程，从工坊揭牌、致辞，再到参观鲁班工坊内的实训区，最后还上手体验了机车模拟驾驶。伊斯梅尔·奥马尔·盖莱最后在题词中写道：“非常感谢所有设计和建设鲁班工坊的工作人员，同时也祝贺即将在鲁班工坊接受培训的吉布提青年。因为鲁班工坊，吉布提的青年很幸福，感谢中国。”伊斯梅尔·奥马尔·盖莱还高度赞扬了鲁班工坊对吉布提教育及经济发展的作用。他说，感谢中国将非洲首个鲁班工坊建在吉布提，中国的技术将为吉布提教育带来革新，鲁班工坊的铁道、物流、贸易等专业培养的年轻人，将大大提升吉布提铁路和港口的国际竞争力。伊斯梅尔·奥马尔·盖莱最后总结道：“这是给吉布提人民和国家的机遇。”

时任吉布提教育部总督学迈哈迪也给予鲁班工坊高度评价，他说：“亚吉铁路的开通使吉布提铁路行业的重要性大大提升。吉布提致力于成为非洲的交通枢纽，而鲁班工坊将极大地推动当地交通运输业的人才培养，对吉布提铁路建设及工业发展有着非常重要的意义。”

就在2019年3月28日，当吉布提鲁班工坊揭牌启运之时，一辆编组53节、满载106个集装箱的列车，正缓缓地从吉布提首都吉布提市那噶德火车站驶出，经过在亚吉铁路上10个小时的行驶，这些货物将安全抵达埃塞俄比亚首都亚的斯亚贝巴。

三

吉布提鲁班工坊的成绩是实打实的，在撬动两大经济支柱（铁路、商贸物流）的同时更带动了吉布提社会经济的全面发展。但是，在吉布提建立鲁班工坊并不容易，热季时最高气温超过45摄氏度，来到当地培训的中国职教老师们都是在一边忍受着湿疹、痱子等皮肤病的侵扰，一边坚持教学和督学；网络信号差，鲁班工坊建设前后方（建设所在国与中国）沟通的大容量文件只有等到夜深人静的时候才能够错峰传输出去；物资更是匮乏，需要到邻国埃塞俄比亚才能采购到许多生活必需品；海关手续烦琐，需要在极短的时间内解决设备运输清关的各项不确定性问题，虽有吉方密切配合，但会牵扯很大精力；专业认证难，与吉布提教育部多次进行沟通并修改方案，终于在吉布提鲁班工坊启动运营前获得了4个专业的全部认证，从此开启了吉布提高等职业教育的新时代……

杨瑞增如今说起在吉布提建设鲁班工坊的那些日子依然充满感慨，他说：“2019年过年期间，我们就开始做准备工作，每天的工作都排得满满的。”大年初七一上班，杨瑞增就开始跑天津的各个建材市场,根据吉布提鲁班工坊建设设计方案中所需要的各种原材料,能在国内准备好的就预先准备好,就连钉子都采购了。所有采购好的原材料于 2019 年 2 月 14 日由深圳口岸装船运往吉布提,杨瑞增等其他天津职教教师于 2019 年 2 月 28 日出发前往吉布提,而这一天离 3 月 28 日吉布提鲁班工坊揭牌启运仅仅还差一个月。

杨瑞增回忆说:

“我们都是自己组装设备,从教学器材到桌椅板凳,都是自己动手拆卸安装。我记得在我们赶工期的那些天,吉布提的教育部部长就来看望过我们两次,给了我们挺大鼓励。

“为了赶工期,做网线,我们整宿整宿地在实训室里忙碌。黄国庆老师干活儿干得手都肿了,握不住钳子。就这样,我们还是克服困难,将 3 个实训室的网线全部做好,将设备全部组装调试完成。

“整整一个月的时间,我们 3 个负责先期安装调试设备的人每天就是从宿舍到鲁班工坊建设工地,然后再从建设工地回宿舍,两点一线,周而复始,连吉布提市的繁华区是什么样子的都不清楚。”

时任天津市第一商业学校教师张齐接到任务前往吉布提时正值哺乳期,但她没谈任何困难,晚上回家就开始研究如何做好铁路与物流的衔接,做了大量前期调研工作。她还了解到吉布提的学校从来没有开过仓储这门课程,为此她准备了不少与仓储有关的教学材料。在吉布提时,虽然生活条件简陋,她却没叫苦;但当她回到天津,看见市场里琳琅满目的各种商品时,她说当时她的眼泪就掉下来了,她为祖国的繁荣与强盛,也为还留在吉布提鲁班工坊的同事。同时她也相信,“就像吉布提鲁班工坊给吉布提所带来的变化一样，吉布提也在发展，一定会变得越来越好，越来越繁荣”。

作为非洲第一条跨国电气化铁路，亚吉铁路的始发站——那噶德火车站已经成为吉布提鲁班工坊的校外实训基地。时任埃塞俄比亚吉布提联合铁路运营公司副总经理卡密尔表示，鲁班工坊的实训基地为高素质技术技能人才培养及铁路员工能力的提升提供了有力支撑，能更好地服务于亚吉铁路。时任中国土木工程集团有限公司党委书记、董事长袁立介绍道，吉布提鲁班工坊可以被看作是“亚吉铁路模式”的一种延伸——鲁班工坊通过技术交流输出，实现铁路人才本地化，为共建“一带一路”和“中非命运共同体”建设作出应有贡献。

那噶德火车站员工艾查曾经被选派到天津市铁道职业技术学院学习过铁道技术，看到如今自己的同胞在吉布提当地就能进行实训，他非常感慨：“曾经需要远赴万里外才能完成的学习，如今来到我的家乡，相信会让越来越多热爱铁路工作的吉布提青年能够像我一样实现儿时的梦想。”与奥斯曼一样，艾查与铁路同样有着不解之缘。儿时就常在铁道边玩耍的他，读书时选择了电工专业，从吉布提工商学校电工专业毕业后，经过层层选拔，艾查荣幸地成为吉布提鲁班工坊首批 24 名铁道专业学生之一。在吉布提鲁班工坊铁道专业进修了 3 年，艾查最终如愿以偿成为亚吉铁路的一名员工。回忆起刚进入鲁班工坊学习的那段日子，艾查至今仍兴奋不已：“那是我第一次看到亚吉铁路各条轨道上机车运行情况的立体化沙盘，我还清楚地记得老师向我们演示列车引导用语——‘现在列车即将进入那噶德车站，请值班员做好接车准备……’那就是我现在工作的车站呀！”如今，艾查在亚吉铁路那噶德车站铁道交通运营部工作，尽管每天忙忙碌碌，但他充满干劲。“鲁班工坊帮我实现了铁路梦想,没什么比梦想成真更让人高兴的了。这是中国送给吉布提青年最珍贵的礼物！”

当奥斯曼、艾查等首批学员如期从吉布提鲁班工坊毕业成为吉布提铁路新鲜血液的时候,时任吉布提铁路公司总经理马哈茂德激动地给这些吉布提小伙子送上了他的祝福:“鲁班工坊已经结出果实,我向即将在国家铁路线上工作的青年人表示祝贺！”青年的命运,与时代紧密相连,鲁班工坊,这一中国进入新时代回馈给世界的职教方案,正在全球各地开花结果,为许多像奥斯曼、艾查一样的非洲青年铺设了筑梦、圆梦的快车道。

2024 年是中国和吉布提两国建交 45 周年。2024 年 1 月 15 日,时任中国驻吉布提大使胡斌出席了吉布提鲁班工坊首批学生的毕业典礼。出席毕业典礼的还有时任吉布提国民教育与职业培训部部长穆斯塔法及吉布提相关部门负责人。胡斌表示,在两国元首战略引领下,中国在吉布提设立了非洲第一个鲁班工坊,中吉在人力资源领域合作掀开了新篇章。在中吉两国建交 45 周年这一新起点上,中方愿同吉方继续携手,加强能力建设合作,助力吉布提国家发展,为中吉友好作出新贡献。基于“吉布提 2035 年愿景”和共建“一带一路”倡议的高度契合,双方合作建设了亚吉铁路、多哈雷多功能港、吉布提国际自贸区等旗舰项目,为吉布提实现“红海灯塔”目标提供了强劲助力。穆斯塔法则表示,吉布提鲁班工坊开创了吉布提高等职业教育的先河,吉方希望不断加强对华合作,将吉布提鲁班工坊打造成为吉中友谊的典范。

没错,吉布提鲁班工坊不仅是非洲第一个鲁班工坊,而且自揭牌启运以来,成功创建了五方携手“政政企校校”的合作模式,创建了“1 中心 2 联盟 5 平台”的层层联动的合作发展机制,为“在非洲最不发达国家建设工坊”开了先河,探索出了一套“教学标准为引领、专业认证为前提、教学资源为基础、师资培养为保障、实训基地为支撑、项目教学为手段、学徒培养为特色、产教融合为核心、持续发展为目标”的运营发展新路径，构建了“港铁联运”复合型人才课程体系，拓展了“大企业引领、中小企业跟进、职业院校相随”的国际化产教融合平台，在产教融合、校企合作等方面起到了积极作用。

作为非洲第一个鲁班工坊，吉布提鲁班工坊已成为亚丁湾区域亚非各国高水平职业教育的标杆，是“一带一路”共建国家的重要技术驿站，也是助力吉布提共和国实现其“红海灯塔”目标的重要一环。

“双子星”辉映尼罗河

一

2024 年 5 月 30 日，时任天津交通职业学院党委宣传部部长姜磊一进办公室就对几位同事说:“看昨晚的央视新闻了吗？习近平主席提到了咱们鲁班工坊！”几位同事都说:“看了看了,习近平主席提到了咱们在埃及建设的鲁班工坊,这是对咱们多大的鼓励啊！”同样是在这一天,时任天津轻工职业技术学院院长李云梅早早就来到了学院,她在回答记者的电话采访时说:“习近平主席的殷切期许,为我们的工作指明了方向,更给了我们强大的动力。我们将按照‘中非职业教育合作标杆’的标准和要求,全力做好埃及鲁班工坊的建设工作。”

2024 年 5 月 29 日，国家主席习近平在北京人民大会堂同来华出席中国—阿拉伯国家合作论坛第十届部长级会议开幕式并进行国事访问的埃及总统塞西举行了会谈。2024 年是中国和埃及建立全面战略伙伴关系 10 周年。习近平强调，办好“中埃伙伴年”,扩大两国人员往来和人文交流合作,要将埃及鲁班工坊打造成中非职业教育合作的标杆。这无疑是对鲁班工坊建设的高度认可与鼓励，在鲁班工坊的建设发展历程中绝无仅有。这令每一位参与鲁班工坊建设的中国职教人都倍感振奋，当然，对于参与埃及双鲁班工坊建设的国家级“双高计划”建设院校——天津轻工职业技术学院与天津交通职业学院的广大教职工来说，更是一种巨大鼓舞。埃及鲁班工坊“双子星”辉映尼罗河，已经成为埃及职业教育的国际品牌，在埃及乃至中东一些国家年轻人当中具有很大影响力，这里面饱含着两所天津高职院校领导和教师经年辛苦的付出和持之以恒的努力。

姜磊看上去还很年轻，可当说起鲁班工坊，他却笑着说：“等一下，您可以看看我当年去埃及参加鲁班工坊建设时候的照片，那是 2019 年，那时候才真叫年轻呢！”姜磊说：“为了让埃及鲁班工坊赶在 12 月 31 日揭牌启运，当时一下飞机我们就直奔建设现场，一分钟都没耽搁就开始了紧张工作。”

时任天津交通职业学院汽车工程学院院长贾启阳当年是埃及鲁班工坊建设的主力。他说：“当时我们人虽然都到齐了，但设备和订购的货物却一直到不齐，那个心急如焚的劲儿就甭提了。虽说手头要做的基础性工作也很多，但最重要的还是教学设备，没有设备就没法教学。尤其是汽车维修，举升机、样品车都是必不可少的。好在后来设备终于到齐了，但离揭牌却只剩下 3 天时间了。我们干脆连续 72 个小时不眠不休地加班加点，谁困了就去旁边的屋子里眯一会儿。就这样，我们用了 3 天时间硬是在埃及鲁班工坊正式揭牌启运前，将实训室里的设备全部安装调试完毕。”

2019 年 4 月，国家主席习近平会见来华出席第二届“一带一路”国际合作高峰论坛的埃及总统塞西，提出将在埃及设立鲁班工坊，向埃及青年提供职业技能培训。而埃及方面则恳切希望中国能在埃及设立两个鲁班工坊，以满足埃及国内对职业教育的强烈需求。因为在历史上,埃及的制造业就是埃及的传统经济支柱产业,且近年来发展速度迅猛,已成为非洲大多数国家由传统农业国向工业化国家转型的典范。而埃及在产业发展与转型过程中需要大量高水平技术工人,这就形成了对职业教育人才培养的旺盛需求,于是便有了埃及鲁班工坊开"一国两坊"之先河。由天津轻工职业技术学院与天津交通职业学院强强联手在埃及建设的两个鲁班工坊,分别位于埃及艾因夏姆斯大学和埃及教育与技术教育部直属的开罗高级维修技术学校内。

艾因夏姆斯大学是埃及最古老的大学,距今约有 5000 年的历史,目前是埃及的第三大综合性大学,也是中东地区著名高等学府。而开罗高级维修技术学校则是埃及国际教育质量保证与证书颁发机构(NAQAAE)认证的五年制高级别学校。2019 年 12 月,中方团队飞赴埃及,以时不我待、只争朝夕的劲头,于抵达当天就奔赴埃及鲁班工坊建设现场开始了紧张工作。埃及两所学校的教师们被中国教师的勤奋和坚韧所感动,主动放弃了休息日,与中方团队一起紧密协作、奋战在筹备鲁班工坊建设的一线。为了按时高质量完成实训室建设,中国教师们甚至通宵达旦地工作:拆装和调试设备、安装桌椅、组装工作柜……艾因夏姆斯大学和开罗高级维修技术学校可爱的学生们也参与了进来,他们一边忙碌着,一边向中国教师们学说汉语,他们用不太流利的中文喊出:"感谢中国!我爱你们!"还用埃及的古老俗语鼓励挥汗如雨的中国教师们,说:"苦心人,天不负!"

经过不分昼夜的奋战,2019 年 12 月 31 日,埃及两个鲁班工坊全部完成了建设任务。两国教师共同研讨确定了埃及鲁班工坊项目初、中、高级培训大纲及培训课程标准,对埃及鲁班工坊的师生先期提供了现场培训,为埃及鲁班工坊的正式揭牌启运奠定了基础。

应埃及基础教育与技术教育部的强烈要求，两个埃及鲁班工坊都实现了中职、高职、本科人才培养的贯通。其中，艾因夏姆斯大学鲁班工坊开设了数控设备应用与维护、新能源应用技术、汽车运用与维修技术3个专业，采取嵌入式教育开展本科层次学生培训；开罗高级维修技术学校鲁班工坊开设了数控加工技术、汽车维修技术2个专业，采取“3+2”模式，即3年基础课加2年鲁班工坊专业课，同时颁发相应的学历证书。

目前，埃及两个鲁班工坊均已被列入埃及基础教育与技术教育部发布的《TE2.0改革》中的“卓越基地”试点，其贯通学历教育已被纳入埃及国民教育体系。

二

正如国家主席习近平在会见埃及总统塞西时所指出的：“68年前，埃及在阿拉伯和非洲国家中率先同中华人民共和国建交。任凭国际形势风云变幻，两国始终相互信任、真诚合作、携手发展。”事实上，在北非乃至整个非洲地区，与中国交往历史最早、关系最为密切的国家便是埃及了。

公元1世纪末，有一位居住在埃及尼罗河口亚历山大港的商人撰写了一部名为《红海回航记》的书籍，里面记述了西方商船经常往来于红海、波斯湾、印度次大陆东西两岸之间，其中特别提到了中国。书里将中国称为“秦”，说其（中国）北方有一座城市叫作“秦尼”（应该是指长安），那里“出产丝、丝线和名为丝绸的布”，所以又将中国称为“丝国”，并称当年有一位住在今埃及尼罗河口附近杜米亚特城的商人曾到达过“丝国”。“丝国”这一称谓在古罗马人托勒密的《地理学》一书中也曾出现过，在书中，托勒密转述一个叫梅斯的商人所说，这位商人在远航中曾派手下前往东方大国“丝国”。

宋元时期留居中国的大量阿拉伯商人中有很多是埃及人，他们主要居住在中国南方海港城市，如广州、泉州、杭州、扬州等地。1965 年冬，人们在泉州东岳山西坡发现了一块刻有中文“蕃客墓”的墓碑，下面刻有一行阿拉伯文小字，其意为“埃及”。14 世纪摩洛哥旅行家伊本·巴图塔来华旅行时，就碰上了世居杭州的埃及大商人欧斯曼。这些埃及商人来华经商定居，使当时中国人对埃及和穆斯林文化有了更多更深入的了解。

埃及首都开罗是整个中东地区的政治、经济、文化和交通中心。开罗工业高度集中，制造业产值占埃及近半数，棉纺织业尤其发达，紧随其后的是石化工业、机械制造业及汽车工业，城市建设对汽车运用与维修、新能源、数控等工业领域技术的需求很大。要支撑工业的快速发展，必然需要大量高素质的技术技能人才。埃及“2030 愿景”对职业教育和职业培训提出了如下目标：实施紧跟世界标准的质量和认证体系，使学习者和受培训者掌握就业市场所需要的技能；发展教师和培训师全面可持续的职业规划；不断改进学习和培训的课程和计划；发展完善的职业教育（职业、技术和培训）组织机构体系以适应发展规划和就业市场的需求。

艾因夏姆斯大学工程学院坐落于埃及首都开罗市中心繁华的阿巴西亚广场旁。安静的校园内，一幢灰黄色的建筑掩映在一片翠绿之中，其上分别用中文和阿拉伯文写有“埃及鲁班工坊，艾因夏姆斯大学—工程学院”的字样。这个鲁班工坊便是由天津轻工职业技术学院、天津交通职业学院联合埃及艾因夏姆斯大学、开罗高级维修技术学校合作建设而成的，下设数控设备应用与维护、新能源应用技术、汽车运用与维修技术 3 个专业。

在 2022 年首届世界职业院校技能大赛碳中和可再生能源工程技术赛项的赛场上，埃及鲁班工坊组队按大赛要求设计完成的风光互补模拟发电项目的展示，捧回了该大赛金奖。这样的成绩，让时任埃及高等教育与研究部部长顾问、埃及鲁班工坊负责人阿哈迈德·萨巴格激动不已，他说："鲁班工坊通过工程实践创新项目，帮助学生实现了理论与实操技能的双提升。相信在未来的日子里，依托鲁班工坊，埃中职业教育合作之路一定会走得更稳、更远。"

在埃及鲁班工坊的建设实践中，中方两院校以鲁班工坊为平台多次组织中资企业赴埃及参加投资推介会，先后有 20 多家中资企业参会并做宣讲，搭建了中国企业赴埃及发展的优质平台；同时与中埃·泰达苏伊士经贸合作区共建了"埃及鲁班工坊就业培训基地"，不断了解企业用工需求，推动埃及鲁班工坊校企合作，完成企业外方员工在埃及鲁班工坊的技术培训，为服务国际产能合作和中资企业"走出去"搭建了重要桥梁。

2023 年，天津交通职业学院携手中国汽车民族品牌比亚迪汽车，与埃及鲁班工坊所在的两所院校，就埃及鲁班工坊校企共育人才达成了合作意向——积极推动比亚迪汽车与埃及合作方在埃及鲁班工坊共建汽车实习就业校外基地。目前，以比亚迪汽车为代表的中国品牌汽车已经占据了埃及汽车市场很大份额，这与埃及鲁班工坊培养了大批熟悉中国品牌汽车维修的技术人才密不可分。

三

天津启诚伟业科技有限公司工程师陈立考已经参与了5家海外鲁班工坊的建设，但埃及鲁班工坊建设却是令他印象最深刻的。他说："在埃及鲁班工坊培训中，最让我感动的是埃及的老师和同学们，我深深地为他们对知识的渴望与执着所感动。其中不得不提的就是亚瑟大叔，与他的第一次零距离接触是在2019年8月。为了让埃及教师尽快掌握鲁班工坊中方所提供设备的相关技术，中方院校组织埃及鲁班工坊的教师们来天津，进行了为期5周的EPIP师资培训。我当时作为中方培训教师，认识了这位年过半百的亚瑟老师。他特别爱提问，对每一个技术知识点都会细细琢磨，他虽然只会阿拉伯语（听不懂英文），但每次上课都会通过翻译和我们又说又比画，我们都很敬佩他，培训的时候大家都喜欢喊他'亚瑟大叔'。在后来赴埃及培训中，亚瑟大叔绝对起到了模范带头作用，他不仅自己上课认真听讲，还带动其他教师一起互动学习，让我们在埃及培养了一大批'智能鼠'的超级粉丝。"

时任埃及艾因夏姆斯大学校长马哈茂德·马蒂尼教授也是鲁班工坊的粉丝之一，他说："和纯粹教授理论知识的教学方式相比，培养学生将知识转化为实操能力的教学方式越来越重要。从长远来看，鲁班工坊将帮助学生们更好地适应就业市场，满足毕业后的就业需求。这一切，都是为了埃及青年的未来。"

穆罕默德·阿瓦德当时是艾因夏姆斯大学工程学院设计与生产工程教授，也是埃及鲁班工坊最早的参与者，见证了埃及鲁班工坊从无到有的全过程。

为了埃及鲁班工坊建成启运后能够更好地为学生们提供指

导和帮助,2019 年 6 月,年逾花甲的阿瓦德同其他几名埃及教师一起,坐了 10 多个小时的飞机赶赴中国天津,接受了为期 5 周的鲁班工坊专业师资培训。

回到埃及后,阿瓦德又马不停蹄地与同事们一起按照中方的设计规划,为埃及鲁班工坊陆续建起了数控设备应用与维护、新能源应用技术以及汽车运用与维修技术 3 个实训室。可以说,埃及鲁班工坊就像是他亲手浇灌长大的一棵树,他是看着这棵树一点点茁壮成长、枝繁叶茂的。

时任埃及基础教育与技术教育部副部长穆罕默德·穆贾希德博士在埃及鲁班工坊揭牌启运讲话时说:“埃及鲁班工坊的出现正值埃及职业技术教育改革的重要时期,它有利于推进我们的改革,并将成为我们学习的对象。埃及鲁班工坊为埃及师生们带来先进的教育理念、教学标准和实训设备,我们坚信埃及鲁班工坊将成为埃及职业技术教育的样板。”

据时任艾因夏姆斯大学工程学院教授、埃及鲁班工坊负责人阿德尔·萨巴格介绍,目前埃及鲁班工坊正计划实施一个设备升级项目,特别是汽车实训室中的设备,将在传统油车的基础上增加电动汽车维修教学设备。此外,埃及鲁班工坊还将扩大学院之间的合作,让中方带来的优质项目惠及更多学子。阿德尔·萨巴格教授对埃及鲁班工坊的未来发展充满期待。

鲁班工坊在埃及落地开花,办得有声有色,埃及基础教育与技术教育部前部长绍基对此赞叹有加,他说:“埃中双方在教育领域合作项目上保持高度一致,将共同加速推进鲁班工坊项目。埃及希望从中国的发展经验中获得启发。”埃及著名学者、教育学家穆杰希德也表示,埃及鲁班工坊“大有可为,前景辉煌,有助于深入推进埃及的职业技术教育改革,从而使更多埃及年轻人受益”。

在萨巴格看来，通过技能实践巩固所学理论知识非常重要，尤其是对主修能源、机械和工程相关学科的学生而言，鲁班工坊能有效地帮助这些学生掌握应用技能、为未来就业做好准备。萨巴格同时认为，鲁班工坊的成功不仅得益于中方所提供的现代化设备，更离不开中方为埃及鲁班工坊教师所制定的优质培训计划。他介绍说，目前埃及鲁班工坊的教师都是埃及本土的教授和技术人员，他们“在教学前都会前往中国接受为期5周的强化培训，这样就能够保证他们给学生提供高水平的日常课程和深度培训，充分发挥埃及鲁班工坊的潜力”。

依托埃及鲁班工坊建设，天津轻工职业技术学院与天津交通职业学院搭建专业建设与资源开发、师生互动互访、职业技能竞赛、论坛会议研讨等多种平台，推动了职业教育国际交流合作全方位的融合发展。中外合作院校、中外合作企业共同为埃及鲁班工坊确定专业核心技术，开发了适宜国际互认、突出国别特色的专业教学标准和国际化教学方案。截至目前，双方已共同开发了5个专业的双语教材及课程标准，为埃及鲁班工坊及其他阿拉伯语国家职业教育的发展提供了很好的样本。

四

如今，艾因夏姆斯大学工程学院的师生们提起设立在该学院的鲁班工坊，每个人都赞不绝口。

卡里姆·穆罕默德是艾因夏姆斯大学工程学院电气工程专业的一名学生，他说：“在鲁班工坊，我们能通过拆卸、检查、维修和组装真正的发动机、制动系统等操作，把所学的理论知识付诸实践。”卡里姆·穆罕默德一边在鲁班工坊里检修汽车发动机，一边和他人分享着自己的收获。他说自己很喜欢来鲁班工坊进行操作实践，因为经过这里高效率、高水平的培训后，再去参加一些校外培训时，他总会表现比较优异，这也让他更有信心面对未来的挑战。

哈泽姆当时是埃及艾因夏姆斯大学的大三学生，他参加了埃及鲁班工坊新能源技术应用专业的培训。他说：“在鲁班工坊，我学到了许多新能源领域的知识和技能，这对于我的学习深造和未来就业都大有裨益。”哈泽姆表示，发展新能源技术对埃及的产业转型升级和应对气候问题等都有重要意义。

“有了鲁班工坊后，学生们对自己所学的专业兴趣更浓了。”在艾因夏姆斯大学鲁班工坊汽车维修实训室内，埃及鲁班工坊女教师法吉玛兴奋地说。跟随法吉玛一同学习的还有 5 名艾因夏姆斯大学汽车专业的学生。他们几乎都说了同样的话：“我们都非常喜欢鲁班工坊，这里是全学校最好的实训室。”

正在开罗高级维修技术学校鲁班工坊学习汽车维修技术的胡塞姆则说：“汽车维修在埃及特别吃香，但缺乏专业维修人员。我太幸运了，刚入校不久就赶上了鲁班工坊开班，相信通过在这里的学习，我能够掌握过硬的本领，成为一名汽修的行家里手！”

当时艾因夏姆斯大学工程学院三年级学生塔伊布正在埃及鲁班工坊里操作数控设备，他停下手中的工作，与他人分享了自己的学习收获和体会。他认为，动手实践巩固所学理论知识对工程系学生而言至关重要。“此前，尽管有理论知识的积累，但由于条件限制，我的实践环节很薄弱。现在，鲁班工坊为我们提供了实际操练的平台和机会。我在这里掌握了数控设备应用方面的大量知识和一手经验，这些都是在书本中学不到的。”塔伊布说。

“长远来看，鲁班工坊将帮助学生更好地适应就业市场。”时任艾因夏姆斯大学校长马哈茂德·米提尼表示，在全球化背景下，鲁班工坊所倡导的教学理念及其办学经验值得大力推广借鉴。时任埃及基础教育和技术教育部副部长穆罕默德·穆贾希德博士说："鲁班工坊实现了埃及中高职贯通，中国职教方案对打通埃及职教体系起到了示范推动作用。"

2023 年 10 月，时任中国教育部副部长陈杰实地考察了埃及鲁班工坊，他充分肯定了埃及两个鲁班工坊所取得的成绩，对天津市围绕服务共建"一带一路"、深化中外人文交流、促进合作国青年就业等方面所开展的实践探索、理论研究、经验总结、模式推广等表示了高度认可。时任中国驻埃及大使廖力强则特意向天津市委发来了感谢信，充分肯定了天津市在埃及鲁班工坊建设中所作出的突出贡献。

高质量共建"一带一路"，从"大写意"迈向"工笔画"，持续引领国际发展合作，小而美、见效快、惠民生的鲁班工坊已成为促进中埃友好合作、构建中埃命运共同体的标志性项目，并将继续承担新时代搭设中埃两国人文交流、文明互鉴窗口的重要使命。

随着埃及鲁班工坊的地区影响力越来越大，中东地区众多媒体都将目光投向了埃及"双子星"鲁班工坊。其中埃及《东方报》在一篇评论文章中如此写道："埃及经济发展使得社会对职业技能培训的需求与日俱增。中国与埃及合作建设鲁班工坊，这一重要平台对埃及乃至整个阿拉伯世界都大有裨益。"

"双子星"辉映尼罗河，中埃友谊就像流淌了千万年的尼罗河水，浩浩荡荡，奔流不息。

鲁班工坊助力“一带一路”首倡之地

一

2013 年 9 月 7 日，国家主席习近平在哈萨克斯坦纳扎尔巴耶夫大学演讲时提出共建“丝绸之路经济带”的倡议，向世界发出共建“一带一路”的邀约。作为中亚地区的重要国家，哈萨克斯坦不仅是古丝绸之路上的必经之地，也是共建“一带一路”倡议的首倡之地，中哈友谊源远流长。20 世纪 40 年代，曾创作《黄河大合唱》《到敌人后方去》等乐曲的中国著名音乐家冼星海，在哈萨克斯坦阿拉木图市度过了他人生的最后阶段，并在哈萨克斯坦相继完成了《民族解放交响乐》（第一交响乐）、《神圣之战》（第二交响乐）、管弦乐组曲《满江红》、哈萨克斯坦题材的英雄交响诗《阿曼该尔达》和以中国古代诗歌为题材的独唱曲。在哈萨克斯坦期间，冼星海还创作了 22 首哈萨克歌曲，一些歌曲至今仍在哈萨克斯坦广为传唱。为了纪念冼星海，哈萨克斯坦政府竖立了纪念碑，阿拉木图市还将该市的一条重要街道命名为“冼星海大街”，成为中哈两国人民世代友好的象征。

而今，通过共建“一带一路”倡议，哈萨克斯坦不仅成为连接亚欧两大洲的重要交通枢纽,还为哈萨克斯坦的社会经济文化发展带来了强劲动力。2013 年金秋九月,国家主席习近平初次到访哈萨克斯坦时的那场演讲,至今还令许多哈萨克斯坦人难以忘怀。那场演讲,也充盈了文气书香。演讲中,习近平引用了哈萨克斯坦著名的《阿拜箴言录》里的名句:"世界有如海洋,时代有如劲风,前浪如兄长,后浪是兄弟,风拥后浪推前浪,亘古及今皆如此。"这一引用让阿拜·库南巴耶夫这位哈萨克斯坦历史上的著名诗人、思想家被更多中国读者所熟悉。

阿拜·库南巴耶夫生于 1845 年,是哈萨克斯坦伟大的诗人、作家、思想家、哲学家,他以纯洁精练的语言和现实主义手法创作了大量诗歌、散文和哲学思想作品,被誉为"哈萨克诗圣"。他的作品在世界各地广为流传。根据哈萨克斯坦共和国政府决议,自 2020 年起,每年的 8 月 10 日被确立为国家法定节日——"阿拜日"。节日期间,不仅是哈萨克斯坦,其他国家也会举办多种形式的庆祝和纪念活动。

在中国,阿拜·库南巴耶夫的诗句和箴言录自 20 世纪 50 年代开始便被陆续翻译成中文。北京朝阳公园水碓湖畔有一座阿拜·库南巴耶夫的半身铜像,红褐色的雕像底座上镌刻有阿拜的箴言——智慧是生命的动力。在阿拜·库南巴耶夫诞辰 175 周年之时,其诗集的中文译作出版,书中收录了 148 首诗以及《阿拜箴言录》中的内容。时任哈萨克斯坦总统托卡耶夫还特别为这本书撰写了序言《阿拜遗产——人类分享》。2024 年 8 月 9 日,哈萨克斯坦驻华大使馆和中国出版集团在北京联合举办了"阿拜诗朗诵"活动,中哈两国人士通过朗诵阿拜·库南巴耶夫的诗歌、演唱阿拜·库南巴耶夫的歌曲等形式,共同纪念这位伟大的诗人、思想家和哈萨克斯坦现代文学的奠基人。

阿拜·库南巴耶夫曾说过这样一句名言："预测未来的最好方法，就是创造未来。"哈萨克斯坦鲁班工坊就是中哈两国人民在新时代共同创造的未来，是着眼于未来的哈萨克斯坦为未来国家经济、社会、文化发展而夯筑起的职业技术人才教育培训基地。2023年5月18日，中国—中亚峰会在陕西省西安市召开，也就是在这一天，在距离哈萨克斯坦首都阿斯塔纳4000公里之遥的中国天津，中哈鲁班工坊合作建设协议签约仪式在天津职业大学举行，天津市与东哈萨克斯坦州签署了共建鲁班工坊合作协议——由天津职业大学与东哈萨克斯坦技术大学合作建立哈萨克斯坦鲁班工坊。哈萨克斯坦鲁班工坊由此进入全面筹建阶段。同时，根据哈萨克斯坦方面提出的人才需求，天津职业大学为哈萨克斯坦鲁班工坊量身定制了包括纯电动汽车运行理论、电动汽车设备、汽车发动机、汽车高级驾驶辅助技术、无人驾驶车辆组装技术等在内的5门课程标准，并在天津对来自东哈萨克斯坦技术大学的教师进行有的放矢的专业化、精细化培训。

二

2023年的这个暑假，无疑是天津职业大学教师刘军最忙碌的一个假期。在哈萨克斯坦开设鲁班工坊，并在鲁班工坊的新能源汽车与智能网联汽车实训基地为当地培养相关领域的技术人才，这些任务由天津职业大学汽车学院来承担。为了抢时间赶任务，他们争分夺秒，天津职业大学汽车学院的教师分头出差考察、调研建设哈萨克斯坦鲁班工坊实训基地所需要的设备，验品质、比价格、商讨运输方案……刘军和他的同事们认真落实每一个细节。

2023年8月1日至25日，东哈萨克斯坦技术大学的15名教师如期抵津学习，刘军所在的天津职业大学汽车学院的全体教师皆投入紧张的备课之中。虽然授课对他们来说并不陌生甚至得心应手，但面对语言和理解方式都有差异的“洋学生”，而且要在较短时间内让他们掌握核心技术，困难可想而知，加班加点就成了天津职业大学汽车学院教职员工和管理人员2023年暑期的日常。他们有着一个共同心愿，就是一定要按期保质保量完成哈萨克斯坦鲁班工坊的所有筹备工作。在刘军和他的同事们倒排工期日夜奋战的同时，哈萨克斯坦方面也在紧锣密鼓地为鲁班工坊的设立做好各方面前期准备工作。

2023年12月9日，哈萨克斯坦鲁班工坊揭牌启运仪式在东哈萨克斯坦技术大学隆重举行。在群山环绕的东哈萨克斯坦州，州首府厄斯克门是该州的最大城市。厄斯克门市位于阿尔泰山脉西麓山前地带，额尔齐斯河与乌利巴河的汇合处，它也是哈萨克斯坦最大的工业中心之一，有1000多家企业在这里落户，东哈萨克斯坦技术大学就位于厄斯克门市。近年来，哈萨克斯坦机械制造业发展迅猛，而厄斯克门恰是哈萨克斯坦重要的机械制造和汽车零部件制造基地。哈萨克斯坦鲁班工坊的建立可以很好地解决当地职业技术人才缺乏这个紧迫问题。

哈萨克斯坦鲁班工坊以天津“国家现代职业教育改革创新示范区”和“新时代职业教育创新发展标杆”的整体建设成果为支撑，以国际化专业教学标准为依据，应用EPIP教学模式，首期建设运输设备及运输技术专业，建有车辆维护、燃油汽车系统、新能源汽车、智能网联汽车四大实训区，总占地700多平方米。在鲁班工坊揭牌启运仪式上，时任哈萨克斯坦科学与高等教育部部长萨亚萨特·努尔别克指出，哈萨克斯坦鲁班工坊将掀开中哈教育合作史上崭新的篇章，为进一步加强中哈两国在职业技术教育和科学研究领域的合作开辟新的路径。哈萨克斯坦汽车工业发展的趋势，决定了该国需要引入新型燃料、现代结构材料、道路运输中人工智能的使用，以及通过科技手段来提高车辆驾驶的安全性。在这种背景下，开设鲁班工坊，让学生们使用当代中国先进设备学习前沿的汽车技术，可以为哈萨克斯坦的学生成为新一代工程师做好准备。时任东哈萨克斯坦州州长科舍尔巴耶夫·别德尔巴耶维奇高度评价了中哈两国兄弟般的友谊，强调让当代青年接受高质量教育是哈萨克斯坦繁荣发展的关键，鲁班工坊是将学历教育与职业培训相结合的创新项目，相信鲁班工坊未来能培养出哈萨克斯坦所需要的高素质专业技术人才，推动国家工业化发展进程，为中哈两国务实合作提供新的示范。时任中国驻哈萨克斯坦大使张霄对哈萨克斯坦鲁班工坊的揭牌表示热烈祝贺。他指出，哈萨克斯坦不仅是“一带一路”首倡之地，更是中国的好邻居、好朋友、好伙伴、好兄弟，两国关系拥有坚实的民意基础。今天对于东哈萨克斯坦技术大学和天津职业大学都是历史性的一天，哈萨克斯坦鲁班工坊是在“一带一路”首倡之地建立的鲁班工坊，落实了国家主席习近平和托卡耶夫总统达成的重要共识。希望哈萨克斯坦鲁班工坊发挥出最大效能，培养更多的当地青年，为中哈合作提供示范、做出典范。来宾们还兴致勃勃地参观了哈萨克斯坦鲁班工坊实训区，与东哈萨克斯坦技术大学师生进行了交流互动。

时任东哈萨克斯坦技术大学对外合作项目负责人萨马特·拜戈列耶夫对来宾们表示，鲁班工坊是哈萨克斯坦一个独特的共建“一带一路”项目，可以实现互惠共赢。萨马特·拜戈列耶夫说：“哈萨克斯坦目前对中国制造的汽车需求很大，培养汽车诊断和维修方面的专业人员，也有助于中国品牌汽车在哈萨克斯坦的发展。所以，这是一种互惠互利的关系。”

近年来，中国汽车品牌在哈萨克斯坦的知名度越来越高，深受当地消费者喜爱。而且，随着共建“一带一路”的不断深入，已有6条铁路和11条公路过境哈萨克斯坦，需要专业技术人员为所有类型的汽车提供服务，其中就包括混合动力车和电动新能源车。因此，鲁班工坊可以逐渐满足哈萨克斯坦在这方面的人才需求。在哈萨克斯坦鲁班工坊负责人阿纳索尔·梅拉舍夫看来，“鲁班工坊的重要特点还在于学生有大量的时间在先进设备上训练，可以提高操作技巧和动手能力。鲁班工坊的学生们将成长为高水平的技术人才，满足当前哈萨克斯坦人才市场对职业技术人才的急需”。

当时在哈萨克斯坦鲁班工坊学习的法蒂玛·巴吉尔加诺娃非常喜欢鲁班工坊内的智慧实验室。在她看来，鲁班工坊的实验室能够代表最新的发展方向，可以让学生直观感受和学习道路交通运行模式，以及各种有助于安全、便捷驾驶的辅助系统。她说：“我在这里学到了很多实用技能，也更加了解了中国，毕业后我的最大希望是能够去中国留学深造。”学员迪亚斯·伊萨卡诺夫则密切关注着中国宇通客车在哈萨克斯坦卡拉干达州开设大巴车生产工厂的消息，他说：“中国的大巴车样子很气派，性能又好，我毕业后想去那里工作。”

首个哈萨克斯坦鲁班工坊的建立取得了看得见摸得着的实际成果。阿纳索尔·梅拉舍夫说：“我的人生历程就是从汽车开始的，如果你们想学习现代发动机的制造技术，就来我们的鲁班工坊吧。”他还说：“我很荣幸能够带领这个工坊，我因此也成为一个宏大项目的一部分。当然，责任也非常重大。”

三

2024 年 2 月 26 日，也就是在首个哈萨克斯坦鲁班工坊启运仅仅 3 个月之后，时任哈萨克斯坦总统托卡耶夫专程来到哈萨克斯坦鲁班工坊视察，为鲁班工坊点赞，并特意用中文向中国天津职业教育表示感谢。

托卡耶夫说："非常感谢中国院校的付出，做得很好。希望这样的工坊在哈萨克斯坦越多越好。"

很多人或许不了解，托卡耶夫其实是一个地道的"中国通"。他曾于 1983 年至 1984 年在北京语言大学专门学习汉语，并担任过苏联驻华大使馆的二秘、一秘等职务，在中国工作、生活过很长时间，汉语十分流利。他喜欢运动，尤其爱好打乒乓球，还曾兼任哈萨克斯坦共和国乒协主席一职长达 13 年之久。托卡耶夫在接受中国媒体采访时表示，自己对中国"百工之祖"鲁班的故事颇有了解，鲁班工坊就像是一座桥梁，推动着中哈两国合作的持续深化。

哈萨克斯坦第二个鲁班工坊（建设中）是由天津职业大学与哈萨克斯坦古米廖夫欧亚国立大学共同建设的。时任天津职业大学校长吴宗保表示，哈萨克斯坦是中亚地区领先的数字和金融科技中心，信息技术是数字化发展的重要基石。学校将依托自身专业优势，计划与古米廖夫欧亚国立大学在信息技术应用领域开展学历教育和技术培训，为哈萨克斯坦人工智能产业的发展提供充足的人才保障。吴宗保说："我们将牢记习近平主席的殷殷嘱托，高水平建设位于阿斯塔纳的第二个哈萨克斯坦鲁班工坊，持续办好位于东哈萨克斯坦州的首个哈萨克斯坦鲁班工坊,努力为当地青年人的职业发展创造更多机遇。”

阿拜·库南巴耶夫说过:“比别人多一点执着, 你就会创造奇迹。”鲁班工坊就是由中国职教人执着追求所创造的奇迹。从哈萨克斯坦到塔吉克斯坦,从乌兹别克斯坦到土库曼斯坦,从签署谅解备忘录到共商具体建设方案,中国和中亚多国正在不断加快鲁班工坊的建设。在国家主席习近平的关心推动下,传承中国大国工匠精神和古老智慧的鲁班工坊在亚欧大陆落地生根,拉紧了民心相通的纽带。鲁班工坊虽然是一座小小工坊,却承载着中亚国家发展振兴的无限期冀, 承载着中亚各国民众对美好生活的向往,更承载着中亚青年人对未来的憧憬。

时任东哈萨克斯坦技术大学校长绍列·拉赫梅图莉娜说:“哈中两国领导人高度重视鲁班工坊项目的实施,鲁班工坊是哈中两国友好协作关系的有力象征。”“在我看来,正是在习近平主席的大力支持下,鲁班工坊掀开了哈中两国友好关系新的一页。”

阿拜·库南巴耶夫在他的诗歌中写道:“鹰击天风壮, 鹏飞海浪春。”哈萨克斯坦两个鲁班工坊的成功并非偶然,而是深植于中国推进高质量共建“一带一路”、推动构建人类命运共同体的理念基础之上的成功实践, 是中哈友谊在职业教育领域的完美呈现。1992 年 1 月,中国和哈萨克斯坦正式建交。2019 年 9 月,中哈两国一致决定,本着同舟共济、合作共赢的精神,发展中哈永久全面战略伙伴关系。2022 年 9 月,中哈两国共同宣布,为中哈构建世代友好、高度互信、休戚与共的命运共同体目标和愿景而努力。中哈关系已经进入新的“黄金 30 年”,未来怎么走,目标已经确定,路径非常明晰。那就是在各自实现现代化的道路上,中哈这对“永久全面战略伙伴”将携手前行,为维护世界和平稳定作出更多“中哈贡献”。双方合作大有可为,也必将大有作为。

随着鲁班工坊助力“一带一路”首倡之地所取得的显著成效,2024 年 7 月 3 日,北京语言大学哈萨克斯坦分校也正式揭牌。该分校的建立在当地获得了极大关注。据时任北京语言大学校长段鹏介绍,分校将于 2024 年 9 月迎来第一批共计 100 名哈萨克斯坦学生,并计划在未来 5 年内扩大到 800 名学生。他还表示,期待他们学有所成,结交好友,学好中国语言和文化,成为中哈文明交流互鉴的使者和桥梁。

与此同时, 有越来越多的中国影视剧也被引进到哈萨克斯坦。哈萨克斯坦电视节目导演阿塞尔·努克舍娃表示,通过收看这些中国影视剧, 哈萨克斯坦人可以更多地认识到中国的发展变化,了解中国人是如何待人接物的。2024 年 7 月 1 日,曾经在中国国内火爆出圈的电视连续剧《我的阿勒泰》也于哈萨克斯坦电视台播出,同样受到当地观众的热捧。

哈萨克斯坦是郁金香的发源地,世界上大多数郁金香品种源自哈萨克斯坦,所以郁金香是哈萨克斯坦人民的骄傲,也是哈萨克斯坦的“国花”。然而,郁金香真正令人惊叹的,并非仅仅是它那艳丽多姿的容貌,而是它能够在极端低温下顽强生存的能力。即使在零下 30 摄氏度的酷寒环境下,郁金香依然能够傲立于雪中,展现出它顽强的生命力,就像中哈友谊,既艳丽多姿,又坚不可摧。从当年古丝绸之路上的文化交融,到如今共建“一带一路”倡议下的深化合作, 中国与哈萨克斯坦的友谊像天山一样高耸、像额尔齐斯河一样绵长。鲁班工坊助力“一带一路”首倡之地,不仅是作为技术技能传播的重要平台, 更是中哈人文交流的桥梁,且正在成为中亚职业教育国际合作的标杆, 推动区域产业升级,并为“一带一路”共建国家职业教育国际合作提供可复制的“中国方案”。随着中哈合作的不断深化,鲁班工坊也将成为两国关系提质增效的新亮点,为共同谱写中哈世代友好关系的新篇章作出不可替代的独有贡献。

第四部分　鲁班工坊里的天津人

吕景泉：教人求真，学做真人

一

在时任天津渤海职业技术学院国际交流与合作办公室主任黎志东眼里，吕景泉是个手不释卷的人。

“每次和吕教授一起出差或者开会，只要有一点空闲时间，吕教授就会拿出书来读。他的提包里总是装着各种书，有我们职教工作方面的专业书，还有不少人文、历史、社会等方面的书籍。吕教授的读书效率也高，常常几天就能看完一本书。”

“吕教授是真正把教师这一职业做到了极致的人。在认识吕教授之前，我也想过教师这一职业的‘天花板’在哪里。是吕教授用他的工作实绩给我们每一位教育人做出了回答，他告诉我们，一个教师所能做的远不只是在课堂里传道授业。”

黎志东讲这些话的时候，眼神和语气中都充满了钦佩和敬仰。

同样的话语也出自时任天津市第一商业学校合作交流办公室负责人罗维之口，他说：“我和我周围的很多老师都喜欢听吕景泉教授给我们讲课，不光是喜欢听他给我们讲专业知识、讲鲁班工坊、讲 EPIP，还喜欢听他讲我们这些职教老师平时接触不多的传统历史文化知识。吕教授引经据典、博采众长,这些都来自他的深厚学养与厚积薄发,因为从更高的层面看,任何知识都是触类旁通的,一个新时代的教育工作者不能仅仅满足于掌握有限的专业知识。”

…………

一位被许多人称为中国职业教育领域重量级领军者的人物,一位被称为鲁班工坊的“设计者”、全程参与并亲手打造鲁班工坊的人物,一位将EPIP这一中国职业教育教学模式推向世界舞台的人物,却有着对中国传统历史文化的深深眷恋。现代著名教育家、思想家陶行知是吕景泉最推崇的教育家之一,或许正是陶行知的话给了他启示。陶行知说过:“教师必须具有健康的体魄、农人的身手、科学的头脑、艺术的兴味、改革社会的精神。”换言之,一个优秀的教育工作者,一定是一个能够在知识结构上触类旁通、在阅读兴趣上涉猎广泛、在专业领域内不懈追求的人,而不是只会在课堂上照本宣科授课的教书匠。

事实上,在与吕景泉的接触中,他的执着、他的博学、他的思考、他的干练,甚至是他的健谈,都给人留下极为深刻的印象。尤其是他对于中国职业教育的宏观认知和微观总结,对于鲁班工坊建设的清晰思路和锚定追索,在令人感佩的同时更使人肃然起敬。

对于鲁班、墨子等古圣先贤,吕景泉始终怀有一颗虔诚的敬畏之心。而在鲁班工坊的建设过程中,这种敬畏之心起到了潜移默化的推动促进作用。因为早已熟稔于心,所以当机会摆在面前,一个源于中华文明大国工匠精神与现代职业技能教育实践相互交融的办学模式便由此诞生。对中外职业教育的现状,吕景泉可谓了如指掌;对鲁班、墨子等中国历史上古圣先贤的思想,他则是如数家珍;对陶行知、黄炎培等现代中国文化教育与职业教育先驱的理论，他更是尊崇践行……正因为如此，鲁班工坊从它诞生那一天起便成为中国传统文化与现代教育科学的完美融合。历史赋予了吕景泉这位中国职教人以特殊使命，用“天将降大任于是人”来形容吕景泉之于鲁班工坊，之于 EPIP 教学模式，恐怕一点都不为过。

壬寅虎年(2022 年)的春节前夕，刚刚由天津市教委副主任、天津海河教育园区管委会副主任转任天津职业技术师范大学副校长的吕景泉，没有像人们以为的那样围绕鲁班工坊建设以及 EPIP 教学模式开坛讲学，而是为天津职业技术师范大学来自全球各地的留学生们，做了一堂题为“校园中的中国文化”的生动讲座。他旁征博引、深入浅出，为来自多国的留学生打开了一个学习中国传统文化、了解学校发展历史、领会中国职教精神的窗口。这位在天津以及国内职教界赫赫有名的专业大咖，在那一刻“完美变身”为中国传统文化的传播者与施教者。天津职业技术师范大学的一位教师在听完吕景泉的授课后，由衷地说道：“过去总在说要培养造就复合型人才，我觉得如果要评选优秀复合型人才的话，吕教授绝对首屈一指。”

吕景泉曾担任天津市教委副主任和天津海河教育园区管委会副主任多年，在此期间，他全程深度参与了鲁班工坊的创立和建设工作，特别是系统化地提出了鲁班工坊的核心要义，首创并牵头研制了鲁班工坊的项目内涵、建设原则、标准模式、实施路径、保障措施等，组织并推动完成了亚非欧多个鲁班工坊的建设项目。吕景泉拥有 30 多年从事职业教学与实践的经验，发表了大量在业界具有重要影响的论著，无疑已经成为鲁班工坊和中国职业教育走出国门的标志性人物。2023 年 4 月 12 日，在北京举行的鲁班工坊建设专家委员会成立大会上，吕景泉毫无悬念地被国内教育界权威以及来自全国各地的职业教育专家推选为专家委员会主任。目前,以吕景泉为首席专家和牵头负责人的鲁班工坊国际发展研究中心,正不断以一流的研究成果助力包括鲁班工坊建设在内的中国职业教育的国际化实践。

回首过往，吕景泉还清晰地记得1990年7月24日那一天,以优异成绩硕士毕业的他来到当时的天津中德职业技术学院(现天津中德应用技术大学)报到,他的职教生涯就是从那一刻拉开了帷幕。

吕景泉回忆道:“我到中德（天津中德应用技术大学简称)报到的当天下午，就被安排到校内的机电车间开始了钳工技能训练。我穿上了中德特制的实训教师工作服,站在‘老虎台钳’旁,认真聆听经验丰富的老师傅的讲解,并仔细看他演示,然后开始钳工最基础的技能训练。”那时,吕景泉的工具箱里装满了一名钳工所必备的磨刀、板锉、刮刀、锯条等工具,而在当年,这对于一名硕士毕业生而言其实并非易事，要知道在许多人的固有印象中,教师也好,工程师也罢,他们的舞台不是在课堂就是在实验室,最起码也是在办公室。在一线车间？不会吧?!

而吕景泉却乐此不疲。一年的时间,车钳铣刨磨、电器安装、元件焊接、数控加工等一系列基础实践技能的训练,让吕景泉登上了新的台阶。

吕景泉说:“在来中德的第一年时间里,我没有正式讲过一堂课,因为,在中德,我还不是合格的职业院校教师。”

那么,什么才是合格的职业院校教师呢?

吕景泉认为，合格的职业院校教师不能只会照本宣科去讲解,必须熟练掌握实际操作本领,让学生学会的,教师必定要率先精通;一名职教老师不能光是动动嘴,更要有动手能力。吕景泉说:“我认为,新教师带着问题、带着专业下企业实习,向现场技术人员学习,向现场的设施、设备学习，将自己的专业知识和技术运用到现场实际，是新教师上岗实习和老教师在岗进修必须完成的任务。”

回顾刚入职时长达一年时间的基层实训，吕景泉感慨地说：“这个过程实在太重要了，这是我了解学校最直接的渠道。6个月在学校的训练，走了那么多实验实训室，让一个入职新人认了地儿、认了人，有人教我怎么把技术学会，怎么把方法用好；认识了一批这个学校最有特点、教学最好的老师，也通过他们的技术技能传授，知道了职校教师不仅需要丰富的理论知识，还需要精湛的专业技能，更需要良好的职业素养和灵活的教学方式。”

然后再用6个月的时间下到企业进行生产实践。

“我去的是天津市感光胶片厂，亲身接触生产实践，了解企业之需，熟悉生产工艺，了解现代化企业，使新教师教而知其用。

“我在那300多米长的自动化生产线上，跟厂里的电工、机修工、车间主任一起摸爬滚打。生产线怎么运转，线上都有哪些设备，线上用到哪些技术，从头到尾我都学了个遍。

“6个月在企业的实践锻炼，让我把‘自动化’彻底搞明白了。这样干下来，我把原先知道的传感器的类型、功能，在生产线上一一来对应。那种感觉、那种复杂程度与你从书本上获得的感觉是绝对不一样的。而且我还跟感光胶片厂的工程师一起，完成了一个项目——涤纶片机生产线的电控装置改造任务。如果没有在企业工作的实践经历，这是难以完成的。”

二

陶行知是中国近代著名的教育家、思想家，他在1932年出版的《教学做合一讨论集》一书中写道:“在做上教的是先生;在做上学的是学生……先生拿做来教,乃是真教;学生拿做来学,方是实学。不在做上下功夫,教固不成真教;学也不成学。”对陶行知的这一段话,吕景泉深以为然。

在吕景泉看来,当一个有知识、懂技术的教师关注教学法时,那么这个教师的境界就一定上了一个层次,因为他在想怎么教课程,怎么改课程,怎么才能教好课程;当一个教师关注职业教育,把自己的真实体会和经验形成自己的文字,这就是教师教学实践、技术实践的又一种提升。

吕景泉说,职业院校教师培养要强调“眼高手低”。“眼高”是指教师必须对自己有整体的职业生涯设计和规划,关注区域经济发展、关注所在院校的专业规划和建设;在学院的专业建设、课程建设、师资队伍建设、实训基地建设、教材建设、品牌建设和产学合作等方面敢于承担任务,勇于探索实践,善于总结经验,提出新观点、新思路和新方法。“善假于物”“登高而招”都是讲教师该将自己的职业、事业紧紧地与学校的中心工作和发展相结合,充分借助工作平台,用心、潜心去完成好每一项工作任务,那样才能够事半功倍。“手低”则是指职业院校教师的成长第一要扎扎实实地学好技术技能,第二要扎扎实实地学会灵活运用教学方法,第三要扎扎实实地增加职业素养和企业经历。三个“扎扎实实”是一个系统化进程,相互支撑、相互关联,支撑着教师成为高素质高技能人才的培养师,关联着校企合作、产学结合办学模式的落实。

1995 年至 1996 年间,吕景泉获得了前往德国进行专业技术和职教方法培训与进修的机会。德国不仅是西方经济发达国家,也是世界职业教育发达国家,珍惜难得的机遇,将德国现代职业教育方法和先进的科学技术学成后带回国内,提高天津中德职业技术学院的办学能力，成为吕景泉内心的首要目标。

在德国培训期间，吕景泉广泛接触德国同行，不仅耳濡目染了德国职教工作者严谨的工作态度和敬业精神，还学到了大量的先进教学方法；在专业技术培训中，他获得了德国 VDMA 和 ZVEI 标准的“自动化技术工程师”和“可编程控制技术技师”证书。

2010 年 1 月 11 日至 2 月 6 日，时任国家总理温家宝在中南海先后主持召开了 5 次座谈会，就正在制定的《国家中长期教育改革和发展规划纲要(2010—2020 年)》听取社会各界人士的意见和建议。2010 年 1 月 15 日至 18 日，吕景泉作为天津市唯一代表受邀赴中南海参加了“职业教育座谈会”，就职业教育改革发展问题，谈了自己在中国职业教育改革发展中最真实的感受和最深刻的理解。

…………

说到校企合作、产教融合，吕景泉说起一个故事。当年他到东南亚国家走访时发现，多年前曾在东南亚各国风靡一时的中国品牌摩托车几乎全都被日本品牌摩托车所取代。了解之后他得知，由于懂中国品牌摩托车修理技术的人才缺乏，导致中国品牌摩托车的维修服务跟不上，因而才逐渐被日本品牌所取代；而且东南亚国家很多职业院校内，都开设有日本品牌摩托车维修专业。当时，吕景泉便感到这是中国职业院校与中国企业进行校企合作、产教融合，走出国门的好机遇。他想，日本人能够做到的，中国人同样能够做到，而且从技术能力、师资水平、地理位置以及文化相似度等方面来看，中国比其他国家拥有更多优势。

恰在此时，国家主席习近平提出了共建“丝绸之路经济带”和“21 世纪海上丝绸之路”，即共建“一带一路”倡议。这是构建人类命运共同体的伟大实践。由理念变为行动、由愿景化为现实，促进发展、造福人民，共建“一带一路”倡议在世界范围内广受欢迎和响应。随着共建“一带一路”的展开，中国企业要加快走出去的步伐，职业教育显然不能缺位，更要开足马力，全力助推。吕景泉认为，要在国外尤其是“一带一路”共建国家培养当地熟悉中国技术、产品、标准的技术技能人才，这样才是助力中国企业走出去的关键。按照这一理念，天津市各职业院校在全国率先开始了探索。

鲁班工坊建设也从谋划设计逐渐进入了具体实施阶段。在吕景泉看来，建设鲁班工坊，一方面是帮助中国职业教育树立自信的过程；另一方面也是倒逼自己克服不足、促进职教内涵发展的过程。事实证明，参与鲁班工坊建设的学校在国际交流合作的过程中，在专业教育改革、师资队伍建设、产教融合深化等方面都取得了突破性成果。

吕景泉至今仍记得，2012 年 9 月，他带领鲁班工坊创建团队参加在广西南宁举办的中国—东盟职业教育联展暨论坛时，参会者发出了共同的心声：中国职业教育要继续学习、借鉴国外职业教育经验，但同时，我们也要向世界分享、提供中国职业教育优秀方案，与其他国家同向同行、并驾齐驱，为人类进步作出中国贡献。

“如果一个国家的职业教师借用中国标准，使用中国产品，提高其本土职业教育适应性；青年学生用职业准备期的宝贵时光学习中国技术、中国工艺，了解中国产品，提升其本土就业服务能力，这对中国、对合作国、对世界都是非常有意义的。”吕景泉认为，这其实就是鲁班工坊建设的初心。

丰厚的专业技术知识、坚持不懈的阅读充电、深入细致的思考分析，令吕景泉这位工科出身的中国职教专家成为促成鲁班工坊走出国门的重要一环。在他看来，中国的传统文化中不仅有孔子，也有鲁班所代表的技术技能和劳动智慧。鲁班工坊建设，通过学历教育和职业培训等方式，分享的是以天津职业教育为代表的中国优秀职业技术和职业教学成果，搭建起的却是中国职业教育与世界对话交流的桥梁。吕景泉还特别提到陶行知当年做学问的态度——行—知—行，这也契合了中国传统文化中的“知行合一”理念。

三

吕景泉说过，教师不是教书匠，职业院校教师更不能成为教书匠。几十年来，吕景泉的确把职业教育做成了一门“大学问”，这也使他成为中国职业教育界“标杆性的人物”“旗帜性的存在”。

说起数十年来吕景泉获得的头衔与荣誉，恐怕多到连他自己也数不清：职业技术教育博士，正高级工程师，二级教授，工程硕士，国务院特贴专家，国家高等学校教学名师，国家教学团队负责人，鲁班工坊建设专家委员会主任，天津市高校智库“鲁班工坊国际发展研究中心”主任，天津职业技术师范大学鲁班工坊国际发展研究中心首席专家，天津市工程实践创新项目（EPIP）研究与推广中心主任，天津中华职教社工程实践创新项目（EPIP）教学研究中心主任。主持完成并获得中国职业教育领域首个国家教学成果特等奖，牵头组织的“EPIP 模式创立、LUBAN WORKSHOP 品牌创成”获得 2022 年国家教学成果特等奖，获教学成果一等奖 1 项、二等奖 4 项。曾任教育部高职自动化类教学指导委员会主任，全国职业院校技能大赛工作委员会成果转化工作组主任委员，全国职业院校技能大赛成果转化中心负责人，国家职业教育教学资源开发与制作中心牵头人。出版专著、主编教材20余部，发表论文100余篇，主持完成省部级研究课题10余项，获全国黄炎培职业教育理论杰出研究奖。鲁班工坊研究与推广中心负责人，牵头研制鲁班工坊项目内涵、建设原则、标准模式、实施路径、保障措施，组织并推动实施亚欧非多个鲁班工坊建设项目。获得泰国政府“诗琳通公主奖”。曾任天津中德职业技术学院副院长、天津市教育委员会副主任、天津海河教育园区管委会副主任、教育部高职高专自动化技术类专业教学指导委员会主任委员、天津职业技术师范大学副校长等。

1997年，吕景泉担任了天津中德职业技术学院教研室主任。1998年被评为天津市优秀教师。2001年主持学院电气工程系工作，长期担任机电一体化技术类专业带头人。2004年作为负责人完成“可编程控制技术”国家级精品课程。2005年被聘为教育部自动化技术类专业教学指导委员会主任委员。2005年主持的“行动导向教学法在高职实践课教学中的应用与研究”获国家级教学成果二等奖。2006年被天津市授予第二届天津市高等学校教学名师称号。2006年主持教育部重点课题“制造业技能型紧缺人才培养专业建设的理论与实践研究”。2007年被教育部授予第三届国家级高等学校教学名师称号。2008年被教育部评为国家级机电类专业群优秀教学团队负责人。2008年担任首届全国职业院校技能大赛“自动线安装与调试”赛项的技术策划和裁判长，主编《自动化生产线安装与调试》立体化教材。2009年主持、策划并组织实施全国高职院校技能邀请赛“楼宇自动化”和“数控机床维修技术”赛项工作，主持、策划并组织实施全国高职院校“自动线安装与调试”技能大赛工作。2009年主持的“高职机电类专业核心技术一体化建设模式研究与实践”获国家级教学成果二等奖，参与主持的

“职业教育区域综合性实训基地建设的研究与实践”获国家级教学成果二等奖。2010年，牵头开发的“自动化生产线安装与调试”赛项，首次实现中国赛项“走进”东盟技能大赛。2010年作为全国9位职教界代表之一，参加《国家中长期教育改革和发展规划纲要（2010—2020年）》的专项座谈会暨职业教育座谈会。2010年获评正高级工程师，成为职业院校“双正高”“双师型”教师。2011年，借助学校的国际合作优势，相继与国际跨国公司德国德马吉、博世力士乐、海德汉、西门子，欧洲空客，日本三菱电机自动化，美国IBM等合作建成技术实训中心、技术体验中心、工程示范工程中心等，吸引企业设备、产品投入近6800万元，获评国务院政府特殊津贴专家。2012年，作为教育部、财政部支持高职院校领导海外培训专题研修项目“美国社区学院兼职教师运行与管理机制”（美国团组）组长，进行为期一个月的学习研修；提出现代职业教育“六化”发展理念并组织实施。2013年，完成国家级精品课程转型升级，带领团队完成全国职业院校技能大赛（天津中德赛场）3个国家级赛项、3个国际化赛项、3个国际性研讨会和“自动化创新之旅”技术文化传承综合体验活动。2014年，获得第四届黄炎培职业教育奖“优秀理论研究奖”。2014年，作为第一负责人获国家级教学成果特等奖，受到国家主席习近平接见。2011年至2019年，参与全国职业院校技能大赛设置“国际赛道”，邀请国外选手“走进”中国大赛。2022年，主持首届世界职业院校技能大赛赛项设计和赛场组织实施工作，并兼容性开发13个竞赛类赛项，奠定了“鲁班工坊赛道”的竞赛标准和竞赛载体基础，为世界各国职业院校师生的技能交流搭建了高质量平台。2024年在泰国获得“EPIP推广特别贡献奖”……

面对取得的成绩和获得的荣誉，吕景泉谦虚地表示，这些都是中国职业教育改革发展的产物，是植根于中华本土文化的产物，是源于中国本土实践所取得的成果。他感谢方方面面为他提供的平台，更感恩我们这个伟大的时代。

2024 年 1 月 20 日，中国教育电视台《职教中国》栏目播出了“职教出海”系列访谈《鲁班工坊：丝绸路上的技术驿站》，吕景泉担任嘉宾，他和大家分享了鲁班工坊走向世界、培养本土化专业人才、助力多国职业教育发展的重要意义和作用，深情回忆了“鲁班工坊”作为专有名词产生的过程和背景。

那是 2015 年 9 月，吕景泉作为当时天津市教委分管职教工作的副主任，带领天津市教委李力处长与时任教育部职业教育与成人教育司司长王继平交流，探讨创新职教国际合作思路，搭建中国职教国际合作新平台、新品牌，以更好地服务共建“一带一路”。关于这一新平台、新品牌的命名，经过讨论大家一致认为，能够传承职业文化、体现技能特质、彰显工匠精神、蕴含创新智慧的代表人物就是“鲁班”；能够体现教、学、做一体，寓意小巧精致环境、现代学徒情境、工作劳动场所、精湛技艺传承的就是“工坊”。“鲁班工坊”一词由此诞生。随后，融合多种图案、蕴含多种中国传统文化元素的“鲁班工坊”标识创作完毕并完成版权登记。从此，鲁班工坊有了“身份证”，并开始了它走出国门、为世界贡献中国职教方案的历程。

…………

为充分彰显融通古今的职教文化特征，营造更浓郁的校园职教文化氛围，在吕景泉提议并推动下，天津职业技术师范大学相继建设了“行知园”“炎培园”“班墨园”。

如今，只要有空闲，吕景泉就会到“行知园”“炎培园”去看看、走走。“行知园”是一片面积约 2 亩的长方形绿地，被防腐木做成的微型拱桥平分成两部分,分别被设计成寓意“知”和“行”的景观。拱桥后方是寓意融合“知”“行”、用青砖铺就的圆形迷你广场。位于其中心的长方体基座上安放着陶行知的铜质半身塑像。塑像后方是 5 块约一人高、暗棕色的长方体厚铜板,左边两块和右边两块分别是用镂空手法和模仿雕版工艺雕刻的汉字楷书“知”和“行”;中间一块则是用上述手法雕刻的融合“知”“行”的陶行知自创字。“炎培园”呈长方形,梧桐、栾树等树木点缀其间,数条青砖小道纵横交错。林间空地上安放着一个状如翅膀的大型金属几何造型雕塑,显得厚重敦实,格外引人瞩目。几何造型的多个面上都刻有黄炎培的名言,其中包括那句著名的“手脑并用,双手万能”。树林靠近南边马路一侧,则安放着黄炎培铜质半身塑像。

吕景泉总是会在陶行知、黄炎培两位教育家的塑像前驻足良久,他既是在思考,也是要从前辈教育家那里汲取智慧和力量。教育是什么?或许归根结底就像陶行知所说,也是吕景泉半生身体力行的话——千教万教教人求真,千学万学学做真人。

黄可莹、孙健鹏：千里姻缘“鲁班”牵

一

2024 年的夏天格外炎热，暑假还没到来，天津渤海职业技术学院的泰籍教师黄可莹就开始忙碌起来。她要给她在泰国的亲朋好友们购买礼物，她要帮助暑期回泰国的鲁班工坊的泰籍学生们处理各种琐碎事务，她要与学院相关领导和老师协调安排好留学生下一学期的课程。当然，更重要的是，她还要为自己 8 月在泰国举行的婚礼做好前期准备。因为工作的缘故，她已经好几年没回泰国了，就连结婚都没能回去，只是在天津和同事朋友们一起简单地热闹了一下。这一次回泰国，黄可莹是和她的爱人孙健鹏老师一起。“我要带他去见我在泰国的亲友，我们还要补办一场泰国式的婚礼。”说罢，黄可莹的笑容变得很灿烂，满满的幸福溢于言表。

“黄可莹”，这个名字就像她的样貌一样，娇美且轻灵。她很喜欢自己的这个中国名字，“这个名字是我自己起的”。“为什么选择黄姓？”“原因是我在泰国的时候结识的一位中国女同事她姓黄，我们之间的关系很好，是闺密；而‘可莹’嘛，当然是既可爱又晶莹的意思啊！”说罢，黄可莹自己也笑起来，娇俏而调皮。如果要问黄可莹最先让人记住的是什么，答案一定是她脸上的笑容！没错，几乎所有接触过她的人对她印象最深的一点，就是总洋溢在黄可莹脸上的笑容。即使在她所供职的天津渤海职业技术学院，知道她本名（泰国名字）的人也很少，她的泰国名字叫“妮媞楠”，在泰语里的意思就是“宝贵、贵重、开心、开朗”。果不其然，黄可莹就是这样一位既开心又开朗的女孩子。而在她的丈夫也是她的同事孙健鹏的眼中，自己的妻子黄可莹何止是开心、开朗，她简直就是这个世界赐给他的最宝贵的礼物。

黄可莹与孙健鹏是第一对因鲁班工坊结缘并且最终结合到一起的跨国夫妻，他们因鲁班工坊相识相知，因鲁班工坊迈入婚姻殿堂。其实早在2022年，他们就在天津的民政部门领取了结婚证，也在天津购置了婚房，搭建起了温馨的小窝。婚房地点离他们工作的学校不远，每天，两个人都是一起上下班，甜蜜得令他人羡慕。但由于工作等方面的缘故，黄可莹始终没有和孙健鹏回泰国与她的亲戚朋友们见面。虽说有网络、能视频通话，但她在泰国的亲朋还是想在泰国亲眼看一看这位儒雅且帅气的中国姑爷。随着回国日期的临近，忙碌的除了黄可莹，还有孙健鹏，他的购物清单中就包括了具有天津元素的泥人张彩塑、杨柳青年画等。

黄可莹说：“一个男人有没有钱不重要，我最喜欢有孝心的男人，而孙健鹏就是这样一个特别孝顺的男人。”有人问：“孝顺如此重要吗？”“那当然啊！一个不孝顺长辈的人是不值得托付的。”黄可莹说。在一旁的孙健鹏补充道：“有一点挺难得的，就是我俩的三观特别相同。”

时间闪回到2017年，在天津渤海职业技术学院召开的有关鲁班工坊建设的一次会议上，孙健鹏第一次遇见了他的未来伴侣——天津渤海职业技术学院新入职不久的泰籍教师黄可莹。孙健鹏第一眼看到黄可莹的时候，他的心就抑制不住地怦怦直跳。孙健鹏是个理工男,他一直想用文学的词汇来形容自己见到黄可莹那一刻的感觉，但他想来想去也没能想出一个更恰当的用词。后来他说,或许这就是人们所谓的一见钟情吧!

黄可莹在天津渤海职业技术学院负责泰国鲁班工坊的国际交流工作，而孙健鹏则负责学校外国留学生和泰国鲁班工坊学员来中国短期培训的教学,同时担任班主任一职。用孙健鹏自己的话来说,就是“我俩的工作交流特别多,自然而然地就从相识到相知,然后再到相爱”。别看孙健鹏如今说得轻松,一开始他心里其实紧张着呢！他说:“当时,可莹第一次参加学院的会议,好多老师都注意到了她,不仅因为她是从泰国来的外籍教师,还因为她年轻漂亮,十分打眼。”孙健鹏虽说对黄可莹特别中意,可他的心里却始终没有底,还是学院里的一位老领导善解人意,主动来为他们二人牵线搭桥。黄可莹对这个与她搭档的中国小伙子也早有好感,他们俩与其说是被好心人撮合,倒不如说是自然而然地走到了一起。

孙健鹏说:“她办事认真,工作细致,为人也特别善良,对父母也孝顺。”

黄可莹说:“他包容性很强,心地善良,很有爱心,跟他在一起感觉很舒服。”

2022 年,黄可莹和孙健鹏在天津登记结婚。历经了 5 年的爱情长跑之后,二人终于步入了婚姻的殿堂。

两人的爱情故事迅速传遍了天津渤海职业技术学院,同事们纷纷送上祝福。大家都说,他们俩真的是太合适了,是鲁班工坊让这一对有情人终成眷属。

“学校的领导和同事们都说我俩是中泰两国友好交流交往的最好见证。”黄可莹笑着说道。

二

从2016年到天津渤海职业技术学院工作那一天起,黄可莹在学院里最喜欢去的地方就是鲁班工坊天津渤海职业技术学院实训基地。她会带来自泰国鲁班工坊的学生们到此"拜望"鲁班,给他们讲"百工之祖"鲁班的各种传说故事,但更多的时候则是她自己一个人来。她每每一个人来的时候,都会默默地望着鲁班工坊内的鲁班塑像浮想联翩。

黄可莹自小生长在泰国暖武里府的一户普通人家。她的长辈中有许多是靠手艺吃饭的能工巧匠,所以她对工匠天生有一种特别的好感甚至是崇拜之情。暖武里府坐落在泰国第一大河湄南河的河畔,南距泰国首都曼谷只有约20公里,北面就是天津渤海职业技术学院与泰国大城技术学院合作建立的泰国鲁班工坊所在地大城府,泰国鲁班工坊也是中国在海外建立的首个鲁班工坊。

说起自己的家乡,黄可莹就有讲不完的话。她说,暖武里历史十分悠久,不仅是旅游胜地,也是泰国的工商业重镇,其兴盛可以追溯到大城王国时期。最早那里被称为"曼达拉昆村",公元1549年在泰国的大城时代升格并更名为"武里城"。暖武里离曼谷很近,清晨从曼谷搭乘交通船,只需约半个小时的时间,便可抵达暖武里的码头。暖武里府有很多美丽的景点,其中最著名的就是暖武里府古城,那里充满了古老的文化氛围,同时还有很多美食可以品尝,也有手工艺品可以购买。

黄可莹说:"我的家乡就有泰国鲁班工坊培养出来的人,他们不仅找工作容易,而且收入也高。另外,我特别希望我的中国同事和朋友们能去我家乡看一看，我请大家品尝暖武里的特色美食，比如绿咖喱、炸春卷、椰香饭，价格实惠又美味。”

小时候的黄可莹聪明伶俐，爱唱爱跳。那时候，她对中华文化就十分感兴趣，看过中国的许多部电视连续剧，比如《西游记》《白蛇传》《还珠格格》《济公》等，还喜欢听邓丽君、刘德华、张学友、郭富城的中文歌曲；对中国的春节也不陌生，因为泰国有不少华侨，他们过年的时候，许多泰国当地人也张灯结彩跟着一起庆祝。

黄可莹考入的泰国艺术大学在东南亚是一所著名学府，而她选择的是中文专业。黄可莹说："过去在泰国，选择中文专业的人比较少，大部分学东方语言的人都会去学日语，因为以前在人们的印象里日本比较发达；但随着中国的发展越来越好，中国变得越来越强大，到了我们那一届，学中文的学生差不多是学日文学生的 3 倍了。因为泰国有许多家中资企业，学中文在泰国更好找工作，更有前途，所以我也选择了学中文。”

本科毕业后，黄可莹被中国华为公司在泰国的企业录用，她积极努力，加上中文流利，很快便赢得了企业领导和同事们的认可。在中资企业工作的几年，她对中国有了更深刻的了解，这令她萌生了到中国来深造学习、继续发展的念头。在周围来自中国的同事的鼓励下，2013 年，她如愿以偿地获得了中国政府的奖学金，来到天津大学攻读硕士学位。

"中国发展得很好，实际情况比我在泰国时听说的还要好。”她说，"而且 10 年前我刚来中国的时候中国就已经有网购了，从网上什么都能买到。这几年又有了移动支付，生活更方便了。”

2016 年，黄可莹顺利地从天津大学硕士毕业，她选择留在中国、留在天津发展，但自己具体适合做什么工作她却没有十分的把握。一天，她接到天津大学的老师发来的信息，说有一个项目需要熟练掌握中泰双语的翻译,问她想不想去试一试。黄可莹欣然应允。而这个项目正是天津第一个也是中国第一个在海外设立的鲁班工坊——泰国鲁班工坊。

谈及这些过往,黄可莹的同事、时任天津渤海职业技术学院国际交流与合作办公室主任黎志东说:“她(黄可莹)靓丽的外表、温柔的性格,当然还有出色的翻译能力,都给我们留下了深刻印象。”“小而美、见效快、惠民生”的鲁班工坊是中国境外办学的“新名片”,是助力“一带一路”共建国家经济共同发展的一个重要组成部分。黄可莹对鲁班工坊建设的重大意义及其对泰国职业教育的帮助有着深刻认识。从 2016 年开始,她便正式成为中国第一个海外鲁班工坊的合作建设院校天津渤海职业技术学院的一名外籍教师, 为来自泰国的留学生和泰国鲁班工坊的培训生教授中文,同时还负责泰国鲁班工坊天津渤海职业技术学院实训基地的日常管理和鲁班工坊建设中泰双方的沟通联络工作。

按说黄可莹负责的工作已经不算少了,可实际上她日常所做的工作远远不止这些。一批又一批从泰国鲁班工坊来到中国天津的孩子,都是满怀一腔热血来学习知识和技术的,而她就像是这些来自泰国的学生的亲人,泰国学生遇到的任何难题她都义务帮助去解决,如买日常生活用品、买药、买车票机票、下载各种 APP、协助手机支付等。就连互相之间闹矛盾了、想家了此类小事,孩子们也都会第一时间找黄可莹倾诉。

三

2022 年,对黄可莹这位来自异国他乡的年轻外籍教师来说无疑是最难忘的一年。这一年，因为工作业绩突出，她被推选在学院教师节庆祝大会上作为教师代表发言。她用流利的中文动情地说道："我所做的工作只是泰国鲁班工坊建设中一个小小的组成部分，但我很骄傲能够为中泰友好交往贡献自己的力量。"也就是在这一年，她与同事孙健鹏结束了长达 5 年的爱情长跑，到天津民政部门领取了结婚证书。当他们二人在"朋友圈"晒出两本红彤彤的结婚证的时候，天津渤海职业技术学院的全体师生，还有天津各界认识他们的朋友都纷纷为他们点赞，表达由衷的祝福。

黎志东既是黄可莹和孙健鹏的领导，同时也是他们最亲近的朋友，她说："记得是第一届泰国来华留学生毕业的时候，孙健鹏老师作为班主任上台发言，中途他几次激动落泪。留学生们同样依依不舍，整个下午都拽着他不放，在校园的每个角落和他合影留念。时至今日，尽管分隔两国，孙老师和这些泰国学生之间始终保持着联系。"孙健鹏也说："元旦和春节的时候，他们会通过视频问候一下，发个祝福，问我什么时候能去泰国看望他们，我说等到有空的时候一定去。"

黄可莹说："在泰国，泼水节是新一年的开始，也是一年中最重要的节日，人们相互泼水庆祝，寓意着祛除疾病和灾难，祝愿吉祥与幸福。我们学校专门为泰国来华的学生和教师举办泼水节。孙健鹏忙里忙外，帮着布置活动场地和准备各种道具，还亲自动手为泰国学生们扎花篮和花环。当然，他也收到了最多的祝福，都让我嫉妒了。"

"大家一起玩水的时候，老师们和泰国学生一起把我推到水池里了。"回忆起当时的场面，孙健鹏忍不住笑了起来。

在来华泰国学生和其他一些国家的留学生眼中，孙健鹏就像是一位热心的大哥哥，小到换钱买东西，大到"专升本"的手续办理，无论遇到什么问题，他们不是想到黄可莹老师，就是会麻烦孙健鹏老师。一名叫哈莉的泰国留学生过生日，孙健鹏偷偷地给她买来了蛋糕，并和同学们一起为她庆生，令哈莉等所有在场的留学生都非常感动。

黄可莹说，她特别满意现在的生活，每天都能和自己最亲爱的人一起上下班，一起为鲁班工坊建设贡献自己的力量。忙工作的时候，孙健鹏经常顾不上吃饭，黄可莹就到食堂打好饭给丈夫送过去。孙健鹏特别孝顺，他把农村的父母接到天津来居住，父母对这个漂亮的泰国儿媳妇别提多满意了。

节假日的时候，二人最喜欢去海河两岸散步。这么多年来，他们每次都是手挽着手，虽然已经结婚，但在外人眼里他们还像是一对热恋中的男女。黄可莹喜欢吃天津的煎饼馃子，孙健鹏总是起早去为她买回来，黄可莹也常抽时间回母校天津大学去看望老师和同学们。

在天津渤海职业技术学院，不少外国学生不仅学到了专业的知识技能，更因为这段留学中国的经历而改变了人生。艾美丽是泰国鲁班工坊第二届学生，她的家里不富裕甚至还负债。来到天津学习后，她利用课余时间做些小生意，赚取自己的往返机票钱和生活费用。她毕业后回到了泰国，先是在一家中资企业里面工作，后来又开了一家自己的公司，不仅帮家里还清了债务，生活也变得越来越好。艾美丽在泰国经常说自己是鲁班工坊培养出来的学生，是中国天津培养出来的学生。黄可莹和孙健鹏都为她感到由衷的高兴，也对鲁班工坊的未来充满了希望。

在天津生活多年，黄可莹品尝过各种各样的中国美食，但她最喜欢吃的还是孙健鹏亲手做的红烧肉和红烧茄子，尤其是红烧肉。为了做好这一道红烧肉，孙健鹏可没少下功夫，一边跟着网络视频学,一边自己慢慢摸索,总算做出了黄可莹最喜欢吃的味道。

黄可莹说:“有点儿咸,还有一丢丢甜,反正我觉得是好吃不腻。”

一晃,7 年多的时光过去了,黄可莹参与制定了中泰合作国际专业人才培养方案和国际教学标准,该方案获得了泰国教育部职业教育委员会的认证,并在泰国得到了广泛推广。此外,得益于“中泰职业学校合作育人的实践与探索”这一教学成果,她与天津渤海职业技术学院的同事们一起荣获了 2018 年天津市级教学成果一等奖。

黄可莹说:“7 年来,从天津渤海职业技术学院走出了上百名泰国长期留学生和上千名短期培训生,他们当中许多人回到泰国,都成了所在行业领域专业技术人才里面的领军者。”

在 2022 年 8 月举行的“一带一路”合作与鲁班工坊建设发展论坛上,时任泰国大城技术学院院长玛悠丽向在场来宾细数了泰国鲁班工坊从诞生到收获成效与荣耀的全过程。她说:“中泰两国不管在民族、社会,还是在文化、经济等方面,都有着悠久的历史联系。由泰国大城技术学院和天津渤海职业技术学院合作创建的泰国鲁班工坊,是世界上第一个鲁班工坊,它也见证着中泰两国友谊的源远流长。”

黄可莹说:“我现在做的工作很有价值,可以促进中泰两国之间的友好关系。我会好好地工作,希望能通过我,让中国人更爱泰国一些,让泰国人更爱中国一些。我还可以帮助泰国学生获得来中国学习的机会。我爱泰国,也爱中国。暖武里有我的亲人和朋友,而天津有我的爱人和同事!”

亚的斯亚贝巴盛开的最美“中国花”

一

2024 年 3 月，天津职业技术师范大学的老师高洋正为即将开始的埃塞俄比亚之行紧张忙碌着。虽说她此前已经多次往返于中国与埃塞俄比亚之间，甚至就连在亚的斯亚贝巴博莱国际机场工作的安检员都能熟悉到与她打招呼，但这一次还是非比寻常——埃塞俄比亚鲁班工坊即将迎来揭牌运营三周年纪念日，她要准备的资料、需要护送以及随身携带的物品有很多，认真的高洋总是反复核对、检查，以免有任何遗漏。除了这些必要的准备工作，她此行也是去了解埃塞俄比亚鲁班工坊的运行情况，以便做好下一步工作安排。高洋是天津职业技术师范大学鲁班工坊国际发展研究中心的副主任，在工作之余，这一次她还要去看望一个人，一个她日思夜想的人——埃塞俄比亚鲁班工坊负责人、高洋的丈夫江绛。高洋和许多非洲师生一样，喜欢叫他“江绛老师”。事实上，去看望江绛原本也是她工作的一部分啊！高洋笑着说道：“江老师是我十几年来在援非教学和鲁班工坊建设中最最亲密的战友。”是啊，十几年的援外教学经历，3 年多的鲁班工坊建设历程，他们夫妻二人用人生中最好的年华做了诠释。时间虽如白驹过隙，裹挟着他们的青春倏忽而逝，但每每想起那些过往，高洋便会在心中默默为自己和江绛点赞。当然，远不止她和江绛，有许多人把自己最美好的青春岁月留在了异国他乡，将他们的汗水洒在了鲁班工坊。为了让中国的职业教育走向世界，为了“一带一路”建设的国家战略，为了非洲青年的未来和人类命运共同体的建设，心血与付出都是值得的。

没错，是值得的！由天津职业技术师范大学与埃塞俄比亚联邦职业技术培训学院共同建立的埃塞俄比亚鲁班工坊，于 2021 年 4 月 28 日在非盟总部所在地、埃塞俄比亚首都亚的斯亚贝巴揭牌启运。仅仅 5 个月后，也就是 2021 年 9 月，由埃塞俄比亚鲁班工坊骨干教师组成的代表队，在 2021 世界机器人大赛锦标赛上取得了一金两银两铜的优异成绩，实现了埃塞俄比亚在世界级技能大赛中参赛并获奖的双突破。如今，鲁班工坊课程已对接埃塞俄比亚职业教育大纲标准，为当地师生提供本土化实操课程，也为当地企业员工提供技能培训。埃塞俄比亚鲁班工坊同时被非盟总部确定为面向整个非洲的高素质技能人才培训中心；2022 年 4 月又与世界银行“东非职教一体化世行项目中心”合作启动东非地区职业技术师资培训和考核认证，颁发由埃塞俄比亚鲁班工坊、世界银行、埃塞俄比亚职业技术培训学院联合认证的证书。2023 年 4 月，天津职业技术师范大学与埃塞俄比亚联邦职业技术培训学院合作在埃塞俄比亚设立了全球第一个 EPIP 认证试验中心——东非职教师资培养 EPIP 认证试验中心，这对埃塞俄比亚职业教育、对东非国家乃至整个非洲职业教育的发展都是一件大事。而上述这些成绩的取得，离不开江绛和高洋这对“鲁班工坊夫妇”的多年辛苦付出，他们是参与者，更是见证者。

江绛是天津职业技术师范大学的教师，老家在南京，他人生迄今为止最钟爱的三座城市是南京、天津、亚的斯亚贝巴。当年，怀着对世界的好奇与一腔热忱，江绛申报了中国教育部援外基地的项目。江绛自幼喜欢人文地理，他希望走出去看一看世界，见识一下国外的教育环境，希望利用自己教师的身份，将他掌握的知识传播到不同的国家和地区，这对年轻的江绛来说是一件意义非凡的事。埃塞俄比亚联邦职业技术培训学院位于首都亚的斯亚贝巴，成立于 2008 年，曾取名为埃塞俄比亚-中国职业技术学院，从校舍到设备全部由中国政府援建，主要为埃塞俄比亚培养职业技术领域的教师和领军者。埃塞俄比亚鲁班工坊就坐落于该学院内。

埃塞俄比亚是非洲大国，位于非洲大陆东北部，拥有 3000 多年文明历史，首都亚的斯亚贝巴坐落于该国的中部高原，海拔接近 2400 米，是非洲海拔最高的首都。非盟总部与联合国非洲经济委员会都位于亚的斯亚贝巴。亚的斯亚贝巴虽然接近赤道，但气候凉爽，四季如春，城市周围峰峦起伏、关山重叠。在当地阿姆哈拉语中，亚的斯亚贝巴的意思是“新鲜的花朵”，因而它又有“鲜花之城”的美誉，是埃塞俄比亚的政治、经济、文化和教育中心以及陆空交通枢纽。

2011 年，受中国教育部教育援外基地委派，江绛赴埃塞俄比亚援教，将源自中国天津的职业教育教学模式（即后来的 EPIP）融入埃塞俄比亚本土教育教学，为其所在专业开发教学培训资源，在埃塞俄比亚开设了全国首家具有世界先进水平的电子技术实验室，开发完成了全球首套“单片机阿姆哈拉语显示系统”。十几年来，江绛和高洋两位老师共计培训、培养了非洲教师、学员 2000 余人，这些学生覆盖了埃塞俄比亚全国所有职业院校及部分东非地区其他国家的合作院校。为此，江绛受到了埃塞俄比亚教育部、埃塞俄比亚合作院校的充分肯定，并多次被挽留，教学任期因而一延再延，至今已在埃塞俄比亚连续工作了将近 14 年。

高洋在埃塞俄比亚的工作时间有 10 多年。10 年的时光在异国他乡，高洋是为了追求自己的事业，是为了鲁班工坊的建设，同时也是为了陪伴自己的丈夫江绛。高洋至今记得 2021 年埃塞俄比亚鲁班工坊初创的时候，鲁班工坊的建设得到了埃塞俄比亚社会各界的大力支持。当地合作院校迅速清空了原有的实验设备，按照中方提供的图纸进行了高规格施工。因正值特殊时期，短时间内解决设备的运输、清关、安装，老师派遣等问题并非易事。最具有挑战性的就是，设备可以通过海空运输过来，中国国内的安装调试人员却过不来，怎么办？

为了保证鲁班工坊能够按时揭幕，江绛和高洋两个人一边学习设备原理，一边自己动手摸索着安装调试。

笔者曾问高洋："看你一个柔弱的女生，行吗？"

高洋说："没办法啊，鲁班工坊一定要按期揭牌启运，那个时候就完全不想那么多了，反正也指不上别人，我们两口子就是安装工人。"

他们二人连续干了几天，后来江绛让高洋回宿舍休息，他把自己一个人锁在学校里。为了将从国内运来的设备调试到最佳工作状态，江绛好几夜都没有睡觉，预留给鲁班工坊几个房间内的灯光成为远近唯一整夜不熄的灯光，江绛也成了那段日子里唯一夜晚也留在学校内的"保安"和"门卫"。

江绛与高洋见证了埃塞俄比亚鲁班工坊从筹备启动到揭牌启运的全过程，许多场景令他们至今难以忘怀：鲁班工坊受到埃塞俄比亚政府官员、媒体和民众的高度评价和欢迎。时任埃塞俄比亚劳动与技能部长穆芙莉哈特说："鲁班工坊拥有埃塞俄比亚全国独一无二的工业机器人培训平台，将为埃塞俄比亚培养尖端工业化人才提供极大的帮助。”

高洋说：“鲁班工坊成立前的那段时间，埃塞俄比亚教育部、海关和合作院校都在尽最大努力协助我们把教学设备尽快运到埃塞俄比亚境内。我们天津职业技术师范大学也迅速整合师资，通过在埃塞俄比亚的中方专家为当地的教师开展线上培训，我和江绛老师只是做了我们力所能及的一些工作。说实话，江绛老师比我更辛苦。”

二

初到异国他乡，独特的异域风光、迥异的文化习俗，令这对年轻人充满了幻想。尤其是江绛，这个年少时即喜欢人文地理、想走出去看世界的人更是感到特别兴奋。但这种兴奋感却极其短暂，因为他们很快就发现，幻想与现实中间，隔的不只是天津到亚的斯亚贝巴的距离，需要跨越的还有现实世界的巨大鸿沟。

首先便是让他们始料未及的现实的教学困难：没有最起码的教学设备以及实验所需要的器材，只能通过播放视频向学生们进行无实物讲解；教材奇缺，上课时只能几名学生共用一本书来学习；当地学生们知识技能基础普遍薄弱，江绛与高洋只得不断地调整教学计划，从基础开始，从简单入手，就连电脑都是从鼠标的基本操作教起；学生们只习惯在教室里看板书听讲，对于现场实践教学方式完全陌生，对于中国教师具有先进理念的教学方式更是难以适应……

而且最令江绛头疼的是，当地的学生不像中国学生那样具有很强的时间观念。老师上午 8 点上课，有学生 8 点 30 都还没到学校。一开始江绛特别生气，往往 8 点上课时间一到，就把教室门关上，开始讲课。有学生为此反映到学校，学校负责人找江绛沟通。

“的确有过苦恼，也有过失落。学生按时上课不是天经地义的事情吗？我的要求不是最起码的吗？”江绛不解，多少有一丝委屈，这也是在他援外十几年的时间里唯一的一次动摇。

而高洋经过调研后却发现，当地学生上课迟到的原因比较复杂，一方面是多年形成的习惯使然，另一方面则是缺少交通工具，多数学生每天都是徒步前来学校上课，往往单程就需要在坑洼不平的路上走一两个钟头……当然更重要的还是教学的方式方法：老师教授的课程是否因地制宜切合实际？是否有吸引力？是否让当地学生们感兴趣？或许把这些因素考虑全面才能最终找到解决问题的办法。于是，高洋将这些信息整理成教学要点与江绛认真沟通，在夫妻二人共同研究和努力下，他们对原有的既定课程进行了适当调整与增删，增添了不少貌似初级但切合当地学生实际的教学内容。

正所谓理解万岁，在他们理解当地学生苦衷的同时，他们讲课的方式方法也越来越接地气。随着时间的推移，江绛和高洋二位老师与当地学生的相处变得越来越融洽，越来越像是兄弟姐妹之间的交往。迟到的现象逐渐杜绝了，而且他们发现，这些非洲学生的身上还有着一些优点，那就是活泼、开朗，喜欢提问和互动，并且十分尊重师长。

记得埃塞俄比亚鲁班工坊刚刚启运，江绛便对外发布了免费培训的消息，没想到开班当天，设计容纳 30 人的教室拥进来 60 多人，即便是两人坐一把椅子甚至是全程站着听，也没有人舍得离开。当地一对中年夫妇工作的单位要发展自动化，但苦于没有专业人才和教学场地，听说鲁班工坊免费开课了，他们穿越整个城市大老远赶来学习。原本应该晚上 8 点结束的课程，因一屋子学生忙着接传感器、装电机、编程序而迟迟无法下课。学生们对前来锁门的保安说："这课程关乎我们国家自动化产业的发展，请再等一会儿吧。"课后，他们挨个儿走到江绛面前表达自己的感谢，还抢着帮江绛拿东西，送江绛回宿舍。面对这群求知若渴、态度真诚的学生，江绛当时就暗下决心：一定要做一名称职的教师，竭尽全力帮助大家提升知识技能，收获真正的本领。

江绛说："非洲学生最喜欢问我的一个问题是：'老师，您的技术都是从哪里学来的？好神奇啊！'"在江绛和高洋看来，埃塞俄比亚学生与中国老师之间的差距就是彼此获取信息、掌握信息的差距，而这一件在中国人看来再平常不过的事情，对埃塞俄比亚学生而言却非常新奇。所以江绛和高洋都对学生们讲："其实中国老师也不比你们聪明，不比你们能干，现在教你们的东西有的就是半个月之前我们现学的，所以你们也不用崇拜我们，可能我们只比你们多了一个有利条件，那就是能够接触和熟练地使用互联网，而你们却还不懂得利用互联网这个现在世界上最便捷的获取知识的工具。"

是的，当地的学生大多没有使用过互联网，有的甚至都没有听说过，于是学生们就主动找江绛、高洋二位老师商量，问能不能腾出几节课的时间来专门教他们互联网技术。而江绛和高洋就像对待自己的弟弟妹妹甚至自己的孩子一样，从使用鼠标开始，手把手地逐一为他们讲解，使他们成为埃塞俄比亚最早一批懂得利用网络并熟练使用电脑的学生。

埃塞俄比亚鲁班工坊刚启运那两年，鲁班工坊里的教师奇缺，江绛和高洋两位老师就成了鲁班工坊里的全科教师。比如因为没有专门教通信的老师，江绛就成了这门课的老师。有一次江绛给学生们讲授“天线设计”，这在国内大学理工科里都算得上是一门天书般的课程，他想了各种办法应对。在“天线设计与安装”课上，学生们面对难懂的理论想打退堂鼓，他就找来设计软件，带着信号分析仪，扛着碟形天线，带领学生们在学校操场上做起了实验。看着学生们虽满头大汗却兴奋不已地记录着实验数据，还颇为得意地向好奇又羡慕的围观人群解释“这就是我们的天线课”时，江绛备课的种种辛苦都烟消云散了。这是他们第一次走出教室上课。在调试卫星天线的过程中，他们发现了很多问题，但学生们的兴趣却出奇地高涨，效果非常好。江绛说：“那次的教学效果对我触动很大，因为之前天线课的缺勤人数很高，但自从我带着他们走出教室去上实践课以后就再没有缺勤的现象发生了。”“我当时就依靠这种重实践的教学方法俘获了一大批当地学生的心。每到我的课，教室里总是坐得满满的，很多不是鲁班工坊的学生都搬着椅子要挤进来听课。”

从埃塞俄比亚鲁班工坊走出来的优秀毕业生涂则钢见证了两位老师的付出，如今他已经是天津职业技术师范大学的博士生了。涂则钢说：“因为江老师、高老师的心里有爱！因为江老师、高老师的眼里有光！”心里有爱，眼里有光，是因为他们对中国的职教援外事业有责任、有担当，是因为他们深爱着在他们手里一点点成长壮大起来的埃塞俄比亚鲁班工坊。

三

人终究不是生活在真空里，对于埃塞俄比亚鲁班工坊里的这对援外中国教师夫妇来说，他们每天需要面对的除了工作与教学,还有躲不开的柴米油盐的生活。

高洋说:“我们俩都不是那种对生活条件特别挑剔的人,能够在一起做事业就已经觉得很幸福了。但那么多年在异国他乡工作,吃喝拉撒都是很实际的问题,只能不断适应,不断磨合,也不断在调整。就说吃饭这件事吧,平时都是我做饭,也是我负责买菜和买日常生活用品,一般是两周左右会出去购物一次,把需要的东西都买回来。我是吉林人,原来喜欢吃东北菜;江绛是南方人,喜欢南方口味。后来我们俩一起到天津工作,天津菜我们都喜欢吃,天津菜也成为我们俩人的最大‘公约数’。可我们在埃塞俄比亚,就只能因陋就简了,常常是只要能填饱肚子就行。”

回忆起那段日子,高洋笑着说:“那些年吧,我最费的就是鞋了,因为学校虽然位于首都亚的斯亚贝巴,但离繁华区还很远,学校附近又没有超市和菜场,公交车很少见,想要坐公交车的话就要等上几个钟头;出租车也不多,打车费用特别高,于是日常采购就只能靠我的两条腿了。

“而且因为每次来回要走一两个钟头，走的路段好多都是那种坑洼不平的路面,很少有平整的柏油路,所以就特别费鞋。出去买一回菜,鞋底就会被磨薄一层。

“自己做饭久了,总是那老几样肯定吃腻了,所以偶尔我们俩也会改善一下伙食,到市中心的中餐馆去解解馋,有时候还会选择吃西餐。埃塞俄比亚在历史上受意大利影响比较深,意大利饮食也很好吃,主要是难得吃一次,就觉得很好吃。

“难得休息的时候,我们俩偶尔也会出去看看。江绛喜欢人文地理,他带我去过一回埃塞俄比亚的一座古城遗址,对,就一次,离亚的斯亚贝巴也不算远,叫什么名字我忘了,古城遗址很有历史年代感。

“每一次回天津，我都会去好好吃一遍咱们天津美食。我们大学附近有一条美食街，我常去那里吃小吃。我在埃塞俄比亚的时候，江绛老师对我说，好，你回去多吃一点儿，就算是我也回到天津吃了。”说到这里，高洋笑了。

“我们也会去首都周边考察调研，埃塞俄比亚老百姓特别喜欢中国人，所以我们去哪儿都有当地人帮助。

“江绛老师比我辛苦多了，我在亚的斯亚贝巴的时候，能帮他分担一些课程，给他买菜做饭，也知道他喜欢吃什么。但现在我不在他身边，他又是个工作狂，说不心疼是假的，好在现在的鲁班工坊条件比原来好多了。”

…………

埃塞俄比亚鲁班工坊的一大重点是培养本土师资，确保鲁班工坊未来的可持续运作。目前埃塞鲁班工坊共有 4 名教师，除了江绛，其他几位老师都是埃塞俄比亚人，当然，他们也都曾经是江绛的学生。

江绛说：“我有一个学生在回家后利用我在课堂上教的做电子装饰灯的技巧进行生产，卖给其他的小店铺，挣了一点儿钱，然后他买了一个面粉团恭恭敬敬地送给我。而那个其貌不扬、用旧报纸裹着的面粉团在我的眼里却特别美好。”事情虽然不大，但江绛却深受感动，他意识到，中国的职业教育正在走入埃塞俄比亚普通人的生活，那些学生通过在鲁班工坊学到的技术和知识改善了他们的生活，这是一件多么美好的事情啊！

江绛说：“当时工作满两年，第一任合同期结束以后回到天津不久，当时的埃塞俄比亚教育部副部长访华的时候，专门与中国教育部商量，点名邀请我和我爱人高洋再次到非洲去，回到埃塞俄比亚执教。我就想，那行呗！然后就和我爱人高洋商量。她说没问题，这是我们两个人的责任，也是我们和埃塞俄比亚职业教育的缘分！”

四

2015年，江绛与高洋的儿子降生了，两人给孩子取名叫“江天亚”。

“‘天’代表着天津，‘亚’则代表着亚的斯亚贝巴。”江绛说，“孩子的名字很有纪念意义。能把青春献给这两座城市，我们感到特别欣慰。”

高洋说：“那时候我们把孩子带在身边，所以江天亚从小上的是亚的斯亚贝巴的幼儿园，和非洲小朋友们一起学唱歌跳舞。他不仅会跳好几段非洲舞，还会说一些简单的阿姆哈拉语呢！”

高洋说：“后来孩子懂事了，回到天津，看见什么都新鲜得不得了。说楼这么高啊，路这么宽啊，公园这么美啊……还说咱们中国真漂亮，咱们天津真好！”

通过孩子的一举一动、一言一行，江绛和高洋这对夫妻对自己国家的强盛感到无比骄傲，为天津城市的日新月异感到特别自豪。同时他们亲眼看到，埃塞俄比亚正在发生翻天覆地的变化，各种基础设施建设纷纷上马，科技和教育水平稳步向前，人民生活水平不断提升，而这里面无疑有他们夫妻二人的心血和付出。作为援外职教夫妻，他们对埃塞俄比亚鲁班工坊的责任感、使命感更加强烈了。

那个曾经想看世界的江绛，如今也成为埃塞俄比亚以及东非许多国家的学生了解中国和天津的窗口。鲁班工坊课程被融入埃塞俄比亚职业教育大纲标准，为当地师生提供本土化实操课程的同时，也为当地高端制造和自动化领域企业的员工提供技能培训。而埃塞俄比亚鲁班工坊所在的埃塞俄比亚联邦职业技术培训学院，已发展成为埃塞俄比亚唯一拥有完整学士、硕士和博士学位培养体系的职业院校，师资和硬件皆领先于该国其他同类型院校。

2020 年的时候，江绛利用课余时间开发了一款阿姆哈拉语程序编写教程，一行显示阿姆哈拉语，一行显示中文。当他把教程拿到课堂上分享给同学们的时候，大家都特别欣喜和震惊，因为在埃塞俄比亚这个人口过亿的国家，竟然没有人公开发表过用当地语言实现的编写教程。后来他就直接将整个代码分享到了网络上，供人们免费使用，赢得了大批非洲粉丝。

埃塞俄比亚鲁班工坊的教师马哈丽特说："我们学校还叫埃中联合技术学院时我就是江绛老师的学生，他对我来说是如此特别的老师。他向我们展示了如此多的技术，现在我和他虽是同事关系，但我仍然是他的学生，因为我还在向他学习。"

2021 年 4 月，埃塞俄比亚鲁班工坊揭牌启运，实际上也是给埃塞俄比亚职业教育提供了一个与国际一流水平接轨的平台。3 年多来，埃塞鲁班工坊培训了来自埃塞俄比亚、肯尼亚、坦桑尼亚等国的职教人才，很多学生毕业后进入当地知名企业工作或成功创业。2023 年 4 月 25 日，在埃塞俄比亚鲁班工坊运营两周年之际，天津职业技术师范大学举办了"'埃塞俄比亚鲁班工坊'高质量发展推进会暨工程实践创新项目（EPIP）教学分享活动"。埃塞俄比亚劳动与技能部国务部长、埃塞俄比亚驻华使馆公使以及建设方和师生代表出席会议，双方共同为工程实践创新项目（EPIP）

研推中心和东非职教师资培养EPIP认证试验中心成立揭牌。

这些年,江绛和高洋在埃塞俄比亚教出了2000余名学生。之前他们主要培训埃塞俄比亚职教系统的教师,可以说埃塞俄比亚全国每所职教学校里都有他们的学生。最近几年,夫妻二人陆续教了几届高考入校的全日制大学生,许多人毕业后直接进入埃塞俄比亚航空、电信、电视台等当地知名企业工作,还有一些学生自己创立了科技公司、动漫公司、制造企业等。

江绛说:“每当他们告诉我,他们利用我教给他们的知识取得了成就,或者赚到了钱,我就觉得自己被幸福击中了,因为我看见了自己的教学得到了切切实实的成果反馈。我们讲中外交流,民心相通其实是最重要的,看得见的成果就会赢得民心。我跟我的学生们讲,我希望有一天,埃塞俄比亚不再需要我了,你们自己的老师能够完全取代我,这是我的终极目标。”

埃塞俄比亚鲁班工坊已经成为中非职业教育师资培养的典范。2023年5月,在第三届埃塞俄比亚国家技能大赛上,埃塞俄比亚鲁班工坊代表埃塞俄比亚联邦职业技术培训学院参展。时任埃塞俄比亚总理阿比·艾哈迈德·阿里走到鲁班工坊展台前,对鲁班工坊的培养成效给予了高度肯定。埃塞俄比亚鲁班工坊启运以来,先后接待了联合国妇女署、非盟总部代表团、世界银行代表以及坦桑尼亚、肯尼亚、埃塞俄比亚高校联合考察团的考察,获得众多好评和赞誉。

…………

江绛因工作需要还会继续留在埃塞俄比亚鲁班工坊,一家三口每天在网上的相聚时刻便是他们一家人最开心的时刻。如今,高洋和他们的儿子江天亚留在了天津。江天亚最喜欢的就是妈妈或者姥姥姥爷带他去坐天津的地铁,他总是坐不腻,而且他想请他在埃塞俄比亚结识的小朋友们到天津来玩，一起坐天津的地铁。

高洋说："真心希望我们的下一代能继续传承中埃两国的友谊。"

亚的斯亚贝巴素有"鲜花之城"的美誉，而江绛与高洋，这两位来自中国天津的埃塞俄比亚鲁班工坊教师，无疑是盛开在亚的斯亚贝巴的最美"中国花"！

民心相通:合作的基石,友谊的保障

一

郑勇峰至今记得自己第一次踏上泰国的土地,来到泰国大成技术学院,是在2016年的2月底。

“2016年的3月8日,全球第一个鲁班工坊就将在泰国大成技术学院揭牌,准备时间已不是按天计算,而是按小时计算了。”如今已是天津渤海职业技术学院机电工程学院院长的郑勇峰说。

时间被拉回到9年前,那时的郑勇峰还很年轻,因此他随身携带的设备也最多,郑勇峰说:“足有几十斤沉。”其实也不单是他,赴泰国筹备鲁班工坊揭牌工作的每一位教师的旅行箱都沉甸甸的,里面主要装带的是实训室所需设备的散件,等到达目的地后再将这些散件重新拼装组合在一起,而他们携带的有限的个人衣物就只能被塞在行李箱的边边角角。

因为这是全球第一个鲁班工坊,为确保其揭牌启运万无一失,中方派出的都是精兵强将,属于优中选优,不单技术过硬,比如能安装调试、画图计算,而且身体素质也过硬,比如给鲁班工坊实训室架设线路、登梯爬高等琐事,对于郑勇峰这些在国内只习惯讲课的教师而言也不在话下。最棘手的问题其实是中国教师们普遍不懂泰语,而当地泰国教师们的英语水平也不太高。好在技术都是相通的,两国教师之间相互比比画画着,很快就成了朋友。泰国气候炎热,湿度大,拼装调试设备需要消耗的体力更大,郑勇峰等几位中国教师的衣服一遍遍地被汗水湿透,泰国教师就主动帮着拿到洗衣房清洗并晾晒干净,两国教师的友谊就从这一点一滴中建立了起来。

蔡杰是当时天津渤海职业技术学院信息工程学院的副院长,他主要负责给泰国鲁班工坊做电路安装。一开始他和泰国当地的老师沟通有障碍,虽说都是用英语交流,但交流不仅缓慢,而且经常会出现相互误解的情况,于是蔡杰就想出了一个办法——画图。泰国老师也画图,然后双方再进行比对,在图纸上表达各自的意思,最后达成共识,这样一来一往,大家在潜移默化中很快就成了朋友。“中国老师辛苦了”“泰国老师真棒”,这些话语成了两国教师之间互致问候的标配。就连泰国鲁班工坊的泰国教师结婚,也会用微信第一时间告知已经回国远在天津的中国教师。当收到中国教师的祝福时,泰国教师高兴极了。

泰国学生看到中国教师们那么辛苦地为他们搭建工坊,从最初的不解与好奇到后来的敬佩与感谢,他们纷纷送给中国教师们自己亲手制作的小礼物。平时来鲁班工坊上课的时候,泰国学生们也会将书包、鞋子等整整齐齐地摆放在鲁班工坊教室的外面,以示对中国教师的尊重。学生家长们也纷纷来到鲁班工坊,邀请中国教师去家里做客,一遍请不动,就多次来请。近些年,中国高职学生也经常会到泰国鲁班工坊进行短期交流培训,泰国鲁班工坊所在的大成技术学院一般会将这些中国学生的食宿安排在泰国教师或者学生的家里,中泰师生、中泰同学之间朝夕相处,彼此结下了深厚友谊。

每年1月16日是泰国的教师节，每年的6月中旬泰国还有拜师节，泰国学生们都会送给中国教师鲜花。蔡杰说："到了教师节或者拜师节这一天，泰国学生们就会排着队围着我们这些老师转，学生们会准备两个高脚盘送给我们，据说这是泰国拜师节的一项古老传统。其中放蜡烛的高脚盘由男生负责拿，放鲜花的高脚盘则由女生负责拿。蜡烛，象征着光明，因为老师就像灯塔，照亮大家前行。放鲜花的高脚盘里需要放泰国本地的鹅观草、茄子花以及仙丹花，象征着学生们在老师的教育哺育下能够茁壮成长。"

时任天津渤海职业技术学院国际交流与合作办公室主任黎志东还记得中泰两国教师与泰国学生一起包饺子的情景。黎志东说："泰国孩子普遍很热情，也很开朗，他们一边学习包饺子，一边问各种各样关于中国的问题，都特别羡慕中国的发展成就。"黎志东还介绍说，为了保障泰国鲁班工坊的教学质量，天津渤海职业技术学院不仅在教学设计、课程设置、教材开发、师资培养等方面给予了全方位的质量保障，同时还借助现代信息技术，在泰国鲁班工坊内设立了空中课堂，开设了视频微课，实现了天津渤海职业技术学院的课堂跨区域与泰国鲁班工坊课堂教学同步化，保证了泰国鲁班工坊的高标准人才培养质量，客观上也让两国师生之间的心理距离变得更近。

黎志东说："泰国学生非常懂礼貌，无论是在泰国还是去中国留学，每次在路上遇见中国老师他们都会双手合十表达尊敬。泰国学生也很可爱，有的泰国留学生怕自己考试不及格，会在试卷上用中文写上好几遍'老师我爱你''我爱你中国'等。虽然这令中国教师们有点儿哭笑不得，但也从一个侧面说明泰国鲁班工坊的学生与中国教师之间的某种感情联系。”

在泰国东部经济走廊核心区域的泰中罗勇工业园，毕业于泰国鲁班工坊的小伙子纳他武是这里一家中资企业的工程师。他每天在生产线上指导工人生产、检验产品质量，忙得不亦乐乎。这里生产的空调配件等产品不仅销往泰国各地，还出口到东盟其他国家和地区。纳他武会说一口流利的中文，他还有一个通俗响亮的中文名字——王大山。在泰国鲁班工坊的帮助下，他从一名家境贫困的学生成长为如今的工程师，还当上了中国制冷企业盾安金属（泰国）有限公司的部门经理。他说，他最感谢的人除了父母，就是泰国鲁班工坊里的中泰两国的老师们，他要像大山一样，永远做中泰两国人民世世代代友好下去的牢固地基里的一块砖。

8 年多来，泰国鲁班工坊的学生们交出了出色的成绩单：首届“职业教育宝石王杯”大赛金牌、首届铁道运输系统邀请赛冠军奖、泰国自动化生产线赛项金奖、东盟第十一届技能大赛“自动化生产线”赛项铜奖……“学生们为进入鲁班工坊学习而自豪。”时任泰国大城技术学院院长玛悠丽表示，泰国鲁班工坊不仅提升了泰国学生的语言和技术能力，还为他们提供了更为广阔的发展机遇。玛悠丽说：“通过学习，学生们熟悉了中国技术、产品和工艺，并对接本土企业需求，实现了全方位发展，在泰国就业市场极具竞争力。”自 2016 年启运至今，泰国鲁班工坊共计培养了当地人才近 1500 人，还输送近 400 名泰国学生留学中国接受高职教育。同时，泰国鲁班工坊也面向东盟国家各个职业院校师生开放，累计交流培训东盟其他国家的职业院校师生 1.3 万余人次。

如今在泰国，“鲁班工坊”可是一个热词，许多泰国人因鲁班工坊而爱上了中国。同时，泰国、马来西亚等国的当地大企业也愿意招聘从鲁班工坊毕业的学生，因为他们不仅技术过硬，而且懂中文,可以与中国企业和中方人员交流。许多泰国鲁班工坊的学生不仅成了往来于中泰两国之间的常客,也成了中泰两国人民之间友谊的桥梁与使者。

二

在启程前往吉布提之前,时任天津市第一商业学校副校长范蓉准备了一大批漂亮的中国结,还有许多五颜六色的彩笔。果不其然,这些小物件后来成了吉布提鲁班工坊当地师生们的最爱。

卡米拉是吉布提鲁班工坊选派到天津市第一商业学校留学的一位女生,平时很爱美,范蓉就到天津的商场为她买了一条真丝围巾送给她,让这个来自非洲之角的女孩子高兴得跳了起来。卡米拉学成回国后还经常将这条丝巾系在身上,每到新年,卡米拉都会通过微信向范蓉老师致以问候。而另一位来自吉布提鲁班工坊的学员阿瓦德到中国留学前正值新婚宴尔,范蓉便特意到天津古文化街精挑细选了一对泥人张的新婚夫妇彩塑送给他,让阿瓦德带回吉布提送给他的新婚妻子。

天津职业技术师范大学的涂则钢是埃塞俄比亚留学生。他来自埃塞俄比亚首都亚的斯亚贝巴,曾是当地的一名职业技术教师。2019 年,他拿到了奖学金,远赴万里之外的中国天津深造进修,在天津职业技术师范大学自动化工程系攻读硕士学位、博士学位。在此期间,他还成了埃塞俄比亚鲁班工坊教师队伍中的一员,回国后他又成为埃塞俄比亚鲁班工坊的中坚力量。涂则钢去过中国的好几个城市,但他最喜欢的还是天津。他说,天津市民的热情豪爽让他特别感动,他骑着共享单车游天津,到哪里问路都有人明明白白地告诉他。他也喜欢吃中国饭菜，尤其是喜欢吃天津的煎饼馃子，大学附近美食街的老板差不多都认识他。在天津他已经过了好多次埃塞俄比亚的节日，每次他都请天津的老师去他宿舍品尝他家乡风味的菜肴。涂则钢是天津职业技术师范大学中来自国外鲁班工坊的众多留学生之一，但他说："我身边的外国留学生都感谢中国，感谢天津，感谢鲁班工坊，我要永远做中国和非洲友谊的使者。"

当时是天津交通职业学院国际交流部干部的王君妍，好多次都是牺牲自己的休息日，主动开车带着来天津培训的埃及鲁班工坊的欧姆兰教授以及他的助手迪雅，还有埃及的赛迪克老师，去参观美丽的天津——天津海河教育园区、天津古文化街、天津鼓楼、"天津之眼"……天津的这些网红打卡地都留下了他们的足迹，她还请埃及的老师们吃耳朵眼炸糕、十八街麻花等各种天津的特色食品。

天津交通职业学院汽车工程学院的老师张捷带着欧姆兰教授去理发，帮欧姆兰教授在手机上下载各种中国的应用软件，并帮助他和迪雅在网上下单购买服装和生活日用品。欧姆兰教授则给张捷看他家里人的照片。在埃及的传统文化中，给一个没有血缘关系的人看自己家人的照片，就证明他已经把对方当成了自己最亲近的好朋友。

投桃报李，中国教师们到埃及筹建埃及鲁班工坊，欧姆兰教授让自己的儿子开车来接中国天津的教师们去他在开罗的家里做客，并用埃及人最高级的礼节进行招待。来自天津交通职业学院的姜磊、贾启阳、王君妍、李嘉泽、张捷等几位领导和教师都在被邀请之列，那天的友好欢快气氛深深地印刻在所有人的记忆中。

2023 年 5 月，时任天津交通职业学院国际交流部副部长唐曌曦一到埃及鲁班工坊，欧姆兰教授一眼便认出了她，且能一字不差地叫出她的中国名字，可见当年在天津培训时的印象之深。唐盟曦说：“在埃及，我们到处都能感受到埃及人民对中国人民的热情，而且越是年轻的人越热爱中国，这很大程度上得益于这些年鲁班工坊在埃及所产生的良好影响，尤其是鲁班工坊在对埃及青少年的培养方面得到了全体埃及人民的肯定。”

无独有偶，来自巴基斯坦旁遮普省的阿里从巴基斯坦鲁班工坊毕业后，顺利进入巴基斯坦第二大城市拉合尔的轨道交通橙线项目工作。拉合尔市的橙线项目是巴基斯坦第一条城市轨道交通项目，也是中巴经济走廊上的重点项目之一，它的开通让巴基斯坦正式迈入地铁时代。阿里说：“巴基斯坦鲁班工坊与 21 家中巴企业成立了产教协同育人联盟，毕业生就业率达到了 100%。鲁班工坊也让我从一名普通学生成长为技术领导者。我非常感谢中国，感谢天津。”

2025 年 5 月 24 日，由中国驻塞尔维亚大使馆、塞尔维亚文化部、塞尔维亚旅游和青年部等共同指导举办的 2025“你好！中国”中塞端午国际龙舟节，吸引了来自中国、塞尔维亚、罗马尼亚等国的 19 支龙舟队伍参赛，成为庆祝中塞两国建交 70 周年的重要活动之一。活动中，塞尔维亚鲁班工坊团队再次成为公众关注的焦点。鲁班工坊师生与当地企业合作，与塞尔维亚民众一起体验包粽子的乐趣。他们从粽叶折叠到丝线缠绕，细致地向塞尔维亚民众传授中国古老的粽子制作技艺。当热腾腾的粽子被端上桌的时候，当地民众都争先品尝“人生第一口”中国端午粽子的味道，纷纷向鲁班工坊的师生们竖起大拇指。

青蒿、苦荞、西红花……在马里鲁班工坊展示区的墙壁上，一组组中草药的植株照片及中成药标本照片整齐地排列；在中医诊疗康复区，学生们正围着针刺训练手臂模型练习寻找穴位；在太极与八段锦练习区，不少学员正跟着老师一招一式地练习……这些已成为马里鲁班工坊中的日常风景，马里人在对中医药产生浓厚兴趣的同时，也被中国传统文化深深折服。

而在柬埔寨，由天津中德应用技术大学承建的澜湄职业教育培训中心，不仅成为目前亚洲规模最大的鲁班工坊，同时它也在为更广阔的澜湄国家乃至东盟十国提供技术和人才培训。与清一色中国先进制造装备一同被引入柬埔寨鲁班工坊的，还有中国职业教育的实训教材、教学管理理念和技术等级标准。依托柬埔寨鲁班工坊所开展的澜湄国家师资培训，吸引了来自泰国、缅甸、越南、老挝等国的职业教育教师们，他们对中国的通信、自动化和机械等先进技术和职业教育理念都非常感兴趣，而中国的教师也与这些国家的教师结成了朋友，一起教研，一起联欢，甚至一起去金边的夜市品尝柬埔寨当地的特色小吃。

天津中德应用技术大学的通信专家刘赟宇说，2016 年他接到任务，要使用中国最先进的设备和技术，建设好柬埔寨鲁班工坊通信专业的实训中心。“当时我们使用了世界领先水平的、具有中国自主知识产权的第四代移动通信国际标准 TD-LTE，在培训中心建成了 5 个可运营级别的 TD-LTE 移动通信实验室。”刘赟宇说，“使用的技术和设备都是当时最先进的，我们也是才熟悉掌握其原理和性能不久，就同步让柬埔寨的当地教师熟练应用了这些设备。”刘赟宇还带着柬埔寨当地的学生，在新建成的柬埔寨鲁班工坊里打出了柬埔寨第一个 4G 视频电话，实现了校园内的移动通信网络全覆盖。

最让刘赟宇记忆深刻的，是有一次他带着两名到北京接受企业实践培训的柬埔寨教师去天安门广场看升国旗。当时，两位柬埔寨教师非常激动,郑重地向五星红旗敬礼。刘赟宇说:“我觉得,这就是我们彼此文化认同的一种具体表现吧。”

…………

民心相通是共建“一带一路”的重要内容,也是最基础、最坚实、最持久的互联互通。在第三届“一带一路”国际合作高峰论坛开幕式上,国家主席习近平在主旨演讲中再次强调了民心相通对于共建“一带一路”的重要性。如今,在已建成的所有鲁班工坊合作国,“鲁班”早已经不再是一个简单的名字,而是代表着对精湛技能的追求,体现着精益求精的工匠精神。是如切如磋,是如琢如磨,是精益求精,是千锤百炼,几千年来,这种精神已融入中国匠人的血液。同时,“鲁班”也是增进中外人民友谊、实现中外人民民心相通的重要载体和抓手。

三

国之交在于民相亲,民相亲在于心相通。2013 年,共建“一带一路”倡议首次提出民心相通并将其作为“五通”之一,之后民心相通被正式写入政府文件。民心相通概念的提出,符合经济全球化时代的利益交融、文明交会、人民交流的大潮流,是共建“一带一路”和推动构建人类命运共同体的题中应有之意。

2024 年年初,亚的斯亚贝巴大学孔子学院与埃塞俄比亚奥罗米亚州教育局联合举办了 2024 年度埃塞俄比亚本土中文教师培训。在为期 4 天的培训中,来自奥罗米亚州 8 所寄宿中学的 10 名本土中文教师接受了包括中文基础知识、教学技能、教案设计、教学实操等方面的培训。时任奥罗米亚州教育局寄宿中学发展处处长赛尤姆说:“中文教学在该州中学非常受欢迎。近年来,已有超过 1200 名学生选择学习中文。本土教师是该州中文教学的主要师资力量,开展本土中文教师培训对提升中文课程的教学质量具有重要作用。”据中国驻埃塞俄比亚大使馆统计,截至 2023 年年底,超过 500 家中国企业累计在埃塞俄比亚当地投资了超过 2000 个项目，创造了约 58 万个就业岗位。在埃塞俄比亚的中国企业中,能够熟练掌握中文的本地员工收入通常更高,因此学习中文成为许多人升职加薪的重要途径之一。而鲁班工坊既是学习技术的课堂,也是学习中文的重要场所。

泰国鲁班工坊与天津骥腾科技有限公司合作研发的“高铁标准动车组制动仿真实训系统”，已成为泰国轨道交通职业技能大赛的指定装备；英国鲁班工坊在英国建立了中国食品展示窗,为中国天津食品集团的产品出口提供了最佳平台;印度鲁班工坊为在印度中资企业提供了装备制造与新能源领域的订单式人才培训……走出国门的鲁班工坊真正让产业、行业、企业、职业、专业实现了“五业联动”,教随产出、校企同行,持续为“走出去”的中国企业在海外发展培养培训优秀技术技能人才,同时也带动了中国企业和优质产能走出去,为民心相通打下了坚实的物质基础。

《共同构建人类命运共同体》一文指出:“构建人类命运共同体,关键在行动……国际社会要从伙伴关系、安全格局、经济发展、文明交流、生态建设等方面作出努力。坚持对话协商,建设一个持久和平的世界……坚持共建共享，建设一个普遍安全的世界……坚持合作共赢,建设一个共同繁荣的世界……坚持交流互鉴,建设一个开放包容的世界……坚持绿色低碳，建设一个清洁美丽的世界。”所有这一切,客观上都离不开民心相通的加持与支撑。设想一下,假使国家之间民心相互隔膜,构建和平共处、发展共促、利益共享、责任共担的命运共同体又从何谈起？反之亦然，共建“一带一路”的民心相通工作也不能就通论通、为通而通，而是要主动融入和传播命运共同体意识，以此增进各国人民对共建“一带一路”共同事业、共同责任、共同命运的归属感。

民心相通也意在传承丝绸之路精神，通过推动各国民众之间的交往交流交融，通民心、达民意、汇民情，实现增进信任、促进友谊、深化合作、共同发展的目的，其内涵主要体现在三个方面。

首先是理念认同。就是诉诸人类理性，加强理念沟通，弘扬和平合作、开放包容、互学互鉴、互利共赢的丝绸之路精神，推动各国人民凝聚珍视和平稳定的共同价值，达成做大互利合作蛋糕的共同目标，形成促进世界文明百花齐放的共同理念，在不同文化、不同国情、不同制度、不同发展阶段的国家人民之间搭建起理解、互信与合作的桥梁。

其次是利益契合。就是要夯实物质基础，找准“一带一路”共建国家以及鲁班工坊合作国国家民众的突出利益关切，以推进发展战略对接为统领，以促进发展的大项目合作为重点，以有利于改善民生的具体合作项目为优先，在不断扩大中国同有关国家利益会合点的过程中，注重让人民从合作中获得更多实实在在的利益，增强满意度，从而提升共建“一带一路”倡议的民意支持度。

最后是加深友情。就是升华友好情谊，积极推动同有关国家民众之间的大交流，加强人文、地方、旅游、教育、科技、媒体、智库等各领域往来，结成内容丰富、形式多样、深入基层的交流合作对子，从个体层面不断拉近相互之间的心理距离，促进心灵相通，使友谊的纽带变得更加牢固。

四

民心不通会引起猜忌甚至导致对抗，损害共建“一带一路”倡议形象，干扰共建“一带一路”进展。鲁班工坊的有效管理和运行，推动 EPIP 和专业课程标准在域外落地生根，主要依靠的是教师和学生来落实一系列的规范和制度。比如，中方接受外方师生来华进行技能培训；中方教师以指导教师身份到合作国鲁班工坊培训教师，或直接进教室给学生上课；中国学生以学访形式去国外参加各种技能竞赛等。随着鲁班工坊在合作国的深入人心，双方师生的技能学习和人文交流正变得越来越频繁。

开展常态化的留学生教育，鲁班工坊人文交流进入高层次，这是民心相通的更高形式。中国职业教育院校接受鲁班工坊合作国的留学生来华进行专业学历教育或短期学习交流，是借助鲁班工坊这一平台进行人文交流的另一种形式。比如在鲁班工坊建设方面，扩大鲁班工坊合作国的来华留学生规模，为鲁班工坊建设院校提供一定数量的政府全额奖学金留学生名额。中方院校则开展丰富多彩的留学生活动，如生活教育、文化体验、主题讲座，以及安排毕业仪式、相互赠送纪念品等，通过丰富多样的学校文化活动，促进中外青年学子的文化交流和相互理解。

同时，中国企业要“走出去”，在“一带一路”共建国家开展经济贸易活动，必须拥有国际通用型人才。由于语言、技能等因素，培训当地员工需要耗费大量的人力物力，而且成效没有保障，而鲁班工坊项目的教学模式有效解决了中国在海外企业的员工招聘与职业素质提升难题。中国海外企业聘用鲁班工坊毕业生不仅为企业降低了成本，更为企业尽快融入当地社会和文化环境提供了有力支撑。

以埃及为例,中埃两国的文化交流历史上有着诸多“第一”:埃及是第一个同中国建交的阿拉伯国家,是中东和非洲第一个在大学里设立中文系的国家,是第一个在电视台播放中国电视连续剧的阿拉伯国家……近年来,两所埃及鲁班工坊让更多埃及人尤其是埃及青年,对中国技术与中国文化有了更多了解与认同,如“荷鲁斯杯”中埃武术散打对抗赛、“我的中国故事”阿拉伯语征文大赛、“唱响埃及”华语歌曲大奖赛等活动,成为中埃文化交流的重要品牌,深受两国人民特别是青年人的喜爱。目前,埃及的两个鲁班工坊见证了中埃人文交流的飞速发展。随着网络化发展,中埃云课堂、云展览、云美食、云演出、云讲座等更见证了两国人民的民心相通。中埃两大文明交流互鉴正在步入新时代,中埃友好愈发深入人心。

中埃·泰达苏伊士经贸合作区成立于2008年,位于苏伊士亚非欧三大洲的金三角地带,紧邻苏伊士运河,市政完善,交通畅达,是中国重点建设的国家级海外经贸合作区,由天津泰达控股和中非基金共同出资建设。中埃·泰达苏伊士经贸合作区由起步区和扩展区构成,起步区分为五大主导产业,包括石油装备制造业、高低压电器产业、纺织服装产业、新型建材产业和机械制造产业。目前,起步区已初步形成了以宏华钻机和国际钻井材料制造公司为龙头的石油装备产业园区、以西电-Egemac高压设备公司为龙头的高低压电器产业园区、以埃及中纺机无纺布有限公司为龙头的纺织服装产业园区、以巨石(埃及)玻璃纤维公司为龙头的新型建材产业园区以及以牧羊仓储公司为龙头的机械制造类产业园区,依靠产业集群,形成完整的产业链。其中巨石玻璃纤维项目是中国之外全球最大的玻纤生产基地,也是非洲唯一的玻纤生产基地，填补了非洲玻纤制造业空白，也使埃及一跃成为世界第五大玻纤生产国，为埃及解决了 2500 人的就业。而目前服务于中埃·泰达苏伊士经贸合作区的，就有很多是从两所埃及鲁班工坊走出来的埃及年轻人。

“一起走，才能赢”，这是一个贴在中国企业埃塞俄比亚工厂的标语，它何尝不是中非互利共赢的生动写照？辛勤耕耘必然会带来丰硕收获。国际著名民调机构益普索（Ipsos）近年在非洲肯尼亚发布的调查报告显示，中国已成为肯尼亚民众最认可的发展合作伙伴。在益普索对肯尼亚全国数千名普通民众进行的抽样调查中，34%的受访者认为肯中关系是最重要的双边关系，名列第一。这源于中国的对外开放与大国崛起，同时也是民心相通的重要指标。民心相通是合作的基石，更是友谊的保障。

为表彰鲁班工坊对合作国国家教育发展作出的巨大贡献，合作国政府给予了中国参建院校极高的荣誉。其中泰国政府授予天津渤海职业技术学院“诗琳通公主奖”；英国鲁班工坊师生受邀参加首相府中国农历春节招待会；柬埔寨王国政府授予天津中德应用技术大学“撒哈拉大骑士头衔勋章”。同样，中国也对鲁班工坊合作国院校的努力给予了高度肯定，在泰国鲁班工坊创建 5 周年纪念大会上，泰方合作院校原校长哲仁获得了天津海河友谊奖章。

第五部分　鲁班工坊，尽显大国担当

千年潮未落，风起再扬帆

2013年，对于中国甚至是世界而言都是十分重要的一年，这一年的9月7日，国家主席习近平在哈萨克斯坦纳扎尔巴耶夫大学发表重要演讲，提出共建“丝绸之路经济带”倡议。同年10月3日，习近平在印度尼西亚国会大厦发表重要演讲，表示中国愿同东盟国家加强海上合作，共建“21世纪海上丝绸之路”。

共建“丝绸之路经济带”和“21世纪海上丝绸之路”的重大倡议甫一提出，便成为21世纪推动构建人类命运共同体的重要实践平台。譬道之在天下，犹川谷之于江海。这一根植于历史厚土、被誉为21世纪伟大创举的“一带一路”，从诞生之日起就迎风生长，以其全新的地缘、经济、政治内涵吸引了全世界的目光。和平合作、开放包容、互学互鉴、互利共赢——穿透历史烟云，洞察世界大势，国家主席习近平高瞻远瞩地提出共建“一带一路”倡议，把准丝绸之路精神的内核，让“逆全球化暗流涌动，国际形势动荡多变”的当今世界看到了新的光亮。从2013年至今，历经10余年的发展与开拓，共建“一带一路”倡议不仅从理念转化为行动，连点成线到面，在亚、非、欧和拉美广袤大地上落地生根，在浩瀚大洋中乘风破浪前行，而且其顶层设计亦基本完成，四梁八柱已经建立，共建“一带一路”倡议进入国际话语体系，被写入联合国大会、安理会等组织的重要决议，以双边合作筑底、多边机制呼应、高峰论坛引领的“三位一体”国际合作的架构越来越清晰，并将持续为21世纪的世界带来勃勃生机。以中国为基点，西向的千年古老丝路由此再次焕发出蓬勃生机，南下的“21世纪海上丝绸之路”更是乘风破浪为当今世界不断开启着发展的新航道。

中国地处世界最大的陆地板块——欧亚大陆板块的东方，面向世界最大的海洋——太平洋，海岸线长达1.8万公里，海域辽阔，岛屿环列，沿海港口众多。从远古至18世纪，中国的航海事业一直处于世界领先地位，而且早在殷商时期即已开始了征服海洋的尝试，不仅沿海岸行船可到达朝鲜、日本、越南，而且有越来越多的考古发现证明，中国人很可能早在殷商时期便已经驾船顺海流行驶到了如今的美洲大陆。两汉时期，中国开辟了经印度洋的远洋航路，直至大秦（即罗马帝国）疆域的东部（今红海西北角）。唐宋以后中国商船已到达非洲桑给巴尔（今属坦桑尼亚）海岸进行直接的贸易交流。

中国的丝绸制品历来在世界各地享有盛誉。从汉至唐，陆上丝绸之路促进了东西方经济文化的交流；唐代中叶以后，海上丝绸之路则逐渐成为东西方交往的主要通道。同时，中国的陶瓷制品也成为世界各国人民喜爱的珍贵物品。而国外的香料、象牙、犀牛角等贵重物品则成为中国统治阶级和贵族阶层的日常消费品，所以宋元时期海上丝绸之路出现了空前的繁荣。作为“21世纪海上丝绸之路”的首倡地，印度尼西亚曾经是中国宋、元、明时期海上丝绸之路上的重要一站。所以，当国家主席习近平在雅加达首倡“21世纪海上丝绸之路”时，印度尼西亚各界普遍对共建“一带一路”倡议和未来发展高度关注，充满期待，并将其与印尼的“全球海洋支点”的构想结合起来。

曾任中国驻印度尼西亚大使的谢峰说:“我到印尼两年多,多次会见印尼总统、副总统、内阁部长,尤其是经济部门的部长,他们一致认为习近平主席‘21 世纪海上丝绸之路’倡议和印尼总统佐科提出的‘全球海洋支点’构想在理念和目标上高度契合,应该无缝对接,协同推进,相互支持。他们也都希望并且相信中国通过‘21 世纪海上丝绸之路’倡议,能够助推印尼基础设施建设,增强工业基础,实现经济发展。”这其实已经变成了现实:2024 年 10 月 17 日,连接印尼首都雅加达与重要城市万隆的雅万高速铁路迎来正式开通运营一周年。一年来,客流呈现强劲增长态势,每日开行动车组列车 40 列,一年内累计发送旅客 579 万人次,旅客上座率最高达 99.6%。该铁路最高运营时速达 350 公里,是印尼和东南亚的第一条高速铁路,也是共建“一带一路”倡议的标志性工程和印尼国家战略项目,同时它还是中国高铁全系统、全要素、全生产链走出国门的第一单。

许多人对中国航海的认识都是从历史上郑和七下西洋开始的。实际上,中国很早就敞开了胸怀拥抱世界,有越来越多的研究发现,中国人是世界上最早走向海洋的古老民族之一。

最新的考古发现证明,中国在新石器时期已有行驶于大海之中的独木船,并已开始在沿海以及邻近岛屿之间做短距离的航行。从甲骨文卜辞中发现,“船帆”的概念约出现于中国的夏、商之交。汉代文献记载,商末周初时,曾有商王朝的王族成员箕子乘船出走朝鲜半岛之事,箕子还将先进的生产生活技术传播到了朝鲜半岛。由此来看,商朝先民驾船出海已能超出中国近海范畴,可以远航到渤海、黄海以东的海域了。西汉的《尚书大传》和《韩诗外传》中都有周时“越裳献白雉”的记载。对此,后汉王充的《论衡》一文中亦有所记:周时“越裳献白雉,倭人贡鬯草”。“越裳”在今越南北方一带,“倭人”则代指日本。雉为长羽珍禽,鬯同畅,意为特别香郁美丽之芳草。这说明在西周时期,中国已经能够通过近海航行与东方的日本和南方的越南进行海上交流。

《吕氏春秋·十二纪》中有描述海风类型的记载,这说明在公元前 3 世纪左右,中国的航海者已经掌握了利用海上季风和洋流进行海上航行的技术,这比西方传说中的希巴洛斯和公元前 1 世纪的古埃及船只利用季风航行要早两个多世纪。

有关中国商朝末期殷人远渡美洲的史实研究一直都没有中断。自 18 世纪开始,西方的一些历史学者通过对中国《山海经》的研究,认为这部书成书于公元前 10 世纪前后,其书中所描绘的内容实际上是上古时期的中国人对整个世界的旅行记载。其中《海外东经》《大荒东经》中的内容对应的是北美洲的科罗拉多大峡谷和落基山脉一带,《山海经》中的《东山经》与中北美洲及墨西哥湾地区相关。18 世纪时即有西方学者认为, 早在公元前 10 世纪左右,可能就有中国人到达了美洲。以后在美洲一些地区,特别是在对墨西哥的考古发掘中,人们发现有许多遗物和遗迹都具有与中国商代时期文化特征相似之处,比如墓碑的形制、雕塑的风格,以及石刀、铜器、图腾、壁画、文字、陶片、纹饰等。20 世纪初,美国曾在密西西比河下游发现了上古时代的圆形土墩和石斧,其与中国河北张家口附近发现的土墩和石斧十分相似。从墨西哥拉文塔土墩中出土的石雕,以及在危地马拉博物馆保存的奥尔梅克人赤陶头像,都与中国人“撞脸”,于是有学者认为至少在 3000 年前,有一批中国人曾经到达了美洲大陆,并且在以墨西哥为中心的中美洲一带定居了下来。而恰好此时,在中国史书中记载有商末武王伐纣之际,曾有大批的殷商人逃亡,桴泛于海上。由此推论,很可能是这批逃亡者从山东半岛乘船出海, 随洋流漂流到中国台湾岛，然后沿琉球群岛北上到了日本，再沿日本列岛北上，趁西风或黑潮海流漂流到了北美洲的阿留申群岛，从而到达了美洲，然后再顺着加利福尼亚海流南下到了墨西哥等中美洲地区。

20世纪70年代，美国地质调查局的一支打捞队在加利福尼亚州南部的帕拉斯维德半岛浅海处，发现了两个表面有2—3毫米锰矿积聚层的石锚。考古学者对此做了专门研究，认为这两个石锚的岩质在美洲太平洋沿岸并不存在，却与中国沿海地区的灰岩材质基本相同；同时根据锰积聚率为每千年1毫米来推算，这些石锚在北美太平洋沿岸海底已沉睡了接近3000年，而那正是殷人东渡的年代，这些石锚可能就是当时中国殷商人所遗留下来的。此外，近年墨西哥还发现了一方刻有汉字"大齐田人之墓"的墓碑，有人认为这可能是中国战国时期或秦朝末年的田齐人氏的墓地，这些中国人应该是沿着殷人远渡美洲的航线循迹到达美洲的。

实际上，在春秋战国时期，中国沿海地区的对外航海活动已十分活跃。位于海边的齐、吴、越等国各自利用自己的海上优势，相互进行海战。中国对南海的海外交通航线具体记载始于《汉书·地理志》。这是因为在西汉武帝时，国力强盛，经济富庶，曾两次派遣张骞出使西域，将中国的丝绸带到了西方，远达地中海东部一带，开辟了横跨亚欧大陆的陆上丝绸之路，扩大了汉王朝的声威和影响。由于陆路交通易受匈奴等部族的阻碍，汉武帝于是又开拓了南海对外交通与贸易活动，从而开辟了海上丝绸之路。

史料记载，汉武帝曾派人从广东雷州半岛的徐闻、广西的合浦、日南（今越南广治附近）等地起航出发，航行5个月，到达了都元国（约在今马来半岛东南部以及苏门答腊岛西北部的八昔河附近）；再行4个月，到达邑卢没国（约在今缅甸南部锡唐河入海口附近的勃固）；又行 20 余日，到谌离国（约在今缅甸伊洛瓦底江入海口一带）；然后溯江而上 10 余日，即到夫甘都卢国（在今缅甸伊洛瓦底江中游东岸蒲甘城一带）；船返大海，再行两月余，便到黄支国（约在今印巴次大陆东岸印度马德拉斯西南的康契普腊姆）；在黄支国之南有程不国（今斯里兰卡），船由此折返回航。沿途用带去的黄金、杂缯（即各种丝绸织物）等，向所到之处的国家和人民换取明珠和其他奇珍异宝，同时也将中国的先进生产技术带到那里，把中国的古代工匠精神传播到了那里，一路上受到沿途各国人民的热情接待。

到了东汉，为恢复陆上丝绸之路的交通，东汉政府曾先后 3 次派遣班超和班勇父子出使西域，同时积极探索经南亚和中亚直接通往波斯湾、阿拉伯海甚至红海沿岸的海上航路。东汉永元九年（97），班超遣甘英出使大秦（罗马帝国），抵条支（今伊拉克境内），临波斯湾欲渡海，打算入波斯湾后，绕过阿拉伯海，经曼德海峡进入非洲的红海，然后再由尼罗河去往埃及。可是有安息（今伊朗）船人对甘英说："海水广大，往来者善风，三月乃得度；若遇迟风，亦有二岁者，故入海人皆赍三岁粮。海中善使人思土恋慕，数有死亡者。"从而使甘英放弃了西渡计划，但已认识到"自此南乘海，乃通大秦"。

《后汉书·西域传》记载："桓帝延熹九年，大秦王安敦遣使自日南徼外献象牙、犀角、玳瑁，始乃一通焉。"这是中国同罗马帝国直接友好交往的最早记录，而且是突破了以往通过斯里兰卡的中转，第一次疏通了东西方海上运输大动脉，从而连接欧亚大陆的海上丝绸之路真正建立起来了。

宋元时期是中国航海的又一个高峰，其突出特点便是与非洲大陆建立了较为密切的海上联系。目前在非洲发现的中国瓷器遗址，较大的有200多处，其中大津巴布韦遗址的规模最大，时代最早(中国宋元时期古瓷居多)。整个非洲约有17个国家和地区、数百个地点发现了中国古瓷遗存，其分布之广，数量之多，种类之丰富，延续时间之长，实在令人惊叹。可以毫不夸张地说，非洲是一座中国古瓷的储藏宝库，这正是宋元时期海上丝绸之路扩展的结果。

古代海上丝绸之路到了郑和下西洋时期，无疑达到了全盛时期。郑和这位朝廷命官乘坐“宝船”穿越海路，每次出使西洋都指挥舰船百余艘，在丝绸之路上来回航行长达30年时间，最远抵达非洲东海岸，郑和船队也是那一时期全世界唯一有能力纵横于大洋之上的远洋船队。郑和下西洋的壮举可谓中国古代海上丝绸之路发展的顶峰，在世界航海史上无与伦比，既彰显了当时中国强盛的国力，也加强了中国与郑和船队所到国家和地区之间的友谊，同时还将中国的先进技术和先进生产力传播到了亚非国家。

郑和(1371—1434)，回族，云南晋宁人，原姓马。因在靖难之役中起兵有功，受明成祖朱棣器重，擢任内官监太监。赐姓郑，小名三保，习惯称之为三保太监，故郑和下西洋又被称为三保太监下西洋。

朱棣登基后，积极发展同各国联系，主动派遣使者去周边的日本、暹罗、爪哇、满刺加等国宣慰招徕。在永乐元年(1403)，永乐帝就派郑和出使暹罗国，永乐二年(1404)又让他出使日本。永乐三年(1405)即命他组织统率庞大船队远航，出使西洋，前后共计7次，历时28年，每次出动百余艘海船，载有士兵、工匠、仆役等两万多人，行程万里，遍访了亚非三四十个国家，这在世界航海史上也绝无仅有。郑和的出访完全是和平友好、互利平等的，他尊重各国主权，馈赠各国大量礼物，建立友好邦交关系，传播了中华传统文化，赢得了各国政府和人民的信任和友谊，为此，很多国家纷纷派遣使节来华，有的甚至国王亲自来访。有人统计，明永乐一朝22年间，曾有60个国家245次来访，其中浮泥（今文莱）、满剌加（今马来西亚马六甲）、尼八剌（今尼泊尔）、苏禄（今菲律宾苏禄群岛）、古麻剌朗（今菲律宾棉兰佬岛）、锡兰（今斯里兰卡）6个国家8位国王9次亲自来华。其中浮泥国王、苏禄国王和古麻剌朗国王在中国访问期间，不幸病故，分别礼葬于南京安德门外石子岗、山东德州北郊、福建福州城西湖南茶园山。这些正是中国古代海上丝绸之路友好外交的历史见证。

郑和是中国古代杰出的航海家、外交家、军事家，同时也精通多种技艺，正因为如此，他七下西洋，每一次都会带上大批中国的能工巧匠，他们都是中国明代各行各业中的“鲁班”。郑和作为和平使者，传播了中国的文明和友好，更传授给当地人生产生活技艺，这些给各国人民留下了美好的回忆和深切的怀念。直到今天，在郑和船队当年经过的地方，许多国家的人民还怀念他，当地流传着郑和及其远洋船队的各种传说故事。

纵观中国古代海上丝绸之路的历史轨迹，其扬名天下2000余年，却在历史的关键时刻湮没于汪洋，其中的荣辱刻骨铭心。它揭示了什么呢？首先，人们驾驭海洋的能力是随着生产力的提升而不断进步的，当中国的生产力水平高、经济发达、文明程度高的时候，中国的制海能力就一定强。其次，海路既是丝绸贸易的象征，更是各国各地区文明交流的通道，其中文明程度较高者必然占据主导，因此可以认为，海上丝绸之路有利于中华文明向海外拓展，同时也能够推动各地社会生活水平的提高。毫无疑问，“21世纪海上丝绸之路”的构想既是弘扬中华文明实现中国梦的重要组成部分，也反映了中国进入新时代坚持改革开放、扩大向东南亚国家以及印度洋沿岸国家和非洲大陆开放的宏大经济愿景。通过持续向海外扩大开放，中国同周边特别是海洋周边地区的经贸往来和人文交流不断加强。“21 世纪海上丝绸之路”犹如鸿雁之一翼，同“丝绸之路经济带”这另一翼合力齐飞，共同形成了中国全方位的对外开放格局，实现了东西部均衡协调发展。

2013 年国家主席习近平在印度尼西亚的演讲中说：“计利当计天下利。”这无疑是一种造福全人类的大国格局、大局视野。通过共同建设“丝绸之路经济带”“21 世纪海上丝绸之路”，找到各方利益的共同点和交会点，不断推进经济贸易往来，加强经济合作，互通有无，在包括基础设施建设在内的互联互通、投资、产业合作等多方面做出安排，促进区域经济一体化。同时，推进人文沟通和文化的密切交流合作，比如建设鲁班工坊，古丝绸之路的繁荣将会重现，“21 世纪海上丝绸之路”也将拓展出更加美好的未来，“一带一路”也将成为推动构建人类命运共同体的重要实践平台。

共同描摹鲁班工坊的“中国颜色”

2016 年 3 月，由天津渤海职业技术学院和泰国大城技术学院合作建设的全球第一个鲁班工坊在泰国正式揭牌启运，至今（2025 年），9 年时光过去了，因为鲁班工坊在全球各合作国所取得的优异成绩与广泛影响力，鲁班，这位被称为“百工之祖”的中国古代杰出工匠的名字，不仅在中华大地家喻户晓，而且在世界范围内亦日益为越来越多的人所熟知。9 年来，34 个鲁班工坊在全世界 30 个国家开设了 14 大类 57 个专业的课程，从人工智能、电动汽车等先进制造技术专业，到中医药医学、中餐烹饪等职业教育，并且根据各合作国教育部门需求，授课范围涵盖了自动化、云计算、电子信息、铁路动车组检修、工业机器人、城市热能应用等针对性很强的专业领域，其涉及面之广以及发展速度之快，超出了国际上不少专业学者和研究机构的想象。比发展速度更令人瞩目的则是鲁班工坊的良好口碑。位于埃塞俄比亚首都亚的斯亚贝巴的埃塞俄比亚鲁班工坊，被非盟总部指定为整个非洲的高质量技能培训中心；泰国成立了工程实践创新项目教学研究中心，用来专门推广中国职业教育教学模式；鲁班工坊人才培养标准和专业建设体系在全球范围内获得广泛认同，目前鲁班工坊开发的国际化专业教学标准均获得相关认证，其中有 10 多个获得了合作国教育部门的认证，被纳入该国国民教育体系之中。中餐烹饪国际化教学标准经过英国 Qualifi 核准认证，被纳入英国普通和职业学历框架体系；马来西亚鲁班工坊则被评为“中国—东盟特色合作项目”，并受邀在中国—东盟职业教育国际论坛上做主旨发言。凡此种种，皆展示了鲁班工坊在职业教育国际化合作领域的成功……

中国香港著名英文媒体《南华早报》网站 2024 年 8 月 18 日发表文章称，中国正在亚洲和非洲建立一个职业培训中心网络——以中国古代的杰出工匠名字命名的鲁班工坊，是中国加强与“全球南方”国家联系、扩大自身软实力努力的一部分。英国《经济学人》杂志 2023 年曾发表过一篇题为《中国正在世界各地培训工程人员》的报道，称中国的鲁班工坊正与美国、日本、德国和其他发达国家在发展中国家提供的培训项目进行竞争。报道中还提到，中国的鲁班工坊是在发展中国家和发达国家同时开设的。英国伦敦附近的一个鲁班工坊教授英国厨师中餐烹饪技能，葡萄牙的一个鲁班工坊则提供电气自动化和工业机器人方面的培训。而且该项目(鲁班工坊)也不总是局限于“一带一路”共建国家，因为在南亚次大陆的印度金奈地区也有一个鲁班工坊。美国《华盛顿邮报》则称，中国的鲁班工坊为数以万计的年轻人提供了技能培训，为中国赢得了朋友……

“鲁班工坊”这一发轫于中国天津的著名职教品牌，从它诞生那一天起便成为中国职业教育走向世界的“国家名片”。中国的职业教育理念、标准也通过鲁班工坊形成了一套可供他国职业教育借鉴的成功模式和路径，向全世界尤其是发展中国家传递着中国职业教育推动区域可持续经济增长、减贫脱贫的实践样本。

回顾鲁班工坊建设发展历程便能清晰地看到，它的出现和发展一直都是中国与其他国家紧密合作的产物，着眼于鲁班工坊合作国政府和合作国院校的实际需要。天津市鲁班工坊研究与推广中心对世界各地现已建成运营的鲁班工坊进行了一次问卷调查，结果显示：对鲁班工坊建设现状表示满意的鲁班工坊合作国当地专业教师和学生均超过了9成。

而这一在世界职教史上亦属于开天辟地的壮举，从最初由天津职业教育院校以“敢于第一个吃螃蟹”的精神牵头引航，到逐渐发展成为全国职业教育院校的联动“出海”，仅用了短短几年的时间。来自中国各省市的优秀职业院校与相关优质高校，组团“出海”，在世界各地共同描摹绘就了鲁班工坊的“中国颜色”，凝聚力量，整合资源，一起来为“鲁班出海”扬帆助力。

2024年4月21日上午，在位于坦桑尼亚首都达累斯萨拉姆的坦桑尼亚鲁班工坊内，重庆工程职业技术学院土木工程学院的教授李红立正在为数十位坦桑尼亚学员现场讲授建筑工程虚拟仿真设计技术。逼真的图像变幻，结合实践的生动讲解，让在场的年轻非洲学子们一边学习，一边发出啧啧的惊叹之声。

据重庆工程职业技术学院负责人介绍，“坦桑尼亚鲁班工坊早在2018年就揭牌启运了”。重庆工程职业技术学院根据坦桑尼亚政府的人才需求，通过“国内+国外”“线上+线下”“理论+实践”等多种教学模式，在坦桑尼亚鲁班工坊重点开展了测量技术、施工技术、质量检测技术、软件技术、机械工程技术等方面的专业技术培训，截至2024年，已为坦桑尼亚培养了700余名“坦桑尼亚当代鲁班”。

为大型基础设施建设提供技能人才与技术保证，是中亚国家吉尔吉斯斯坦现实的急需。几乎所有到过吉尔吉斯斯坦的人都有一个共同印象——这是一片希望的土地，也是一片万象更新的热土。2024年6月6日，中国—吉尔吉斯斯坦—乌兹别克斯坦铁路项目三国政府间协定签字仪式在北京举行。2024 年 12 月 27 日，中吉乌铁路项目启动仪式在吉尔吉斯斯坦第三大城市贾拉拉巴德举行,项目计划于 2025 年 7 月开工建设,工期 6 年。作为中吉乌铁路重要途经国的吉尔吉斯斯坦,道路、桥梁等项目正纷纷上马,但同时,当地基建人才却存在着极大缺口,相关职业教育急需跟进,职业教学体系亟待更新。而鲁班工坊无疑为该国的基础建设等相关领域人才的培养注入了强劲动能,鲁班工坊的先进实训设备与教学理念也促使吉尔吉斯斯坦的职业教育迈入了一个崭新的阶段。

就在中吉乌三国铁路项目协定签署后的 20 天，也就是 2024 年 6 月 27 日，由浙江水利水电学院和吉尔吉斯斯坦国立技术大学合作建设的吉尔吉斯斯坦鲁班工坊设备捐赠及智慧教室揭牌启运仪式在吉尔吉斯斯坦国立技术大学举行。这标志着鲁班工坊在上合组织国家的建设取得了又一实质性进展,同时也填补了中吉两国高等职业技术教育合作的空白。与其他国家的鲁班工坊不同,吉尔吉斯斯坦鲁班工坊带有强烈的“浙江基因”,因为该工坊首次采用了“中方院校—外方院校—中资企业”的合作模式,是首个由浙江企业捐资参与建设的鲁班工坊,而这正是基于浙江的民营企业机制灵活、运转高效且普遍具有一定规模的现实。浙江企业在联合浙江高校送技术、送设备的同时,也为企业广交朋友、开拓视野、扩展市场提供了机遇。吉尔吉斯斯坦鲁班工坊由中国唯一的民营水利特级施工总承包企业浙江省第一水电建设集团股份有限公司参与建设,企业为鲁班工坊捐赠了 100 多件先进的实验实训设备,包括水利检测仪器、水利教学模型、电气设备、机械设备等，可在吉尔吉斯斯坦鲁班工坊建设 12 个以上的实验实训室。

2023年11月22日，辽宁建筑职业学院举办了马来西亚鲁班工坊（建设中）研学班开班仪式。其后的日子里，来自马来西亚新纪元大学马来西亚鲁班工坊的16名师生在辽宁建筑职业学院参加了VR虚拟现实技术课程等多个鲁班工坊相关课程的实训体验，还到辽宁建筑职业学院的文化创意中心学习了中国传统制陶技艺，前往学院的多家合作企业现场考察参观。马来西亚鲁班工坊师生还与中方师生一同举行了“我们在一起”国际友好之夜主题文艺会演，感受东北地方文化习俗，深入体验中国传统文化。马来西亚鲁班工坊作为辽宁省职业教育高质量发展、特色发展、国际化发展的一种新突破，汇聚了中马双方的校企优势，践行“敬业、精益、专注、创新”的鲁班精神，为马来西亚中资企业、马来西亚乃至东盟其他国家企业提供了优质、可借鉴、可复制的工程职业技术人才培养解决方案。近年来，马来西亚鲁班工坊与驻马来西亚中资企业共同完成了多次建筑信息模型、装配式建筑施工、人工智能、无人机应用技术等相关职业技能培训，为中国企业“走出去”提供了全方位技能人才保障。

2023年11月，卢旺达鲁班工坊在卢旺达北方省穆桑泽职业技术学院揭牌启运。卢旺达鲁班工坊是由浙江金华职业技术学院与卢旺达理工学院合作设立。2024年4月23日，来自卢旺达鲁班工坊的30名卢旺达学生在基加利国际机场登上了前往中国的班机，开始了他们为期一年的职业技能求学之旅。这些学生来自电子商务和电气自动化两个专业。21岁的娜塔莎来自卢旺达首都基加利，在穆桑泽职业技术学院学习电子商务，她说：“我感到非常非常荣幸，学校给了我们到中国学习的机会。”娜塔莎说：“电子商务使我了解了数字化，了解了全球范围内发生的许多事情。到中国学习，将提升我们的思维能力，增强我们未来创业时的职业技能。”她说,中国在数字技术和商务方面的快速发展处于全球领先,前来中国学习电子商务是他们这些卢旺达学生的梦想,而如今,梦想成为现实。

金华职业技术学院驻卢旺达鲁班工坊的吴维昕老师说,电子商务和电气自动化是卢旺达鲁班工坊的两个重要专业。目前这两个专业的技术标准已通过卢旺达理工大学、卢旺达高等教育委员会以及卢旺达教育部审批,被纳入卢旺达职业技术标准体系。卢旺达鲁班工坊的学生们将按照两地两段“2+1”(2 年在卢旺达穆桑泽、1 年在中国金华)的方式进行学习和实践。截至目前,卢旺达鲁班工坊累计开展“中文+职业技能”培训近万人次,为在卢旺达的中资企业人才培养和卢旺达青年就业能力提升提供了重要支撑。

2016 年,江苏扬州工业职业技术学院与印尼海螺水泥合作,在印尼普禾加多第一管理学院成立了印尼海螺鲁班工坊共建基地,建成了扬州工业职业技术学院鲁班工坊网络营销与直播电商和计算机网络技术专业教学和实训基地;在印尼雅加达穆罕默迪亚大学成立了丝路语言创新培育中心,建成了扬州工业职业技术学院鲁班工坊机械制造与自动化和分析检验技术专业教学实训基地。9 年来,扬州工业职业技术学院以推动和弘扬历史上精雕细琢、精益求精的“扬州工”为己任,磨技艺,守匠心,在印尼打造了“一届扬工人,一世丝路情”的人文交流品牌。其在印尼的鲁班工坊已培养了 300 余名独具匠心、精益求精且具有“扬州工”文化特质的技能人才。一些学生已经成长为当地企业的负责人。鲁班工坊毕业生林艳梅就担任了印尼海螺水泥雅加达总部的财务总管,她说:“通过在鲁班工坊的学习,我学到了中文和职业技能,在我的家乡拥有了自己的事业和未来。”印尼穆罕默迪亚大学的班邦·瑟迪亚万老师通过参加鲁班工坊的培训,在印尼西爪哇省过程控制机械设计大赛中荣获了一等奖。

由鲁班工坊衍生出的职业教育“中国模式”，同样在海外熠熠生辉。福建泉州的各职业院校在越南、印尼、马来西亚、菲律宾、吉尔吉斯斯坦、缅甸、柬埔寨、泰国、肯尼亚、加蓬、加纳 11 个国家，采用“中文+学历教育与职业培训”的形式，建立起从中等职业教育到高等职业教育，从技术技能培养到技术综合应用，从学历教育到社会培训全覆盖的职教体系。其中福建泉州黎明职业大学是全国鲁班工坊建设联盟的发起单位之一，自 2016 年起，该校与海外商会、企业、高等院校等合作，参照鲁班工坊的建设模式在印尼、马来西亚、吉尔吉斯斯坦等 7 个国家以及中国澳门成立了 9 所海丝学院，所开设的专业涵盖了土木、汽车、机械、电子电工、旅游、跨境电商、新媒体等众多领域。

泉州轻工职业学院设备操作专家林增伟的家中，一直珍藏着一幅加蓬鲁班工坊学员用木材雕刻而成的加蓬地图，这既是加蓬鲁班工坊学员对中国送去先进技术的真诚感激，也是中国职教专家赴加蓬与当地学员结下深厚友谊的有力见证，更是中国、加蓬两国人民民心相通的珍贵印迹。

2019 年 12 月 12 日，中非(乌干达)ICT 学院暨中国-乌干达 ICT 鲁班工坊签约揭牌，这标志着重庆电子工程职业学院(现重庆电子科技职业大学)以跨境办学形式在海外实施学历教育和技术培训的开始。中乌鲁班工坊聚焦信息通信(ICT)领域的职业技能培训和学历教育，为乌干达以及东非地区培养精通信息通信技术、了解中国信息技术的专业人才，提高乌干达本土信息通信技术水平；同时向华为、传音等驻非中资企业以及其他相关企业输送技术技能人才。中乌鲁班工坊由重庆电子工程职业学院、乌干达麦克雷雷大学和创造太阳乌干达石油学院三方共建，致力于为乌干达乃至整个非洲培养电子物联网和通信领域的非洲本土精英人才。学生经过3年的学习后,能够获得重庆电子工程职业学院和麦克雷雷大学的双学历证书。麦克雷雷大学在ICT领域有较强的学科优势,重庆电子工程职业学院的5G和电子物联网技术也已达到国际先进水平,双方以开放合作的姿态共享发展成果,造福乌干达国家和人民,促进了中非职业教育的协同发展。

2024年4月11日,充溢着中国传统美食风味的"奇妙中国味道——西湖宴"在塞尔维亚首都贝尔格莱德亮相。一道道彰显江南鱼米之乡特色的杭帮菜色香味俱全,以山川碧水为背景,展现了以西湖为代表的中国山水之美。时任塞尔维亚鲁班工坊负责人程礼安说:"在塞尔维亚品尝正宗杭帮美食的绝妙滋味,给大家带来的却是视觉与味觉的双重体验。"

"铸就塞中铁一般的友谊。"这是2019年中塞旅游学院开班仪式上,首任院长周殿军赠送给塞尔维亚贝尔格莱德应用技术学院院长维契奇的一幅书法题字。塞尔维亚鲁班工坊即是在中塞旅游学院的基础上于2023年5月揭牌启运的,它填补了塞尔维亚缺乏中式烹调专业人才教育的短板,为中餐"出海"提供了可借鉴、可复制的经验。而紧密的校际合作,便是其后塞尔维亚鲁班工坊顺利运转的秘诀。

中塞两所学校的深厚友谊缘于一次校际访问。2018年,维契奇一行访问浙江旅游职业学院,双方商议共建中塞旅游学院。一年后,该学院在塞尔维亚成立,首批招收了40名塞尔维亚学生进行汉语学习。随后,两校通过开展学术研究合作,共同开发了《中式面点的制作工艺》知识图谱AI课程,编写出版了《塞尔维亚饮食文化》一书,并举办了塞尔维亚首届旅游、服务、健康和保健国际会议。

时任浙江旅游职业学院院长杜兰晓说:“能够扎根的鲁班工坊,一定是接地气的。比如我们考虑到塞尔维亚水产类、牛羊肉多,我们在课程标准中就提高了相关烹饪技法内容的比重。”在塞尔维亚鲁班工坊建设过程中,为了让教材、课程标准更符合当地人才培养需要,浙江旅游职业学院多次派专业教师前往塞尔维亚实地考察,与当地华侨就塞尔维亚饮食习俗进行深入交流。杜兰晓介绍,目前学校编制的《中式烹饪》课程标准已进入塞尔维亚教育部的报批流程,未来能够以公选课的形式纳入当地学生的课程里。

2024 年是中国和加蓬共和国建交 50 周年。近些年,来自中国各行各业的技术人员帮助加蓬年轻人开展职业教育培训,培训内容涵盖了木工、汽车维修等多个专业,每年可为加蓬培养大约 1200 名技术人才,为加蓬社会经济发展起到了积极促进作用。2023 年 1 月,成都航空职业技术学院聚焦服务共建“一带一路”倡议,与对口援建的加蓬恩考克国际职业教育培训中心共同成立了加蓬鲁班工坊,开展三方战略合作,利用航空院校特色优势资源,协同中资企业开展职业教育境外合作办学,构建了“校+企+校”合作模式,围绕人才培养、教育治理、产教融合等关键环节,与恩考克国际职业教育培训中心建立了具有适应性和前瞻性的组织运营架构和机制,助力恩考克国际职业教育培训中心成为加蓬及其西非邻国灯塔型职业教育学校。

2020 年 6 月,广东机电职业技术学院与马来西亚创世纪工业技术学院签订了共同建立广东机电职业技术学院创世纪鲁班工坊的协议,积极统筹各方资源,推动广东优质职业教育成果走出去,力争当好中国技术技能、中华优秀传统文化的守护者、传播者、弘扬者。广东机电职业技术学院创世纪鲁班工坊(建设中)依托来自亚非欧约 50 个国家的 432 名国际汉语言研修生和 215 名学历留学生的教育平台，推广“双语”教学改革，其中 17 位骨干教师获得了 TAFE（Techmical and Futher Education，技术与继续教育）教学资质，19 名教师被聘为柬埔寨东南亚大学等东盟国家相关院校的职业技能培训师；同时对马来西亚创世纪工业技术学院教师开展了 700 多人次的培训，帮助他们掌握相关技术技能，熟悉中华传统文化。时任马来西亚创世纪工业技术学院院长彭刚浚说：“我们希望通过广东机电职业技术学院创世纪鲁班工坊，把中国技术引进马来西亚，惠及本地的企业和青少年，让本地工业持续发展。我们也希望将鲁班所代表的中国工匠精神在马来西亚能够传承下去，并且继续发扬光大。”

…………

诚如吕景泉所言：“鲁班工坊在亚非欧三大洲精彩绽放，得益于多方面的因素。其中最根本的无疑是改革开放以来特别是进入新时代以来，中国经济和社会发展所取得的突出成就，这为中国职教创新发展和国际交流合作奠定了坚实基础。”

鲁班工坊是共建“一带一路”的标志性项目，以中国“百工之祖”鲁班命名，不仅为相关国家提供了大量来自中国的先进实训设备，还带去了由中国职教人开发的职教课程、职教理念、教学资源和国际化专业教学标准，填补了不少国家高等职业教育的空白，促成了众多中国企业“走出去”，助力了数十个国家成千上万的年轻人就业和创业……这些都是看得见摸得着的成效。9 年来，鲁班工坊在建设实践中创新开发出 100 多个国际化标准，开展了千余人次的海外教师研修项目；9 年来，来自中国各省市的数十所职业院校与合作国院校共同描摹绘就了鲁班工坊的“中国颜色”，职业教育的中国标准、中国装备、中国方案也逐步进入合作国的国家学历教育体系，被世界上越来越多的国家和专业国际组织所推崇和接纳，让鲁班工坊真正成为中国分享给世界的一份厚礼。

鲁班工坊，明天会更好

从2016年第一个鲁班工坊落户泰国，鲁班工坊作为中国职业教育“走出去”战略的重要组成部分，已经取得了令世人瞩目的成果。截至2025年，中国已在泰国、英国、埃及、葡萄牙、吉布提、巴基斯坦、印度、柬埔寨、俄罗斯、保加利亚、塞尔维亚、埃塞俄比亚、哈萨克斯坦、塔吉克斯坦等30个国家建成了34所鲁班工坊，为合作国培养了大批年轻的职业技能人才，成为共建“一带一路”倡议深入推进的重要助推器，并为中国企业“走出去”提供了强有力的人才支撑和技术保障。与此同时，鲁班工坊也成为中国职业教育走向国际的一张亮丽的“国家名片”，通过分享中国职业教育的教学理念、教学模式、教育技术、教育标准，有力地促进了中外人文交流和经贸合作的高水平发展。可以说，传承了中国古代工匠精神和古老智慧的鲁班工坊，是新时代中国对外交流合作“走出去”的成功实践与崭新模式，它带着中华文明创新性和包容性的丰富基因，在全球多国多地落地生根、开枝散叶，成为“一带一路”上的重要“技术驿站”，也成为共建人类命运共同体的“加油站”！

9年来，鲁班工坊作为中国加强与“全球南方”国家联系、扩大自身软实力的一部分，在全球30个国家落地生根，其中不仅有“一带一路”共建国家，也包括其他国家，展现了中国向世界敞开胸怀的格局和新时代大国工匠的精神。这一职业教育合作项目不仅惠及合作国本身，也扩大了中国在全球的影响力，通过提供先进的职业技术教育，融入合作国社会文化发展，与合作国人民加深交流互动，表明鲁班工坊的办学模式受到了全球范围内的广泛认可与欢迎。

鲁班工坊在建设过程中，始终坚持的“五项建设原则”（平等合作原则、优质优先原则、强能重技原则、产教融合原则、因地制宜原则）可谓功不可没。在平等合作原则的基础上商讨项目合作方式、专业整合设计等，消除了国际办学中的不确定性；优质优先原则保障了优势专业、优势课程、优秀教师、优选资源的供给，确保了高质量办学；强能重技原则彰显了对技术应用、技能训练和工程实践的重视，使鲁班工坊具有了强大的吸引力；产教融合原则贯穿技术技能人才培养的全过程，达到校企协同、合作育人的目标；因地制宜原则则可以使鲁班工坊在统一的规范和标准的框架下，做到符合当地实际和当地需求，极具适应能力和活力。正是因为严格遵循了这些原则，鲁班工坊取得的成绩才会如此耀眼夺目。

首先是国际影响大。鲁班工坊创新开发了百余个国际化标准，开展了千余人次的海外教师研修项目，频频在国际高端会议和活动中闪亮登场。从 2016 年首个鲁班工坊揭牌启运以来，短短 9 年的时间，中国先后建成 34 个鲁班工坊，分布于亚、非、欧三大洲。鲁班工坊所推动的中国职业教育模式在国际舞台上产生了前所未有的影响。其标准化、国际化、普适性的课程在接受世界顶尖的职业技能资历颁授机构英国伦敦城市行业协会（City & Guilds）的资质评估时也得到了认可，同时还获得了欧盟及美国 3000 余所大学和学院的认可。

其次是思想意蕴深。鲁班工坊的创新实践将中国古代先贤墨子以及现代职业教育家黄炎培、陶行知的教育思想融会贯通,传承创新了中国本土的职业教育思想理念。同时,鲁班工坊还创造性地将产业、行业、企业、职业、专业“五业联动”的思想推向纵深,坚持“教随产出、校企同行”,深化产教融合、校企合作,通过职业教育服务产业发展,持续为“走出去”的中国企业在海外发展培养培训优秀技术技能人才。

再次是实践效能好。鲁班工坊的创新性实践在技能供给、技术改进、资源建设、教师发展、文化传播等方面产生了优质的整体服务效能:既为合作国当地培养了一批年轻化的技术技能人才,又直接服务于当地企业技术设备的更新换代;既向合作方院校提供标准、教材、实践等方面的教学资源,又为合作国教师能力提升开展了大量相关培训;既实现了技术技能共享,也促进了中华文化在全球的传播。

最后是促进了文化交流与民心相通。鲁班工坊对外交流的人文性主要体现在传播中国职业教育文化、模式和研究成果方面。中外职业教育制度、教育模式的交流与融合,主要表现在鲁班工坊职业教育专业、人才培养方案、课程及教学标准等被纳入合作方国家的教育体系。这些内容有的由中方院校设计、制订、编写,有的则融合了中方院校与合作方院校双方的需求。如英国鲁班工坊中餐烹饪技术专业就被纳入英格兰国家普通和职业学历框架。葡萄牙鲁班工坊由中葡职业院校双方共同开发的教学标准,被纳入塞图巴尔理工学院本专科 3 个专业的课程体系。巴基斯坦鲁班工坊中巴双方开发的专科层次学历教育联合培养模式,被纳入该国旁遮普省的职业培训体系。埃塞俄比亚鲁班工坊、柬埔寨鲁班工坊、吉布提鲁班工坊的人才培养方案都吸收、融合甚至全部采用了中方所提供的人才培养方案,并都被纳入合作方国家职业教育培训体系。也就是说,鲁班工坊不仅是技术和职业教育的交流平台,也是中外文化交流的重要桥梁。通过给合作国当地师生提供职业技能培训,鲁班工坊促进了人文交流,加深了中国人民与世界其他国家人民的友谊,真正实现了文化相融、民心相通,让国外各阶层民众通过鲁班工坊这一平台认识了中国、了解了中国。

当然,鲁班工坊的成功并不仅仅在于其教育模式和为合作国学员所提供的创业机会,还在于它“授人以鱼,更授人以渔”的培养方式。鲁班工坊将中国丰富的职业教育经验和硬件条件与合作国当地的人力资源结合起来,真正提升了合作国鲁班工坊学员的职业能力和职业素养。这种模式,不仅改变了以往对外援助片面强调资金和物资援助的惯性,而且通过培养合作国当地本土教师及学员,带动了合作国当地职业教育课程体系的建设、改革、提升和完善,不断推进中外职教合作的新发展。

比如,在共建“一带一路”倡议提出之前,亚洲开发银行的发展报告曾经评估过印度尼西亚爪哇岛东部的波诺罗戈县的就业状况:当地许多农民仍旧依赖水牛耕田,这里几乎没有制造业或旅游业;每年都有成千上万的居民循着老路,去中国香港做家庭佣工,或到沙特阿拉伯、阿联酋等中东国家当建筑工人。这一度是路径依赖,即以劳工输出的外汇收入来支撑当地的家庭生计。不过波诺罗戈县的政府和民众普遍希望能够找到更合理、更有效的发展新路径来振兴当地的经济,换句话说,就是能让当地劳动力在家门口实现就业。

而鲁班工坊于 2016 年首次推出后,作为共建“一带一路”倡议的一部分,得到了海外智库以及海外主流媒体的积极评价。如长期关注印度尼西亚社会发展课题的澳大利亚国立大学研究员德克·范德克莱说:“就中国的鲁班工坊而言，它可以为合作国带来真正的益处。”有国外媒体就鲁班工坊对印度尼西亚社会就业质量的改善提升进行了实地调研后举例说明：波诺罗戈县16岁的青年齐奥法尼·阿尔费道斯相信，他将在家乡拥有自己的事业和未来,这份乐观就源于中国的鲁班工坊。因为,齐奥法尼·阿尔费道斯就读的学校开设了鲁班工坊,这是由中国资助和指导的职业培训项目,教学生维修中国的电动汽车发动机,操作中国的商用无人机和组装中国的机器人。这些免费提供的教育援助为印尼当地的学校带来了革命性的变化,不仅为学生提供了新的技术和培训设备，还为印尼教育工作者提供了前往中国培训学习的机会。齐奥法尼·阿尔费道斯在开始学习操作无人机之前，他甚至都不知道无人机是什么，而现在他可以用无人机拍视频并以此为业，他还认为中国的新技术“将对全人类有所帮助”。

正是因为鲁班工坊在合作国所取得的实效是看得见摸得着的,是被广大合作国鲁班工坊的师生所充分认可的,所以,鲁班工坊从它出现的那天起便在国际上拥有着良好形象与口碑,并很快成为被广泛接受的中国职业教育国际化品牌。之所以取得这样优秀的成绩,除却我们上述已知的那些方面,也与下面这几点密不可分。

首先是“技能+语言”的学习方式,为外籍学生带来了更多就业机会。调查显示,在鲁班工坊教学中,合作国当地学生更愿意学习中文,认为学会中文可以去当地的中资企业就业,或增加其他优质就业机会,能够提高薪资和晋升空间。有些鲁班工坊为此专门设置了汉语言教学区,或者增加了汉语言教学课程,以满足当地学生学习汉语的需要。目前,不仅在印度尼西亚,在埃塞俄比亚、尼日利亚、马里、摩洛哥、哈萨克斯坦、泰国、马来西亚等国的鲁班工坊,在学习技术的同时兼学汉语已经成为一种趋势,这令鲁班工坊的学员毕业后更容易被中资企业以及国际知名企业所接受。

其次是进行先进科技文化体验, 全面认识中国发展的先进性。合作国鲁班工坊来华培训师生与留学生在中国进行科技文化体验活动,提高了他们对中国发展的全新认识,包括对智能机器人、物联网、3D 打印技术、新能源、自动化生产线、无人机的体验等。他们能够亲身参与其中,对中国科技发展的高水平有了全新认识,同时对中国社会经济的快速发展有了良好、直观的印象。

最后是体验中华文化之美,增加中外人民之间日常生活中的文化交流。比如在英国鲁班工坊和塞尔维亚鲁班工坊,来自欧洲各国的学员在这里学习中餐烹饪技术,能够直观了解中国餐饮文化和礼仪文化,通过这一重要平台,中国的优质产品与食材也进入了合作国市场。同时,通过技能交流,中国的教师亦见识到西方教师挑选食材的标准、刀具使用,以及烹制食物的技法,还有对于标准的执行力和敬业精神。“少许”“适量”“咸鲜口儿”“油温五成热”这些让人摸不着头脑却早已耳熟能详的词汇,在做出明确要求后,使菜品的色香味越发精准,使新手厨师尤其是国外新手厨师有了可供参照的标准。像“珊瑚鱼”“文丝豆腐”“西湖醋鱼”等这些不太好翻译的中国菜品名称也有了信、达、雅的英文名称。这些都增强了中外文化之间的理解和融合。

自 2013 年共建“一带一路”倡议提出以来,中国在“一带一路”建设中始终坚持共商、共建、共享原则,以高标准、可持续、惠民生为目标,聚焦重点领域、重点地区、重点项目,持续推进民生工程、民心工程,为推动构建人类命运共同体、畅通国内国际双循环提供了有力支撑和强劲动力。为更加契合共建“一带一路”的总体要求，鲁班工坊的未来将更加注重国际化发展，通过深化合作、扩大影响力，为“一带一路”共建国家培养更多具备国际竞争力的技术技能人才，推动构建人类命运共同体的新范式。可以说，鲁班工坊的未来发展前景广阔，不仅因为其教育模式的成功和创业机会的提供，还在于其对全球文化交流和经济合作的促进作用。随着人们对文化消费的需求日益增长，鲁班工坊的市场前景无疑更加广阔，这为创业者提供了巨大的商机。

当然，面向未来，鲁班工坊在继承和发展以往成功经验的基础上，还需要在以下几方面继续发力，持续深耕。

一是要广泛构建合作平台。依托天津市作为国家新时代职教创新发展标杆的独特区位、产业和教育优势，在推动构建人类命运共同体和“一带一路”国际合作框架下，充分发挥鲁班工坊建设联盟的作用，建立企业、院校、科研机构的共建、共商、共享新机制，充分发挥鲁班工坊产教融合桥头堡作用，健全多元化办学格局，拓展国际产教融合以及校企共建、共研、共享的新路径。同时不断推进职业教育的“职普融通”。天津参与鲁班工坊建设的高校、职大、中职等各类院校，今后要继续做好鲁班工坊“职普融通”工作，为更多鲁班工坊外籍师生提供不同层次的优质教育平台。

二是要持续讲好中国故事。善于把握中外职教合作各方利益的共同点，参照合作方的利益关切并提供力所能及的帮助，积极营造和谐友好的合作关系，持续促进中外人文交流与民心相通，培养一批了解中外关系、促进中外友好的青年人才，为中外各领域合作及中外关系的后续发展提供民意支撑。2021 年 12 月 29 日，由天津职业技术师范大学牵头设立的鲁班工坊国际发展研究中心，致力于为鲁班工坊建设与发展、为职业教育国际化提供智力支撑。2023 年 4 月，该中心入选第四批天津市高校智库，围绕非洲、上合组织、东盟等区域开展鲁班工坊研究，推动中国职业教育标准和技术装备的国际推广。

三是要优化教学资源。鲁班工坊要结合合作国家的当地文化特点、民族特征，推进教育资源本土化工作。同时作为服务国家战略的中国职教国际化项目，鲁班工坊还要自觉服务于“走出去”中资企业的需求，致力于构建职业技术技能培养与职业教育文化培育并重的课程体系。首先要坚持优质优先原则，优先开设代表中国职业教育一流水平的优势专业和特色课程，积极探索通过引进国外优质资源实现教学资源与国际接轨，课程标准与国际标准对接，技能证书与国际证书互认。其次是要将职业教育文化培养贯穿于专业学习的全过程。抓住专业核心课程这一主线，挖掘专业课程教学中的职业文化元素，并融入课程教学标准、教学内容设计、课堂教学实践等教学进程各环节。最后是实现校内外联动的沉浸式实践教学。要用足企业实践场所，将真实的企业文化体验与院校职业教育文化培养结合在一起，让鲁班工坊的学员感知企业文化、感受职场氛围，增强职业认同感和企业归属感。

四是要聚焦师资建设。鲁班工坊建设成功的关键一条是拥有一支高素质、专业化、国际化的师资队伍。同时鲁班工坊走向世界，也要为当地培养师资力量。首先是要将鲁班工坊打造成中外教师互派互学的交流平台，为中外教师互学互鉴创造条件。其次是依托鲁班工坊面向职业的特点，在合作国当地招募优秀教师，并通过来华培训等方式，使外籍教师能够运用中国先进的教育教学方法开展对鲁班工坊合作国当地青年的培养工作，以最大限度地降低教学实践中潜在的文化冲突风险。最后是要不断提升中方教师的国际化水平。国内公派教师不能仅仅是某一专业的教学专家，还要具备较高的跨文化能力，这包括掌握英语或合作国语言能力、对当地文化的认知与适应力、对中国文化的认知与传播能力，以及面对跨文化冲突的应对能力等。

鲁班工坊这一职业教育创新项目不仅是中国职业教育改革的成果，也是改革开放政策下教育国际化的具体体现。鲁班工坊通过与合作国当地职业院校、企业或教育管理部门合作，采用“五共”原则，旨在培养海外企业和当地产业转型升级所需的技术技能人才。鲁班工坊的建设和运营，体现了中国职业教育模式的输出，同时也促进了技术、人才和文化交流，加深了与“一带一路”共建国家的合作与友谊。通过这一项目，中国职业教育改革成果得以与世界分享，为合作国的经济社会发展贡献力量，同时也提升了中国教育的国际影响力。

2023 年 10 月，国务院新闻办公室发布《共建“一带一路”：构建人类命运共同体的重大实践》白皮书，鲁班工坊项目引人瞩目地被写进白皮书，这意味着鲁班工坊在未来相当长时间内将成为中国对外开放、合作交流的重要平台之一。很多海外智库的“中国通”都十分清楚，鲁班是中国古代一位杰出的工匠和发明家。而以鲁班命名的中国职业教育国际交流平台鲁班工坊已成为中国职业技术教育实施“走出去”战略的重要一环，是中国改革开放在职业教育方面的具体呈现。

鲁班工坊同时也是中国文化产业“走出去”的一颗璀璨明珠，为创业者提供了空前的机遇。它秉承着鲁班精神，致力于中国传统文化的传承与创新，通过现代科技与工艺的融合，传统文化焕发出新的活力。鲁班工坊的设计采用人性化的设计和布局方式，工坊内的背景设计、摆件和音乐都注入了中国元素，突出融入中国传统文化特色。未来，鲁班工坊也将聚焦创意产业，将艺术与科技完美结合，为创业者提供全新的发展空间。此外，鲁班工坊的专业性、可持续性和可量化的收益，已使其成为文化产业投资的明智之选。

作为鲁班工坊从中国职教的亮丽名片走向国际化职教知名品牌的重要一步，2020年11月，由中国教育国际交流协会牵头发起，鲁班工坊建设联盟在天津成立。作为全国性、非营利性合作组织，该联盟旨在整合职业院校、企业及科研机构资源，推动职业教育“走出去”，服务共建“一带一路”与国际产能合作。通过制定建设标准、开展质量监管及国际培训，联盟致力于打造中国职业教育国际化品牌。第一是制定标准，审议通过了《鲁班工坊建设规程》，明确立项、监管及退出机制；第二是资源整合，协调院校、企业及行业组织资源，开展国际职教合作；第三是质量评估，从办学基础、师资队伍等维度综合评定运营项目；第四是国际培训。2024年12月，联盟协办“非洲国家专场”培训班，推动对非州职业教育合作规范化建设。2025年，联盟在全球范围内启动对鲁班工坊的知识产权保护。中国教育国际交流协会与鲁班工坊建设联盟定期开展鲁班工坊运营项目认定，从标识到建设标准，从师资到考评方式，以规范办学，提升质量。《鲁班工坊建设规程》《鲁班工坊建设联盟工作办法》将是现阶段鲁班工坊品牌的认定依据。

未来，鲁班工坊还将继续深化国际合作与国际交流，通过依托政府间合作、中国企业“走出去”以及依托中华优秀传统文化“走出去”等多种模式，在非洲、亚洲、欧洲、美洲以及大洋洲等多个地区继续落地生根，为当地培养更多的技术技能人才，并成为国际职业教育知名品牌。例如，尼日利亚鲁班工坊已经成为辐射西非乃至整个非洲轨道交通职业教育与技能培训的新高地，通过实施国际化创新人才培养体系建设，实现了中非课程的全面融合；英国鲁班工坊、塞尔维亚鲁班工坊已成为欧洲中餐培训和推广的重要基地;马里鲁班工坊为中国传统中医药走向世界探索出更多可行性路径;埃塞俄比亚鲁班工坊被非洲联盟总部确定为面向全非洲的高素质技能人才培训中心;哈萨克斯坦鲁班工坊、塔吉克斯坦鲁班工坊已成为中亚国家基础设施建设跨越式发展的重要助推力量……同时,鲁班工坊未来还会积极融入"一带一路"教育合作体系,在中国与"一带一路"共建国家新签或续签教育合作协议中增加鲁班工坊建设的相关内容。此外,鲁班工坊还会继续探索和创新国际合作与国际交流的新模式,以适应不断变化的教育需求和国际形势。

中国越发展,就越开放。中国开放的大门只会越开越大。《中共中央关于进一步全面深化改革　推进中国式现代化的决定》提出"扩大自主开放""扩大对最不发达国家单边开放",这些都是中国主动向世界开放的重要举措。我们要更好发挥以开放促合作促共赢的引领作用,以开放的主动赢得经济发展的主动、国际竞争的主动,不断以中国新发展为世界提供新机遇。鲁班工坊必将迎来更大的机遇。如今,越来越多的鲁班工坊正跨越山海,在世界各地开枝散叶、开花结果,在技术技能共享的同时,也向世界讲述中国发展的故事。

鲁班工坊的明天一定更加美好!